Burying
the Honeysuckle
Girls

埋葬忍冬花的女孩

[美]艾米莉·卡朋特　著

孙伊　译

上海文艺出版社
Shanghai Literature & Art Publishing House

目录

第一章

2012 年 9 月 15 日，星期六

亚拉巴马州，莫比尔市

　　整整一年，我觉得自己像生活在地下。一开始是被那些沉重的药物弄得喘不过气，后来是被身边那些帮我战胜它们的人。但是当我驶上通往父亲家的那条蜿蜒坑洼的马路时，我有一种感觉——我终于从骨头、化石、树根和岩石中挖出一条路，破土而出，来到明亮的地面。

　　噢，天啊，它可真明亮。

　　双向车道排起了长队，亚拉巴马州的阳光照在车身上，晃得我眼花。我踩住磨旧的刹车板，老爷车猛震几下，停住了。我用手遮住刺目的阳光，望向路尽头的大房子。莫莉·罗布或许正在举行花园聚会。既然我离开了，不会再造成尴尬，她大概会把聚会地点从和我哥哥温一起生活的那个不够华丽的砖砌牧场式住宅改到这里。

又或许他们是在为温的竞选举办筹款会。我知道他一直计划明年竞选州长，趁着父亲的政治影响力还在。可是在爸爸的房子里聚会？他现在病得那么重，受不了打扰。按照他的医生的说法，阿兹海默症在晚期不会停止发展，只会一直呈恶化趋势，直到病人的一切都变得面目全非。

欢迎我回家的派对？不可能。经过这一年，他们不会为我举办派对的。何况我比建议日期提前了一周半离开，根本没人知道我要回来。

我沿着车道缓慢移动，尽量开到最远的地方，停在一辆卡迪拉克和一辆路虎揽胜中间。从我站的地方可以清楚地看到那栋房子：白色墙板，黑色百叶窗，在下午的薄雾中显得斑驳。在浑浊宽阔的多格河东岸，几亩沼泽和树林保护着父亲的祖辈在上世纪九十年代初建造的这栋低地风格的小木屋。

透过车内通风口，我闻到空气有种又咸又湿的味道，我坐在车里，一块云遮住了太阳。

我就在这几亩土地上长大。毕业后时不时住在这里——和父亲关系好的时候、戒掉毒瘾的时候就回来，其他时候就离开。我一直把这里当作自己的家，我站在车道上，感到肠胃在扭绞。温和莫莉·罗布让这个

地方变得破败了。天色半暗，在杂草和疯长的杜鹃花中间，它看起来有些阴森。

我希望他们对父亲的照料更用心些。

我爬出我的捷达车，用力关上车门，莫比尔海边浓厚的热气裹住我，欢迎我回到这片生者之地，回到我幼时的家。我深深呼吸，极力渴望把河的味道吸进肺里。

我能做到。我或许还很虚弱，但已经不是约一年前被送到戒毒所时的那个人了。我使劲眨眼，想让那些影像消失——亮着钠灯的房间里，有咖啡渍的毯子周围摆着一圈金属椅子。女人们鱼贯而入，颓废憔悴，脸上带着无力自救的麻木。我猜我是被她们吓坏了，不知为何，我终于在她们脸上看到了自己的影子。

我沿着车道往上走，踮着脚尖，不让新靴子的鞋跟陷进坑里。靴子是我用"中途之家"的女人给我的礼品卡买的。一小时前在折扣店试穿时，它们给了我一股自信。当然，我忘了这愚蠢的路面。

我踮着脚尖沿车道走了十二步——不是所谓的"十二步戒除法"，是真的步子——然后，我看到了什么东西，一瞬间仿佛回到了二十五年前自己还是个小女孩的时候。

一只红渡鸦。

这只大鸟落在宽阔的门前台阶侧栏杆的中柱上。光滑漆黑的尾巴低垂着，弯曲的鸟喙一下下朝天空啄去。这家伙有普通乌鸦两倍大，和鹰的体型差不多。

每过几秒，它就会展开翅膀，我觉得自己在它的羽毛间看到了红色条纹，在阳光中一闪而过。

我握紧拳头，闭上眼睛，深吸一口气——河水的湿热和气味让我头疼。

我不是我母亲。
忍冬花女孩不存在。
我的指尖没有金粉。
世界上没有红渡鸦。

我对着闷热的空气大声说出这番话，这是一种有效的方法，几个月以来我在"中途之家"一直是这么做的。我说得坚定而明确，就像我真的相信它们一样。我睁开眼睛，颤抖着呼出一口气。渡鸦身上没有红色，我能看到的地方都没有。它只是一只平凡无奇的黑鸟，用黑白相间的眼珠盯着我。

我松开拳头，再次深呼吸。回家可能让我有压力，但我不能用过去的那套办法处理。我再也不需要它们了——金粉或红渡鸦或我以前假装能看到的任何东西。让它们离开并不容易——它们已经变形，有了自己的生命——但现在我有了"肯定法"，不必再玩这些童年的旧把戏。我可以像正常人那样存在和生活。

那只鸟展开翅膀，飞走了。我走近台阶，触摸它刚才停留的地方。我仔细查看柱子，看手指是否在上面留下了金粉。没有。没有渡鸦，没有金粉。一切都

会好的。我只需要相信肯定法，相信自己，继续前进。让过程带我前进。

我走上台阶，然后停住了，不知是该敲门还是直接进去。我离开不到一年，可是……这是漫长的一年。漫长，艰难，让人失去希望的一年。三个月因为羟考酮等药物严重丧失能力，三个月在戒毒所，还有近六个月在"中途之家"。可怕的一年。

我没看到带斑点的紫色大象已经是个奇迹。

我推开门，灯光晃得我直眨眼。水晶吊灯、台灯、壁灯——视线范围内的所有灯都亮着。诡异。太亮的光线会让爸爸犯病，让他烦躁混乱。我停下脚步，等着沉重的橡木门在身后咣当一声关上，然后按下一排电灯开关，让房间笼罩在黑暗中。我把手提包放在有刺绣垫子的长凳上。

房子深处传来低沉的声音。如果是聚会，也太安静了。没有音乐，没有笑声，我感到一阵恐惧。是不是他死了，却没人通知我？我走到房子中间的长走廊，注意到大理石圆桌的桌面上摆着一束精心插好的玫瑰、百合和绣球花。葬礼用花。我的目光无法移开。

我的嫂子莫莉·罗布从起居室踏上走廊的另一头，我惊讶得身子僵住了。她穿的不是平时的瑜伽裤和背心，而是一身米色的垂坠感套装——五十岁妇女而不是三十四岁女人的着装。她的头发看起来刚被修剪并拉直过。她伸出双臂朝我走来。

"阿西娅，你怎么来了？"她紧紧把我抱进瘦得硌人的怀里。她身上陌生的香水味和鲜花香混在一起，让我想吐。

"我留了言……"我的声音渐渐变小了。我给父亲打过电话，但他没回复。当时我没有感到奇怪，因为他有时候就是不想和我说话。"他——他死了吗？"我费了好大劲才问出口。如果出了什么事，莫莉·罗布肯定会给我打电话。我知道我离开的时候她很生气，但是归根到底，我们依然是一家人。

莫莉·罗布退了一步，涂了口红的嘴唇张成一个完美的 O 型。"亲爱的，没有，没有。"她又抱住了我，这次抱得更紧，我如释重负，一下子靠在了她身上。

"天啊，你吓死我了。"

她没有笑，而是把我从怀里推开，眯起眼睛打量着我。她在检查我的瞳孔，我早就习惯了。她的目光向下扫了一眼我身上的褪色黑牛仔裤和走形的灰 T 恤，皱了皱眉。"你离开的这段日子，很多事情变了，阿西娅。"

"发生什么了？"

她用两只鸟爪般的手抓住我的胳膊。"他情况不好，阿西娅，所以我和温搬过来了。我们认为应该给每个人一个机会……"她转身看向房子深处。"他已经不认识人了。"

"你们应该给我打电话。"

"我们觉得最好让你做完治疗——"

我不想再听下去，立刻挣脱她的手，顺着走廊往

里走。进入起居室，我突然停下脚步，房间里人多得让我惊讶。到处都是人。有些是我小时候或高中时认识的，还有父亲的一些多年没有登门的老朋友。有个皮肤斑驳发黄的老人，拄着一根鹿角手杖，我认出他是父亲的朋友诺斯科特先生。

他年长父亲二十岁，一直对父亲充当着类似导师的角色。一位有钱的导师，曾出资支持父亲竞选司法部长。我个人一直不喜欢他。他身上散发出一种明白无误的旧式南方家长气息，而且从来不怎么跟我说话。

他向我点点头，为了避免和他交流，我转身环视房间。眼前的景象让我体内涌过一阵恐慌。属于我人生不同地点和时期的名字和面孔旋转着，不协调地混合在一起。让我措手不及。

然后我看到了一个完全没料到的人，感到痛苦而惊讶。我太熟悉这张面孔了，尽管已经很久没见……或许有十几年了。温柔的眼睛，令人无法抗拒的温暖笑容，永远被太阳晒黑的鼻子——这里的大部分男人都是如此，因为他们四分之三的生活是在船上度过的。

杰伊。

他正在和住在隔壁的肯珀夫人聊天，不时点头大笑，我看着他，有些恍惚。他看上去和十年前——不，十一年前——一模一样，也许还更好看了。我对这张脸从来没有免疫力，从第一次在赫夫曼夫人拥挤的二年级教室里见到他时就是如此。并不是因为它是最英俊的，吸引我的是这张脸上一切的搭配方式，一种从进化角度来看万里挑一的特质，它在我七岁时就迷住了我——尽管我花了十年才承认——现在依然让我着迷。

该死。再次见到他的感觉，就像是心脏被一群野狗撕咬，至少可以说毫不愉快。自从高中毕业，我一直成功地躲开他，后来听说他搬去了北部。他一定是回来看望父母的。也可能是又搬回来了。太棒了。我迅速移开目光，试图融入房间的人群中。

我终于找到了父亲，他坐在一把靠墙的扶手椅上，面前是一扇窗户，可以看到长廊和远处绿草如茵的河岸。大概是莫莉·罗布给他穿上了一件挺括的白衬衫和蓝外套。但是他刚刮过的脸看起来很松弛，蓝眼睛目光涣散，比七十三岁时显老了许多。他身子两侧各有一个印花棉布枕头撑着，膝盖上放着一只小狗，一只博美或吉娃娃。

那只狗让我吃了一惊。父亲喜欢的狗是拉布拉多猎犬。从我记事起，家里养过好几只巧克力色的拉布拉多，都叫"弗利"。我还记得他一年前站在前廊上看着我离开的样子。他没有拥抱我，手放在最后一只拉布拉多的头上，慢慢地、有节奏地打圈抚摸着它。

我在椅子边蹲下，我的脸比他的脸稍低。他低头看着我，茫然的蓝眼睛和颤抖的嘴唇。我挤出一个笑容。那只狗用一双凸眼睛瞪着我，不知为何让我想到了莫莉·罗布。

"爸爸。"

他的表情没有变化。

我把一只手放在他的膝头，小狗开始低声咆哮。我说："我回来了。"他一言不发，但也没移开目光。于是我继续说："很高兴再见到你。"

我看到他的瞳孔收缩，闪过一丝认出我的神色。"阿西娅。"他很快地说出我的名字，就像它在他嘴里制造了不好的味道，而他正试图把它吐出来。

"是我。"我努力让自己的语气显得愉快。我拍了拍他的膝盖，强迫自己一直看着他，而不是检查自己是否在他的裤子上留下了金粉。

"出去。"他说。

我的心缩紧了，急促地吸了一口气。我盯着他的眼睛微笑，试着和他交流。试着让他想起我是谁。我是你的女儿。我是阿西娅。我不是特里克茜，我不是我母亲——

"出去。"他又说了一遍，声音几不可闻。

我震惊不已，但依然低着头提醒自己：我以前也听他说过这句话。事实上在他把我赶出家门之前，我听到过好几次。

他病了。他不记得我们的那些谈话了——我已经履行了所有承诺，他说我可以回家了，可以一直待在这里，直到我找到工作、攒下一些钱为止。我深吸一口气，提醒自己：面前的这个男人其实不是我的父亲。

"爸爸，我回来了。"我没有加上"从戒毒所"

几个字。如果他不记得了，我当然不想提醒他。我再次微笑。"我现在很好。真的很好。"

"这是给你过生日吗？"

"不是。这是为您举行的聚会。"

"你三十岁了。"

我摇了摇头，依然努力保持微笑，只是越来越难。我感到自己在"中途之家"忍住的泪水马上就要倾泻而出。"还要过几个星期，9月30号我才三十岁。还记得吗？三十号三十岁？"

说这番话的时候，我感到一阵寒意沿着我的脊椎传下去。尽管我看过的每个心理医生和咨询师都向我保证，说母亲没有权利那样吓唬一个五岁的孩子，可我依然记得她在自己三十岁生日那晚对我说的一切，那是她生前我最后一次见到她。"等着她。等着忍冬花女孩。我想她会找到你，如果没有，你要找到她。"

父亲把我的手从膝头推落，向后缩回椅子里。

"出去！"他说。那只狗冲我狂吠起来。短促刺耳的两声。小杂种。我真想把它扔到房间那头。爸爸看着我的身后，一只手拼命伸向远处。"把她弄走！让这个疯婊子走！"

房间陷入寂静，我感到人们在远离这把扶手椅。我没有抬头，但我知道所有人——包括杰伊——都在看着。我的脸在发烧，眼泪不受控制地涌出来。我的父亲。我的亲生父亲对我大喊，让我滚出他的房子。但我无法顺从。我根本动弹不得，只能蜷缩在地板上。

　　我的哥哥温出现在椅子边，光滑的黑发梳到脑后，穿一件和父亲一模一样的海军蓝上衣。我抬头看他，开始摇头，喃喃地解释说我没说任何惹怒爸爸的话。但他眼中的光黯淡了——每次我出现时他都是这种表情——他举起一只手。我闭上了嘴。

　　"你提前出来了。"他带着冷淡的笑容说。

　　"只提前了十天。温——"

　　吉恩·诺斯科特突然出现在我们中间。我猛地住嘴。

　　"对不起，诸位，"温对着房间说。就像花儿追随太阳般，所有人的目光都移向了他，我注意到他从容的露齿微笑和闪闪发光的白牙。他很擅长这种事。非常擅长。"我父亲祝各位度过一个愉快的晚上。现在我和妹妹要送他上楼，让他舒服些。各位请继续。我们很快就回来。阿西娅？"

　　在诺斯科特警觉的目光下，温用一只胳膊搀扶着爸爸，带他走出房间。我没有跟过去。

　　杰伊突然从人群中出现。"嗨，阿西娅。你没事吧？"

　　我浑身僵硬，不知所措。每个人都带着怜悯和担心的神情看着我。坦白说，还有瞧不起。我的事在过去一年里传开了，若以为人们不知道就太傻了。现在我回家又闹成这样，糟透了。我动弹不得，说不出一句话。

　　"我给你拿点喝的东西吧？"他说。"水或者其他什么？"

"亲爱的。"莫莉·罗布来到我身边，碰了碰我的胳膊肘。"走吧。"

"很高兴见到你。"杰伊说。我没有回答，任由莫莉·罗布领着我走出房间，来到前厅。温和爸爸已经走到楼梯顶了。我追过去。

"阿西娅！"她在我身后喊，但我没有理会，继续一步两个台阶地跑上楼。

在走廊尽头，我看到头发梳得一丝不苟的温消失进父亲的房间。房门咔嗒一声关上了。我沿着走廊跑过去，抓住门把手，转动它，打不开。他锁上了——我哥哥把我锁在了父亲的房门之外。我敲了敲门。"温。"我尽量放低声音。"让我进去。"

莫莉·罗布出现在我身边。"阿西娅，亲爱的，你这是在出洋相。"

"我没有。我只是想见他。"

她怜悯地看了我一眼。"你真的该离开了。"

"我想见我父亲。"

"他现在不想见你，亲爱的。我不知道你为什么显得那么惊讶。你给这个家找了那么多麻烦。"她压低声音说。"你可真行，脸皮真厚。"

我转身背对她，闭上眼，指尖轻轻压在上面。深呼吸，我对自己说。

是的，过去的一年糟透了。我偷了爸爸的钱，还有别人的。有百分之九十的时间，我都因为吃了药晕

乎乎的。所以，他当然送我去了戒毒所。是的，我一直在反抗。但是过了一段时间，在那里待了几个星期后，我让步了。我开始参加聚会，在小组里和大家分享自己的经历，按照戒毒方案执行。爸爸给我打过电话，给我寄过好玩的明信片。后来我去了中途之家，他还给我送来我最喜欢的烘焙店做的纸杯蛋糕。

也许是因为我回家带来的陌生感。小组里有个女人讲过类似的故事：家人很难面对在戒毒所待了很久后回来的你，你戒了毒，清醒了，健康了，却变成了个陌生人。

"你给温带来了多少难堪，"莫莉·罗布说。"还有我。我们不得不回答的那些问题，说出来你都不会相信。"

"好，我会离你们远远的。可我要见我父亲。"

"他得了阿兹海默症，阿西娅。"她在离我的脸很近的地方怒气冲冲地低声说。

"我知道。"我说。别哭。

"病情比你走之前严重多了。"她停了一下，继续说，"他快死了。"

我看到车道上停的那些车子时就已经明白了，尽管如此，听到这个消息依然让我感到肚子被重击了一拳。先是母亲，现在是父亲。愤怒混合着绝望，让我的手臂和腿阵阵刺痛。

"所以，在他快死了的时候，你们就把我留在那个鬼地方？"我说。愤怒的卷须变成了藤蔓，从我体内向外挤压。"甚至不打算通知我？"

"我们不想打扰你的治疗。我们觉得这是最好的做法。如果你打招呼说要回来，我们会让他做好思想准备。你也看见了，你在这里让他很不高兴。"

"那是因为他现在不正常，莫莉·罗布。你和温应该通知我，让我回家。"我的声音激动得变了调："我是他的女儿。"

"阿西娅，"她说。"你冷静点。这里有一屋子客人，他们是来向你父亲致敬的。还有"——她压低声音急促地说——"来支持温的竞选。吉恩·诺斯科特几乎是一个人在资助整个活动。"

"我才不管什么吉恩·诺斯科特和温的竞选。"

"这恰恰证明你是多么自私，自私得让人难以置信。为了温的竞选，这个家牺牲了一切。一切。你知道它对你的父亲意味着什么。这是他自从温小时候就有的心愿。"

她说的对。爸爸的希望一直寄托在他的宝贝儿子而不是女儿身上。所有人对我最大的希望，就是我的破事不要妨碍温成为政坛明星。

"我不管这些。我想见爸爸。"我说。

"你怎么这么残忍？"她摇着头说："他害怕你。"

我那身高六英尺三英寸、高大壮实的父亲害怕我，我还没完全理解这个荒谬的说法，就听到他的声音从锁上的卧室门后传来。那声音听起来强壮自负，

就如我记忆中那样。

"你告诉她，"他喊道，"告诉那个女孩，我说三十岁很操蛋。如果她母亲在这儿，也会这么说。三十岁操蛋极了！"接着，他发出了一阵狂笑。

第二章

1937 年 9 月

亚拉巴马州，西比尔山谷

女人们从山谷里、大山里，甚至从邻近山谷里远道而来，只为了买金恩·伍滕的忍冬花酒。他们常常是步行前来，偶尔骑骡子，那会让她的丈夫豪厄尔火冒三丈。他是个农夫，他的父亲和祖父都是农夫，照他的看法，骡子是用来耕地的，不是用来驮女人出门的。

豪厄尔一直想把那玩意一股脑儿地拔掉——那团盘踞在低处草地上的忍冬花藤。一百年前，政府在东部各地种下了这种来自日本的植物。它就像肿瘤一样让人讨厌，而且完全无用。豪厄尔想在那片地上种棉花，赚点儿闲钱，可最近他又觉得棉花需要太多肥料和照管。

女人们来了，大呼小叫地找金恩买忍冬花酒，这时候豪厄尔通常会消失。反正不管怎样，她都会把赚到的钱交给他。好吧，其中的大部分。好吧，至少一开始是这样。

忍冬花酒一开始只是一种普通的酒。最初几次，金恩是按照她姨妈做蒲公英酒的方子做的，可后来她找到了一些窍门——加些这个再添些那个——然后，它就差不多成了一种介于白兰地和她父亲自酿的威士忌之间的味道。

金恩说她也不清楚方子的演变过程——有些厨师在告诉别人怎么做桃子派或炖兔肉的时候，会含糊地说"加点这个""加点那个"，她就是那种人——而且她一直告诉顾客，她记不清酿这酒是怎么酿的，或者准确地说，记不清如何才能让它如此馥郁。

但她知道，如果用手而不是用马铃薯捣泥器来捣碎花朵，酒的味道就会更清冽。她还知道要让混合物多发酵几天才能使它别具风味。而且，只有她知道那种锡达敦人卖的特殊酵母。她知道。

尽管西比尔山谷的男人们——他们都喝私酿酒——打死也不肯喝忍冬花酒，女人们可不一样。她们几年前就发现这种酒和玉米烧酒一样烈，却更顺口。这个传说越过州境线传到了查塔努加——金恩·伍滕，那个手上永远带着捣碎忍冬花香味的女孩，会做

一种神奇的酒，能喝得你浑身又暖和又舒坦，第二天早上还不会难受。

一天，豪厄尔在亨茨维尔和资源保护队的男孩一起工作，金恩正在给孩子们做饭，两个来自查塔努加的女人敲响了伍滕家的门。她们穿着漂亮的羊毛衣服，戴着与之相称的帽子，涂着天鹅绒般的红唇膏，开一辆像龙一样的银色轿车。

她们和平时的客人完全不同，不过来这里的目的倒是一样。她们买下了她的全部存货，她看着她们把那些牛奶瓶放在车子的地板上，像盖新生儿那样用毯子盖住，其中一个人用戴着手套的手挡住刺眼的阳光。

"你一定要来好莱坞，"她说："来试镜。你也许是我见过最漂亮的姑娘。"她转头对她的朋友说，"玛奇！你不觉得她该去好莱坞吗？"

沃尔特和科莉蕾娜来到门廊上，走到母亲身边。男孩叉开脚站着，双臂交叉，看着眼前发生的事，用乌鸦似的眼睛看看母亲，再看看两个女人，嘴角向下一撇。

玛奇直起身，赞赏地看了金恩一样。"她比玛娜·洛伊美多了。你多大？"

"再过一个月三十岁。"

"喔，姑娘，你看上去可不像，像十七八岁。"

金恩的女儿科莉蕾娜靠近了一点，攥住了母亲的裙角。

"你想去好莱坞吗，小宝贝？"玛奇问她，"像你妈妈那样？"

科莉蕾娜没吭声。

"你想当荧幕明星吗？"

科莉试图把自己埋在母亲的裙褶里，金恩一只手保护性地放在她的卷发上。两个孩子里沃尔特胆子大，才十二岁就又高又瘦，像住在长满月桂树的野地里的山民，目光警觉，能言善辩。但是科莉不行。

"我看她太害羞了，当不了明星。"金恩说。

"胆小可干不成大事，"玛奇断言道，然后两个女人就爬上那条银龙，绝尘而去。金恩把一沓纸钞卷起来塞进裙子口袋。总共有一百多块钱，她不打算告诉豪厄尔，但她会问问他玛娜·洛伊是谁。

吃晚饭时，沃尔特用乌鸦般的眼睛死盯着母亲。"她们系谁？"他问。

"她们是谁，"金恩纠正他。"只是两个朋友。"他看了她一眼——就在这一瞬间，她觉得他像极了她的父亲。他一言不发地离开饭桌，咣当一声打开后门出去了。他没有吃完他的羽衣甘蓝，但她没喊他回来。

那天夜里，金恩给孩子们盖好被子后，爬下地窖，那里放着酒桶、罐子、粗纱布和软木塞。她把那一百多块钱分开塞进一些空罐子，盖上软木塞，然后把它们放在架子高处的几个装着正发酵的酒的罐子旁边。豪厄尔一般不进地窖，也不管她的生意，只偶尔问问哪个人的妻子、女儿和祖母买了多少酒，掌握大概的

情况。

金恩还是个女孩时，西比尔谷出过一个疯女人。卢瑞家的一个女人发现了丈夫藏酒的地方，喝光了酒，然后脱得一丝不挂，爬上了布鲁德山的防火瞭望塔。人们——当然大多是男人——从很远的地方赶来围观。第二天事情结束后，金恩听说卢瑞家的那个女孩甚至没打算藏起来，而是像个下等妓女那样露着屁股和胸脯站在那儿，大喊说她哥哥在追她。她一整天都威胁要从塔上跳下去，太阳落山时真的跳了。她本该摔断脖子，可运气太差，只摔得脚踝淤青，身子侧面有一条又长又深的伤口，她的家人把她送到了普理查德精神病院。人们说这都怪她丈夫没看好她。

和卢瑞家的女孩一样，金恩也猜到了一些事。她知道妈妈生病或"发作"而被关在卧室时，爸爸就会像公猫一样在山里游荡。她知道他在干什么勾当，她见过他抚摸镇上一些女孩后背的样子。

她也知道豪厄尔的事。当然不是她爸爸的那种事。但是她家的厨房会时不时出现非法偷猎的鹿肉，他还在房子后面的小树林里用蒸馏器酿私酒。

但是她和卢瑞家的女孩不同，她懂得该如何闭嘴。

金恩爱过豪厄尔，不过是很久以前，好像是上辈子的事。她那时总是披散着头发，他喜欢她那样。每天早上，她任由他脱下她的睡裙，抚摸她的身体，即使天还没亮，即使她昨晚哄孩子到深夜。

可现在他一睁开眼就立刻跳下床，穿好衣服和靴子，对她随意点一下头就出门了。他肯定没注意她的头发是怎么梳的，他现在很少注意她，除非她做错了什么事。

这种被她母亲称为"安稳下来"的事在婚姻中很常见，哭也于事无补。她猜想他瞒着她的秘密也是"安稳"的一部分。现在她也有了自己的秘密。比如来自查塔努加的女人。还有那个最重要的、一直被她当作情书般珍藏在心底的秘密。

她和汤姆·斯托克的谈话。

金恩脸红了，把罐子推到远处的阴影中。一百美元！先把这笔意外之财藏好，再去盘算怎么用它。或许她该离开家去好莱坞。带上孩子，跳上一辆火车，像那两个女人说的那样去试镜。

豪厄尔肯定会火冒三丈，甚至也许会来抓她。他肯定想把沃尔特带回去。他可以轻易地放弃科莉蕾娜，可他需要男孩在农场帮忙。或许她该留下沃尔特，五岁的科莉是她的宝贝。没有科莉，她哪儿也不去。这个小女孩还会吮吸她的拇指，夜里还会哭着找她。

金恩决定把各种选择都摆在面前，就像把洗好的衣服挂在晾衣绳上，这样她就能看得更清楚。但是要寻找一个合适的时机。等她到草地摘忍冬花的时候，科莉会在她身边搜集干掉的蚂蚱壳，放进她的雪茄盒里。在那片草地上，她就可以偷偷思考，把一切

想清楚。她不能在家里这么干，豪厄尔只要看到她，就能猜到她在想什么。他一定会弄清她的秘密计划，然后就会在家里跺脚，咒骂着走来走去，接下来不知道会发生什么。

第 三 章

2012 年 9 月 15 日，星期六
亚拉巴马州，莫比尔市

我像一个胆小鬼，逃离了聚会。逃离了愤怒而混乱的父亲，逃离了温的冷脸和莫莉·罗布莫名其妙的新形象。逃离了杰伊和他令人无法承受的好意。

原来是这样。我接受了十一个月的治疗，分享并学习如何面对我的问题，更不用说还买了双很棒的新靴子，现在我把一切都搞砸了。回家不到一个小时，我就变回了过去的阿西娅。

那只爱管闲事的狗跟着我走出前门，啪嗒啪嗒地在我身后下了台阶，它好像觉得我需要陪伴。我吼着让它停下，它看上去被弄糊涂了，小屁股一下子坐在了草地上。

我跑到那条通往树林的小径的入口，告诉自己深呼吸。父亲病了。阿兹海默症是一种很严重的病。他有将近一年没见过我了。他的头脑被旧日记忆的铅弹打穿，现在一片混乱。他不知道自己在说什么。

不幸的是，这一点理智并不能帮到我，我依然感到地面在倾斜，我就要滑倒在一块陡峭的岩壁上，没有什么能减缓我下坠的速度，没有什么能阻挡我掉进下方张着无情大嘴的深渊。

天差不多黑了。聚会的声音更响了，笑声、谈话声和碰杯声从房子里向我飘来。温大概已经下楼，说了一些俏皮话缓和气氛，于是所有人都觉得自己获得了允许，可以继续寻欢作乐。

我讨厌房子里的每个马屁精。瞧不起他们。如果我的治疗师在，他就会说正因为这样我才需要回到那栋房子里。可我做不到。父亲的那些话依然在我脑中回响："三十岁很操蛋。*如果她母亲在这儿……*"

我沿着蜿蜒的小径一直走到松树林深处，不由自主地走向那个地方，只有在那儿我才能感到安心，躲开人们同情的眼神和评判，躲开我自己的恐惧。小时候，每次感到孤单时我就会跑来。在那片林间空地，我总能感到母亲的存在。

我来到那片覆盖着松软青苔和腐叶的空地，站了一会儿，感受静止而潮湿的空气，感受它的神秘。我闻到树林更深处飘来的玉兰花和忍冬花香味。这种很

特别的香气总是能打动我。母亲的味道。

我闭上眼睛，眼前浮现出她的样子——黑色的卷发随意地披散在后背，眼睛弯起来的样子像只猫，皮肤白皙无暇。她跪在地上，金色裙子在月光下闪烁，看上去像一个超凡脱俗、浑身发光的女神。每次我闭上眼睛，她总是穿着这件金色的裙子。

我坐在苔藓上，双手托住头，叹了口气，让寂静和逐渐加深的黑暗包裹住我。我想平静下来，让自己回忆起母亲其他时候的样子。随便哪一天，比如某个圣诞节的早晨，某个在海滩度过的夏日周末。但我只能想起一幅画面：她穿着那件该死的金色的裙子，在这片空地上，像个疯子似的唱着歌，浑身发抖。

"你还好吗？"

我猛地抬起头，顺着小径望去。一个阴影，一个高个子，挡住了从房子里发出的光。

"我是杰伊。"那个阴影说。我坐起来。他又走近几步，我终于看清了他的样子。浓密的蜜色头发，蓝衬衫，领口敞开。我移开了目光。

他在我身边坐下，友善而毫无威胁地撞了一下我的肩膀。我也故作冷淡地撞了一下他，可我的心脏仿佛在胸腔里颤抖。他递给我一朵在小径某个地方摘下的勒杜鹃。我接过来，同时用心灵感应术向他传达了复杂的讯息：不要说话。至少在我心情平稳之前不要说话。如果他接收到了我的讯息，那他选择了置之不理。

"我为你爸爸的事感到难过。"我能闻到他的古龙香水和洗发水的味道，还有他的呼吸。天啊，我简直能闻到他的灵魂。他干吗非要坐得这么近？

"谢谢，"我勉强挤出一句。我太可笑了。像个孩子。"你已经三十岁了，阿西娅。三十岁。"

"你很难受吧，我猜。"

"是啊，"我说完，清了好几下嗓子。"很难受。"

"你愿不愿意去……"他犹豫了一下。"吃点东西？"我知道他本来想说的是"喝点酒"，我挤压着双脚间的苔藓，碾磨着它们，向他又发送了一条心灵讯息：谢谢。看来他也听说戒毒所的事了。

"我不怎么饿。"我说。

"我也不饿。我只是觉得你也许想离开这儿，聊聊天。"

我第一次让自己的目光停留在他身上。这让人不安：看着这个和我一起长大的孩子——这个男孩住在上游，曾是我最好的朋友——可我看到的却是一个男人。他和那个男孩像又不像。他脸上的皮肤变得粗糙了、沧桑了。我能看到他的鬓边已经有了几缕早生的灰发，但他的身材还像过去一样修长。仿佛他在这些年里进入并填满了这个高大的身体。他在这个身体里似乎很自在。我却不然。

我想起曾听说他已经结婚了。但结婚了也可以和一个老朋友说说话。我又不在乎。

我不在乎。

他扬起眉毛，我心里又是一颤。我要怎么和他说话？发生了这么多事，他又目睹了刚才的一幕，我要和他说什么？

"我可以去吃点东西。"我暗自希望自己的冒险能有所回报。也许杰伊找到我是有理由的。这个想法似乎很牵强，而且我明白自己或许把漂亮的肩膀与值得信赖混为一谈了。但是管它呢。这对我来说不算什么。

"去'河屋'吧？"他问，我点点头。"我开了船。穿好你的鞋子。"

我们坐上杰伊父亲的那艘装着舷外发动机的旧船，离开了码头。宽阔的河水漆黑平静，倒映着码头边的点点灯光。我们在水波中迅速前进，发动机轰鸣着，我偷偷瞥了一眼杰伊，他像他父亲那样开着船，站着，懒洋洋地靠着椅子扶手。一段回忆闪过：杰伊和我游到这艘船浅蓝色的船身下方，用他的随身小刀刻上了我们姓名的首字母。我们显然忘了谢拉米先生用起重机把船吊起的时候就会发现它们。

我们经过了一艘船屋——用弹力索和褪色绳子固定住的一个锡皮单顶小棚屋。杰伊放慢速度，朝坐在网布草坪椅上的男人挥了挥手。男人脱下了船长帽作为回答，杰伊打开节流阀。我闭上眼，感受头发在风中飞扬的快乐。

我简单地给杰伊讲了讲我的生活：戒毒所，中途之家，以及莫莉·罗布和我哥哥刚才如何把我赶出了我唯一的真正的家。发动机的嘈杂让我感到庆幸，它给了我盘算策略的时间。

　　我们渐渐接近"河屋"的泊船处，杰伊跳上岸，拴好船，伸出手拉我上岸。我把手放在他的手里，皮肤感到一阵甘美的刺痛。我们朝挂着一串白灯的三合板小屋走去，我真希望能像个普通人那样坐进这间酒吧，喝瓶啤酒放松一下。我的神经向胳膊和腿传去一阵阵令人痛苦的警告般的震颤。

　　H.A.L.T，我提醒自己。饥饿。愤怒。孤独。疲倦。①那些应用"十二步戒除法"的诊所在治疗过程中总在不停重复这一点。好吧，我肯定四条都占全了，也就是说，我需要停下自己正在做的一切，好好照顾自己。可现在并不可能，我能熬过今天就好。

　　我们在远处角落的一张野餐桌边坐下，我看了看周围。我在这里做过酒保——过去的很多年里我做过各种和酒有关的短工——挺久以前的事了。幸运的是，无论是吧台后还是桌边的人，我一个也不认识。老板还是那对六十多岁的脏皮士②夫妇，但他们一般都待在里屋玩扑克牌，通过窗户向厨房里那个十几岁的瘸腿伙计发号施令。

　　"两杯甜茶，"杰伊对女服务生说，然后转过来

---

①饥饿（hungry）、愤怒（angry）、孤独（lonely）、疲倦（tired）四个词的首字母为 HALT。——译者注
②脏皮士（crusty），指生活在常规社会之外，身穿旧衣服到处游逛的英国青年。

看着我。

"你看上去很美。"

我摸着自己的胸口，被他的这句赞美惊呆了。事实上我苍白消瘦、焦躁不安。正在戒毒的人不会好看。

"你人真好。"

"恩，我是很好，可我刚才说的是真心话。你比十八岁的时候漂亮了。不是说你以前不漂亮，只是你……"他的声音越来越轻。"算了。"

我的脸红了。十八岁是太久之前的事，我不会天真到以为这些年的痛苦和药物不曾在我脸上留下痕迹。可他看着我的样子，澄澈的眼睛，坦诚的面容，唇间的微笑，让我感到了一丝希望：也许他能看到我内心纯良的一面。

我看着他为我们两人点单。他看上去那么从容大方。说实话，真的太帅了。我必须提醒自己我们过去为什么没上过床。我有很多理由害怕，最主要的是我父亲说过，如果我和杰伊上床，他就会先杀掉我，再找到杰伊杀掉他。他不是说着玩的。我父亲的眼神凶悍得像克林特·伊斯特伍德，不能把他的话当做儿戏。

我一直没和杰伊上床还有一个原因。一个被我藏在心底太久的秘密，它的毒素仿佛已经渗进了我的血液、骨头和灵魂。罗·奥利弗。那个人渣，他父母在上游有一栋有圆柱的大房子。他的名字让我恶心。

我要夸夸十几岁时的杰伊，对于我屡次莫名其妙地拒绝亲热，他表现得很有风度。从没问过让我难受的问题，从没强迫我做不情愿的事，而只是继续出现在我家门口，微笑着邀请我去吃冰淇淋或看电影。

关于杰伊有一点可以确定：他绝对懂得从长计议的道理。

我们十一岁时曾偷了谢拉米先生的违禁烟花溜出去放，杰伊告诉我，那是他爸爸为庆祝独立日准备的。我们蹲在他家后面的树林里。他在一支发霉的"罗马烛光"烟花下方轻轻按着一个偷来的打火机，说他仔细想过了，我们俩应该结婚。不着急，以后再说，等到我们二十岁左右。我们依然可以按自己的心愿选择大学，但这样就能免去和别人约会之类的麻烦了。

我记得我大概说了句"赞"或是同样深刻的什么话，然后他用一只手抓住一棵小松树保持平衡，俯下身子，嘴唇轻轻拂过我的嘴唇。这是他第一次吻我，那感觉很可怕，就像我们做了一个郑重的约定。在接下来的一些年里，我觉得杰伊一直黏着我，主要就是因为这个约定。他不会真的相信我就是我装出来的那个样子。后来我走上了漫长的下坡路，开始不接他的电话。我不可能遵守约定，不可能让他看到真正的我。

我们在"河屋"吃东西的时候，他表现得就像和我坐在那里是全世界最自然的事情，就像一切都与他的计划完美契合，就像这是命中注定。

他迎上了我的目光，咧嘴一笑。"能说说那件事吗？"

"好啊，说吧。"

"我记得你已经在里面待满九十天了。你爸爸为什么还那么凶？"

"他不是故意的。他病了。阿兹海默症。"

杰伊看起来没被说服。

但我父亲有充分的理由。八十年代，他在担任司法部长期间，参与了反毒品的战争，清理了警方能抓住的所有大街上的低等毒品贩子和街角骗子。结果莫比尔市警察局的规模和收入都增加了一倍，我父亲成了人尽皆知的强硬不屈的狠角色。不用说，我十几岁的时候，他粉碎了我为了搞到药片想出的种种招数。

"我活该，"我加了一句。"我让他受了很多罪。"

"去他的。你是他的女儿。"

我凝视着杰伊的眼睛。为何不把一切都告诉他，向他袒露灵魂。如果那样做了该多么解脱。他看上去就像是神父、治疗师和小狗的混合体。他从未背叛或欺骗过我，一次都没有。他一直是个可靠的朋友。

我移开了目光。在将近二十五年里，我抵挡住了各种心理学专家、咨询师和好心友人的诱惑。我未曾告诉任何人，在母亲生前最后那一晚我见到她的时候，我们之间发生过什么。我甚至不知该从何说起。

"我家有很多房间，阿西娅，"他说。"如果你不愿意回家，可以和我待在一起。"

我大笑，摇了摇头，然后再次大笑。

他扬起了眉毛。"你觉得我在开玩笑？"

"不是。我只觉得你根本不知道自己在说什么。

你对我一无所知。"

"那你说给我听听。"

"我是个骗子，是个小偷，"我淡淡地说。"是个瘾君子——主要是药片，不过只要是能让我晕乎乎的东西就行。我身上就没好事。"

一阵沉默，然后他开了口。

"我不知道你听说没有——我一直在纽约，在华尔街工作，"他仿佛完全没听到我刚才的那番自白。"有一天我被解雇了，第二个月我妻子就搬走了。她说我不够用心。"他擦了擦嘴，把手帕叠起来塞到盘子下面。"管它为什么吧。所以不久前我搬回来了，在我爸妈出国期间替他们照管房子。"

我没有说话。一个失业的离婚男人。一个正在戒毒的瘾君子——还有个垂死的父亲。我们倒真是般配。

"你怎么想？"他问。

"你为什么对我这么好？"

"什么？这还需要问吗？我们的过去对你没有意义吗？"

我们的过去。有一半时间都在捉萤火虫，看恐怖电影，在他的平底小船上钓鱼。另一半时间在亲热和参加学校的舞会。在童年的婚约之后，我们大概还有过一些海誓山盟，只是这些记忆，在药品和酒精的作用下已经被我淡忘。

"你是个好人，杰伊。"为了打破我脑中的混乱局面，我终于说道。

"我不是对所有人都这么好，"他示意女服务生过来。"一个巧克力派，两勺香草冰淇淋，两个勺子。"服务生点了一下头离开了，他再次转过身对着我。

"不过要说对你？确实是。我对你只有好意。"他注视着我。"你怎么想？"

我看着他的眼睛，突然感到有某种熟悉的感受在拉扯我。什么东西在拽我，一开始动作很轻，为了不引起我的警惕。这个东西里隐现着一个没有重量的、轻飘飘的承诺。它轻声说着一些关于命运和抵抗无用之类的听起来挺深刻的话。杰伊和毒品。我感到这二者没有太大差别。

我试着回忆起戒除法的步骤，在小组活动时不断重复的精辟箴言，关于无力感和虚弱感，关于我们所有人是多么糟糕，但是我的脑中只有一片空白。

我陷入大麻烦了。

"阿西娅？"

"我不能，"我立刻说。"但是谢谢你。"

他盯着我又看了一会儿，然后点了点头。

我想到了派对上的温和莫莉·罗布，他们正在和客人们道别，我还想到了我的父亲，他在楼上，把自己关在房间里。他对我喊的那句话——*三十岁很操蛋*——让我的血液冷了下来。

我母亲死在三十岁生日那天。动脉瘤，很惨，但并非什么奇闻异事。然而关于她身上的一些事，关于她的死，爸爸一直没有解释。以前他曾经表达过这样的意思：三十岁的到来以某种方式害死了我母亲。现在他似乎在暗示，我也快三十岁了，那个神秘未知的东西正躲在某个看不见的地方，等着把我的命也收走。

我母亲也说过类似的话。很久以前我还是个小女孩时，她说过一次。还有一次是她死去的那天晚上，在那片空地上。她警告过我关于三十岁的事，还给了我建议。

经过今天下午父亲的发作，有一件事已经很明显了：他还有一些事瞒着我们。我一直知道，我的骨头里一直有一种喧嚣而焦灼的低吟。现在它要跑出来了。

三十岁操蛋极了。

我必须见他，不管他愿不愿意。我必须知道更多。

女服务生把派和冰淇淋放在我俩中间。杰伊递给我一支勺子，我看着他挖冰淇淋，那只落在栏杆上的长着红翅膀的渡鸦闪过了我的脑海。

“我必须回家拿些东西，”我对他说，“你能送我过去吗？”

“好。”

我放下勺子，一想到要对付温和莫莉·罗布，就没了胃口。突然间，我觉得自己看到了勺柄上有一点点金粉，就像最细的尘埃。我眨了一下眼，它消失了。

第 四 章

2012 年 9 月 15 日，星期六
亚拉巴马州，莫比尔市

　　回到我父亲的码头，杰伊扶着我踏上已被侵蚀的木板。他的手指拂过我的，我把手抬到头发边，装模作样地把头发挽成一个发髻。和他身体接触让我紧张，我现在不需要再多一个古怪渡鸦或金粉之类的幻觉了。

　　我一次最多只能应付一件可怕的事。

　　他退回他的船上，船身被压得摇晃起来。"我能给你打电话吗？"

　　我把电话号码告诉了他。

　　"好吧。希望很快能再见到你。"他说完离开了

河岸。

我隔着窗户看到了莫莉·罗布，她正在收拾聚会后的杯碟。她用膝盖把一个软面搁脚凳推回原位，差点儿撞到了那只小狗。它飞快地横着跑开，然后溜进了厨房。她朝窗外看了一眼，放下一摞杯碟，悄悄溜出房子来到门廊，推上身后的门。

"现在不合适。温叫来了他的医生。"她浅色的圆眼睛对我眨了眨。

"你有什么要对我说的吗？"我问。

她的眉毛猛地一抬，摆出一副无辜的表情。

"你看起来很生气。"

"我不生气。我为你付出的艰苦努力感到骄傲。非常骄傲。我支持你，阿西娅。你知道我一直支持你。"

我交叉起双臂。"但是竞选……"

她微微笑了笑。

"你们不得不小心，对吧？"我说。

"你在国家政治的环境中长大，应该比别人更能理解。"她盯着我说。

她真的很希望我走。消失进黑暗里，把自己从我父亲的生活中抹去。

"我要拿些东西，"我最后说。"既然我不住下。"

她歪了歪头，表情依然温柔。"好。你要拿什么？"

"我不知道。衣服。东西。"

"你要什么，我帮你拿。"

"这是我的家，后来你才来。"

埋葬忍冬花的女孩

她的脸色变得难看了。

"让我进去拿我的东西，莫莉·罗布。"

她叹了口气。"好吧。但是别进他的房间。"

我绕过她，拉开纱门，朝楼梯走去。我能听到那扇老旧的门砰地关上，她的高跟鞋在我身后哒哒作响，我的脑中闪过了一幅画面：我转身一拳打在她涂了太多粉的光滑的脸上。我把双手揣进兜里。

我来到楼梯顶，沿着走廊朝我的房间走去，左边最里面的那间。从我小时候起这间屋子就没变过样。没有母亲的孩子就是这样长大的。永远睡那张黄铜四柱床，坐那把有拼布垫的儿童摇椅，用那张太小的已经豁了角的梳妆台。永远是一个五岁孩子的房间。

我用力推开橱柜门，拉了一下灯绳。架子上堆满了旧棋盘游戏、针织毯，还有堆起来的T恤和针织衫，但我立刻知道有人来过这里。一阵惊恐的感觉涌遍全身。我转过身，因为愤怒而全身发热，我抓住莫莉·罗布的胳膊。她的脸色变得超出想象的惨白，这让我感到满意。

"它在哪儿？"我说。

"我不知道你在说——"

"雪茄盒。在哪儿？"

我推开她，朝房门走去，然后又转过身，伸出手指恶狠狠地指着她。"我现在要去父亲的房间。你离远点。"她举起手做了一个无助的姿势。我大步从她身边走过。

我经过走廊，推开父亲的房门。房间里很昏暗，只有床头亮着一盏小灯。父亲躺着，上半身被一堆枕头撑起来。他闭着眼睛，有人给他换上了睡衣。温坐在旁边的躺椅上。这是我很长时间以来第一次认真看我的哥哥。他的头发比记忆中还要浓密，因为涂了发胶而闪闪发亮。他坐在那把椅子里，看上去完全放松。健美的身材，晒成小麦色的皮肤，所有人心中完美的州长形象。

我脑中闪过他小时候的样子。从容不迫，咧嘴微笑，雀斑。永远恼人地比我高一头。过去，我们经常去河边捞太阳鱼，他赤膊，穿一条紧身破洞牛仔裤，低腰，露出"鲜果布衣"的内裤边。他总是负责困难的部分——把船推到水上，为我们找准正确的方向——所以等到船帆真的兜住风的时候，他已经涨红脸，满身大汗了。他似乎从不为此恼火。他会把绳索交给我，坐到船后面，我一边抢风行船，一边大喊："转弯！"

"那叫'抢风转向'，你这个傻瓜，"他大笑着说。我们沿着河岸滑行时，他会指给我看在厚厚的海藻里晒太阳的短嘴鳄，就连我家这里的河段也有。他警告我说它们特别喜欢吃掉卷头发小傻瓜驾驶的小帆船。

现在，我哥哥已经变得让我快要认不出了。他站在我面前，脸上毫无笑意。过去十年里，在我沿着自我毁灭之路拼命前进时，他却做了各种正确的事情。上了大学和法学院，进入州立法机构，娶了出身于伯

明翰富家的莫莉·罗布。他们俩在过去几年里对我一直很有耐心，很支持我，我是这样想的。但可惜我是在自欺欺人。也许他们只是在监视和等待——任由我毁掉自己，不用脏了他们的手。

"很高兴见到你，老妹。"温说着对我张开了双臂。虽然明知不对，我还是走过去和他拥抱了。他的胸膛很温暖，身上混合着雪茄、威士忌和洗发香波的味道，但是这个拥抱却有些错位和笨拙。我想好好地看爸爸一眼，可温示意让我离开房间。

我们走到前厅，莫莉·罗布在那里等着我们。她身边有一个我这辈子都不想再见到的男人：心理医生邓肯大夫。他建议爸爸和温带我去接受治疗。我们刚结束第一个（仅有的一个）疗程，温就开车把我送去了海滨，让我住进了戒毒所。此后我就没见过这位医生。

"他在这儿干什么？"我问温。

"很高兴再见到你，阿西娅。"邓肯大夫说，老花镜后面是一双水汪汪的大眼睛。他放下一张折角的纸，我立刻认出来了，那是我的雪茄盒里的东西。我的心脏重重地跳了一下，仿佛要顶到我的肋骨。我继续盯着哥哥。

"他为什么有那个？我的雪茄盒在哪儿？"

"邓肯大夫是为爸爸的病来的，"我哥哥说。"他一直在和莫莉·罗布还有我商量，应该给爸爸创造一个什么样的环境。"

"我不相信你。"

"看吧，我告诉你了，她现在有被害妄想。"莫莉·罗布说。

"他在这儿干什么？"我又问了一遍。

"他来给爸爸看病。"温重复道。

"狗屁。"

"明白我的意思了吧，"莫莉·罗布大声说，"我们不能让她在这儿待着，这么跟老爷子说话。他会不高兴的。"

"我可以向你保证，父亲不会为'狗屁'这个词不高兴。"温说。我们的目光相遇了。我发誓我看到他的嘴角抽动了一下。或许哥哥还是哥哥。或许我还能和他讲得通。

"他为什么在这儿不重要。我只希望你们把我的盒子还给我，还有那个，"我朝那张纸点了点头。"然后我就走人。"

"阿西娅，"邓肯大夫说。"你为什么这么想要那个雪茄盒？"

"因为它是我的。"

"是不是盒子里的什么东西对你有特殊意义？"

我感到眼里涌上了滚烫的泪水。深呼吸。要有礼貌。说话要慢。表现得要正常。"这是我母亲在我小时候送给我的，它对我很重要。"

他又看了看那张纸。我恨不得扑过去抓住它，塞进口袋里跑掉，但我站着没动。

"你愿意谈谈那个盒子里的东西吗？"邓肯大夫问。

我摇了摇头。

"那么谈谈这张纸上写的东西？"

Veni, Creator Spiritus, mentes tuorum visita[①]。我还记得我母亲咏唱这些字句时的声音。我五岁的时候，她给了我这张纸，还有雪茄盒里的其他东西。它们是我的。是我所拥有的关于她的一切。

"它只是一段祈祷文。"我说。

"一段对你来说很有意义的祈祷文。'求造物主圣神降临，眷顾祢的信众之心。'我说得对吗，阿西娅？"

回答他的问题时，我的泪水流了下来。一滴，两滴，顺着两边脸颊滑落。我为什么要回答他？我就像是一个的伤口，敞露在他们所有人面前，谈话只会让伤口变得更糟。我朝哥哥转过身。

"求你了。把它还给我。"

我的声音听上去那么绝望，我在往下滑，我能感觉得到。我会变成碎片，裂开，朝各个方向飞散。接着是惊恐发作——心悸、口干、晕眩。我会看到金粉和渡鸦，还有鬼知道什么东西。不行，现在不行，在这些人面前不行。

我不是我母亲。

---

①意为"求造物主圣神降临，眷顾祢的信众之心"，原文为拉丁文，出自一首天主教圣咏。

"听着，"我擦干眼泪，挤出一个笑容。"咱们今天都挺紧张。你为何不让我上楼和爸爸谈一分钟？如果他再见到我，和我谈谈，或许就没事了。"

"阿西娅，"邓肯大夫说。"我们明白你或许对回家这件事感到紧张，就像你说的。你在那边生活了那么久——"他朝大门的方向点了点头，就像我的所有非法勾当都是在我家前院里干的。"让你清醒地工作和生活可能很难。你父亲又病得那么重，你感到失控是很可以理解的。"

"我没有失控，我只想和我父亲说话。如果不行，就让我拿上几件属于我的东西走人。"

"我明白你是这样想的。但是在我们——温、莫莉·罗布和我——看来，事情不是这样，我们想给你另一种建议。希望你能重新找回自己。我们想给你推荐一个机构，一个更长期的地方，你可以在那里找到自己的方向。"

"我已经做过了。"

"'中途之家'是良好的一步，但是你需要更多。"

"不。我不会去什么机构。"

他眼睛都没眨一下。"阿西娅，我们认为你也许需要接受强化治疗。为了解决童年的那些事。"

"我不知道你在说什么。"我的声音听起来痛苦而尖厉。

"你离开的日子里，"莫莉·罗布说，"爸爸说了一些我们过去不知道的事情。关于你母亲的事。"

"什么事？"

"你先坐下来好吗？"邓肯大夫说。

"不。我希望你们把话说清楚。"

"我们对特里克茜有很多不了解的地方，"他说。"你母亲有很多秘密。"

"她的死因和我们想的不一样。"温说。

"什么意思？"我感到自己的呼吸变浅了。我看着他。

他没有回答，转过身走到断层式书柜前，拉出下面的一个柜门，拿出了那个雪茄盒。当我看到它——破破烂烂，上面有褐色的污渍，正面有一只红渡鸦——一阵解脱的感觉涌遍全身。他慢慢走回来，伸出拿盒子的手。我抓住了它，可他还是紧握不放，我们就这样站在那里，各自握着盒子的一角。我轻轻拉了一下，他松了手，看着我，我又朝邓肯大夫伸出另一只手。他把那张纸递给我，我把它放回盒子里，把盒子捧在胸前。

我不是我母亲。

忍冬花女孩不存在……

"妈妈的脑子出了问题，阿西娅，"温轻声说。"她有精神分裂症，三十岁的时候发作了。"

"她得了动脉瘤。"我说。

邓肯大夫开了口。"我们认为她为了抑制精神分裂症吃了大量氟哌啶醇，这才是导致她死亡的真正原因。"

我知道母亲和她的死因中有些不太正常之处。但是父亲从不谈这件事，我也不想把事情往那个方向想。我做不到。而且，我自己也有些不太正常的地方。比如我碰过的门把手或用过的梳子上会留下一点金粉。

我告诉自己，它们只是游戏，是我童年时代的遗存。幻觉。就像热气发出闪光让你以为是水。我并没有在黄油燕麦片的碗底看到圣母玛利亚。我看到的东西没有任何意义。它们只是一种余震，是童年的某个创伤时刻在我脑中印下的残影。

我让情况变得更严重了，我必须承认。我过去常告诉自己，它们是母亲从天堂发来的信号，为了告诉我她就在我身边。金粉来自她最喜欢的那条裙子，红渡鸦从雪茄盒上飞起来，猛冲到我身边。它们意味着她在保护我。

可后来我长大了，开始喝酒、嗑药，这时候耳语声出现了，开始在我焦虑、疲惫或沮丧时，在我把事情搞得特别糟糕时不请自来。我没有告诉任何一位医生。也许我不希望它们离开，我不知道。但是在我去戒毒所的时候，我告诉自己时间到了。我必须停止。我开始使用肯定法。它们或许听起来做作可笑，但真的管用。

大部分时候管用。

"你知道氟哌啶醇的事，对吧？"邓肯大夫问我。

"知道，"我说。"我是说，我知道她在吃这种药，但我不知道为什么。"

莫莉·罗布发出了一声轻哼。

你知道的。你内心深处知道她为什么吃药。

"她没有按医嘱服药，"邓肯大夫说。"我们认为她其实死于药物过量，而不是动脉瘤。"

"这和我有什么关系？"我问。

"几个月前，你父亲表示他担心同样的事会发生在你身上。精神分裂症发作。"

"这种病有遗传性，"温说。"科莉，我们的外祖母，也有这种病。"

"你还是个小女孩时就吃了你母亲的氟哌啶醇，就是因为这个，对吧？"

我的身体变冷了。

"阿西娅？"邓肯大夫说。"你想阻止同样的事情发生在你身上，对吗？"

我想说，我吃那些药是因为它们在那儿，在母亲给我的那个雪茄盒里，我只是想学她的样。我想说那些药让我觉得舒服。让我觉得轻飘飘，超脱尘世，充满勇气。我不明白它们是干吗用的，不真的明白，不完全明白。可这些不是实话。

你知道。

"我检查了盒子里所有空药瓶，"邓肯大夫继续说。"其中只有一瓶来自 20 世纪 80 年代，它显然是她的。其他的差不多都是十七年前的。所以它们是你的。我说对了吗？"

我沉默不语。

"你在十三岁的时候就弄到了药，阿西娅？而且正是你母亲滥用的那种药。你知道，在没有处方的情况下服用氟哌啶醇是违法的。"

我知道。氟哌啶醇、氯氮平、利培酮，它们都是。后来我又发现了阿普唑仑、盐酸羟考酮、维柯丁和奥施康定。这些药容易弄到手得多，兴奋效果也更稳定。从十三岁到现在，我吃了大概有上千瓶药。但我一直把最初的那些氟哌啶醇的药瓶保存在雪茄盒里。它们让我与母亲有更多联系。

大夫清了清嗓子。"让我们帮助你吧，阿西娅。你的情况不是常见的药物成瘾，而是一种病态，与你丧母的创伤经历有关。你很可能有精神分裂症倾向，就像你母亲那样。再加上滥用药物的问题，还有你的这种……这种强迫行为，我是说你模仿母亲的成瘾——"

"你三十岁就会发作了，"父亲在楼梯顶喊道。"她们都是三十岁发作！"

我们都朝他看去。他穿着皱巴巴的睡衣，弯着腰，头发竖着，嶙峋的手指指向我的方向。他的脸上红一块白一块，我上高中的时候，他逮住溜进学校的迟到的我时，就是这个样子。

"爸爸，"我边说边朝楼上走去。感到一只手抓

着我的衬衫后面要把我拉回去。我跌跌撞撞地往前走，一边喊，一边挥着胳膊去抓楼梯的扶手。我看到温从我身边走过，一步两级台阶地上楼。

"她们每个人都是，"我父亲说。"都会发疯。山里的女孩一到三十岁就会发疯。"温用一只胳膊搂住爸爸，转过他的身子，让他回卧室。

"温！"

我哥哥停下来，低头看向我。

"这不是真的，对吗？"我说。"告诉我这不是真的。"

父亲快速地摇摇头，仿佛在回答某些没有听到的声音，温抬起眼睛看着天花板。

"温。求你了。"

"很抱歉，阿西娅，"他说。"妈妈知道自己会发生什么事，所以她才会吃氟哌啶醇。那件事发生在她们所有人身上，可能也会发生在你身上。"

"我们希望能密切观察你，"邓肯大夫在我身后说。"以防我们推测的情况发生。那时我们可以阻止你伤害自己。"

我感到他们在向我逼过来，我的家人和大夫，带着关切的眼神和荒诞的故事。但是我父亲怎么会一直保守着这个秘密呢？为什么一直都不说？没有人说过。我的外祖母科莉蕾娜在我母亲年轻时就去世了，这个我知道。没人提到过原因。我的曾外祖母叫金恩，来自亚拉巴马北部的山区，阿巴拉契亚山脉逐渐变成低矮山丘的地方。有一次我听到爸爸的一个亲戚说她和丈夫之外的男人私奔了，但是仅此而已。没人提过她的死。

为什么现在要提？

"这是为了竞选，对吧？"我对温说。"你不想让我给你添乱。"

"我希望你得到帮助，这么做是为了你。"

"我不想再进什么机构。"

"你必须去。"莫莉·罗布说。

"去你妈的，"我对她喊道。他们都目瞪口呆地看着我。"我不必做任何不想做的事情。"我又开始说幼稚的话了，我讨厌自己这样。

温从楼梯扶手上方俯视着我，一只胳膊依然保护性地环在我们的父亲身上。"这你就错了。他把这条写进了遗嘱里。"他飞快地瞥了一眼莫莉·罗布，然后又看向我。"我们都很感谢你在戒毒所做的努力。这是一个很好的开始，但你还有很多要做。我们"——说到这里，他的目光扫过其他几个人——"我们所有人都认为你需要持续的、集中的护理，为了你自己的安全。如果你想要你那份遗产，三十岁前就必须在精神病院住院。否则你一分钱也拿不到。"

说完，他就和父亲一起离开了。

第 五 章

2012 年 9 月 15 日，星期六
亚拉巴马州，莫比尔市

    我离开那栋房子，冲进闷热的黑暗中，诅咒着脚上的细高跟靴子，把雪茄盒和手提包紧紧握在胸前。我上车，转动钥匙，听到咔哒几声，然后一切复归一种不祥的寂静。

    "不。"我又踩着油门试了一次，但是没有反应，连咔哒声都没有。我一下子趴在方向盘上。"不！别这么对我！"

    我听到窗外有鸽子的咕咕声，蝉鸣声，湿热的空气裹住了我。我把头搁在方向盘上，闭上眼。我不在乎医生说的话。有些东西的价值就在于其存在本身。

就算它只是一张用褪色的蓝墨水写下的祈祷文。

"Veni, Creator Spiritus，" 我说。"mentes tuorum visita, imple superna gratia, quae tu creasti pectora."①

我又试了一次钥匙。没有反应。

"Quidiceris Paraclitus, altissimi donum Dei……嗯……tu septiformus munere。" 我背得很快，滔滔不绝，不假思索。我绝望地前后转动着钥匙。车子依然顽固地保持沉默。

"Tu septiformus munere！" 我用两只手狠狠地砸了一下方向盘。

没有反应。

我抓起手提包和雪茄盒，艰难爬下车，脚被安全带缠住，差点头朝下栽倒在地。我使劲扭动身体，踢向一个轮胎。"1997 年的臭狗屎！"

我回头看看那栋房子。温和莫莉·罗布现在大概已经把我忘了，开始做晚上的那套固定程序：锁门、拉窗帘、躺进他们钉了一排钉子的棺材里。他们甚至不会再想到我。我带着满腹怒火，走上一条荒僻的路。

刚经过几户人家，杰伊的车子就在我身边停下了。

"需要我送你吗？"

我停下脚步，感到自己的脸在发烧。真庆幸天已经黑了。

"你去哪儿？"他问。

---

① 天主教圣咏，此处和下一段意为"求造物主圣神降临，眷顾祢的信众之心。使祢所造的众灵魂，充满上天圣宠甘露。祢被尊为安慰之神，至高天主特殊恩宠……祢是七神恩的施主。"

我抱紧了自己那点可怜的家当。"我要离开。"
我停了一下。"你要去哪儿？"

"说老实话，我是回来看你的。"

"为什么？"

"我不知道。只是想确定你没事。来吧。"他招
呼道。"上车。"

我没有动。

"拜托了，上车吧。"

我妥协了。上车后，我一言不发，只是抱着我的
雪茄盒，看着漆黑的窗外。他开车去了往下游几公里
处他父母的房子，一路上只说了几个字，但我不介意。
我只是坐在那里，双手紧抓着雪茄盒，暗自感激这种
沉默。

到了那栋房子——那里的味道熟悉极了，他母亲
的薰衣草清洁剂和他父亲的烟丝的味道——杰伊把我
领到了他父母的那间禅风主浴室。他打开了六个花
洒的淋浴器，留下我一个人待在渐渐聚集起来的水
汽中。四十五分钟后，我裹着她妈妈宽大的毛巾布浴
袍（也是薰衣草香味的），轻轻走进厨房。在巨大
的厨房岛中央有一盆紫罗兰，雪茄盒就放在它旁边。
他向我推过来一杯咖啡。

"喝吧。"他对着杯子点点头，我照做了，竭力
不去看我的那个破烂的、脏兮兮的雪茄盒。可实际上
和往日一样，它就像块磁铁般吸引着我的目光——它
的每个角上都有红色和金色的花饰，一只有很神气的

羽冠的红鸟栖息在一段悬空的树枝上，下面印着一行字："红渡鸦雪茄。"我疯狂地渴望打开它，检查里面的每件东西，分门别类，抚摸它们。已经太久没有那么做了。但我只是用双手捧着我的咖啡杯。

一片湿漉漉的头发落到了我的脸上。杰伊走到我身后，双手拾起几束湿发，把它们卷起来夹到我的脑后。我向后伸出手摸了摸，他用的是一个晾衣夹。

"有创意。"我说。

他清了清嗓子。"我父母在奥兰治比奇的公寓现在空着。我们可以去那儿。吃虾。喝甜茶。看无聊电视节目。"他擦干净咖啡机附近的柜台，顺着我的目光看到了那个雪茄盒。"不去也行。"他把那个盒子朝我推过来。"这里面是什么？"

"只是我母亲留下的一些东西。"我说。

"你自己待着，我不打扰你了，"他说。"如果你希望的话。"

我犹豫了一下，点了点头。

他笑了笑。"明天会好起来的，阿西娅。我赌一百块钱。"

他离开后，我把那个盒子拉到面前，打开了盖子。我闭上眼，然后再次睁开，希望没有别的东西被拿走。没有。一切正如我第一次打开它时那样。

我一件件把它们取出来：邓肯大夫刚才拿的那张祈祷文，药瓶（一共六个，都是空的），一张旧酒标（"金恩的果汁——让你神清气爽！"）背面还用铅笔潦草

地写着一个名字和地址：汤姆·斯托克，老陵园路。一个黄铜和象牙的长条形发夹，上面有一只很小的鸟，身体中间伸出翅膀。一张明信片大小的业余水彩画，画纸叠成四折，画上有两个女人坐在一顶凉亭下面专心交谈。还有几件零碎的小东西，比如箭头，薄薄的蚂蚱壳，几个瓶盖。

我把这些东西在橱柜台面上摆成一排，从前，我每天晚上睡前都会像这样把它们摆在被子上。此时我用虔诚的手指抚摸每一件东西，仿佛它们是圣髑一般。

这一刻，那件事发生了，就像我每次打开盒子时那样。回忆占据了我，在我身体里膨胀，让我窒息。它遮蔽了所有理智的、正常的东西。我看到那条蜿蜒小径，它通向我家旁边的那块林间空地。那是一片绿洲，即使在湿热的亚拉巴马州南部，依然凉爽，遍生青苔。寄生藤像帘子般垂下来，让你仿佛置身于秘密洞穴之中。

夜里，母亲跪在空地上。她在颤抖。她把那个盖子上有红渡鸦的盒子从草地上向我推过来。我看到了里面的东西——祈祷文、酒标、发夹、画，还有药瓶——但我不明白它们意味着什么。她告诉我把这个盒子藏起来，别让父亲看到。我答应了。

我一直遵守着承诺。我把雪茄盒放在一个隐蔽的地方，藏在我的壁橱里，我去上大学时也藏在那儿。我不明白自己为什么这样做。但是现在，我比以往任何时候更确信母亲这样做是有理由的。出于某种原因，我父亲不能看到盒子里的东西。毫无疑问，我哥哥把它拿走也是出于同样的原因。那些药瓶、祈祷文、画、酒标和发夹——它们不是母亲的一些简单的纪念物，而是真的有其意义。它们是线索。

在空地上，我听到了母亲的声音。听到了她死前对我说的最后一句话，关于忍冬花女孩。

她很有智慧。她洞察世事。

现在这些东西——这些线索——都在杰伊家的橱柜台面上整齐地摆成一排，等待着。等待我的下一步行动。它们在拉我过去，可我却在往后退，不敢靠得太近，让它们再一次影响我。母亲说的那些话是一个童话，一个谎言。

不，比那更糟。她给我的那些指示，是精神错乱的产物。

没有人找到我。没有忍冬花女孩，没有无所不知的朋友用话语来拯救我。这样执迷对我没有好处，所有医生都是这么说的。为了我自己，我应该保持坚强和专注。

我不是我母亲。

忍冬花女孩不存在。

我的指尖没有金粉。

世界上没有红渡鸦。

　　我把那一排整齐的东西扫进雪茄盒里。我很庆幸杰伊离开了。我不知道怎么向他解释自己为什么如此在乎盒子里的东西，而又不至于让自己听起来像个彻头彻尾的疯子。

　　杰伊把她父母的那张特大双人床上铺的床单翻过来，我穿着浴袍爬上床。他从抽屉里拿出一件他爸爸的旧汗衫扔给我，然后把手伸到我背后，从我的头发上取下那个晾衣夹，把它夹在自己的手指上，夹了好几次，指尖都变白了。

　　"待在这儿的感觉真怪。"我说。

　　他笑了。

　　我也笑了笑。"睡在你爸妈的床上很奇怪。"

　　"你想睡在客房吗？我爸爸的健身器械放在那儿，不过床空着。"

　　我摇了摇头，他沉默下来，然后准备离开。

　　"别走。"我说。

　　他掀开床罩，穿着衣服爬到我身边，环抱住我，把脸埋在我湿漉漉的头发里。我的心跳开始加速。"如果你想谈谈那件事……"他停下来，等待着。但我一言不发。我不能说。现在还不能。我听到他在呼气，我也那样做了，然后我就不知不觉地睡着了。

　　醒来的时候天还没亮，床单和身上汗衫的薰衣草香味包裹着我，我坐起来，透过窗户对面的玻璃墙看着悬挂在河上的星星，还有破晓前天空中紫色的光。

　　我无法停止去想父亲说的那些话。她们每个人都是——我母亲特丽克茜，外祖母科莉，曾外祖母金恩。我怀疑过母亲，但是从未听说其他人有什么精神疾病，也没听说过三十岁发病的事。除了那天晚上母亲在空地轻声对我说的几句话，没有人对我说过任何事。

　　这件被我藏在心里的刚知道的事太严重，我一时无法消化，甚至无法相信。我感到呼吸困难。一两分钟后，我转过身去看杰伊。他仰面躺着，已经醒了，正看着我。我的眼睛一眨不眨地和他对视，只有一次目光下移到他的嘴唇。我们之间的空气仿佛在噼啪作响，他明白了，脸色变了。

　　"我想我们不该这么做。"他说。

　　"我做的事都是不该做的。"

　　"你错了，"他的声音轻柔沙哑。"我真希望你知道自己错得多厉害。我真希望你能看到我眼中的你，阿西娅。"

　　我感到泪水涌到眼中。他必须停止说这种话，它们让我觉得自己的皮肤仿佛被剥开了。他一直被无微不至地关爱包围，大概无法想象生活在一个缺少关爱的世界里是什么感觉。我想让他别再说了，可我已经厌倦了谈话，而且害怕再谈下去，自己会被引到什么地方。

　　我没有说话，脱掉汗衫，接着又脱掉内裤，朝他靠过去。他把被子掀到一边，我趴在他身上，胸口对着胸口，手臂和腿纠缠在一起，我的头在他的下颌下

面——我们的身体完美贴合。

"我们不该。"他说。

"嗯。"

他抬起胳膊，抱住了我。然后他又开始呼气，仿佛已经憋了很久那样呼气。过了几分钟，他把我移到他的身侧，脱掉他的衬衫和裤子，然后又一次压到我身上。

我吻了他，一个最甜蜜轻柔的吻。泪水威胁着要流下来——噢！天啊，别这样——我翻过身仰面躺着，把他拉到我上方。我想感受他的重量，全部重量，压在我身上。我想感受自己滑到一个地方，在那里我再也不关心任何事。只有我们和这个。

我许了个愿，事实上是两个：第一，我希望杰伊不会意识到我这么做是利用他麻木自己的恐惧。第二，尽管我们之间有很长的渊源、友谊和约定，我依然希望这次情事只有一个意义：两个陌生人在一起做了陌生人有时会做的事。

然后我就放开了自己。

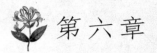

第 六 章

1937 年 10 月

亚拉巴马州，西比尔山谷

学校教师伊莎贝尔小姐写了一张纸条，别在了沃尔特的衬衫上。他不肯乖乖待着让金恩把它取下来，而是挣脱开来。他跑走的时候，纸条被撕掉了一角。金恩看那张撕破的纸条时，科莉在把柜台上的一个搅拌碗弄得砰砰直响。金恩把纸条叠成一个很小很硬的方块，塞进了围裙兜里。

吃晚饭时，她把事情告诉了豪厄尔。

"沃尔特一直在欺负小孩子，"她说。"在他们念圣诞表演的台词时用栗子扔他们。"她没有看沃尔特，但能感觉到他正无精打采地坐在桌子左边，吞下一块土豆。视线仿佛要将她灼穿。

"刚十月就为圣诞表演做排练？天啊，这些女人。"豪厄尔从碟子里叉起一片火腿，猛地扯动下巴。金恩跳起来，为他舀了一圈肉汁。

她不知道他指的是伊莎贝尔小姐，还是西比尔山谷这些年出来的一拨拨老师。豪厄尔自己小时候就搞得好几位老师心烦意乱。其中有一位曾站起身走出教室——走出教学楼，沿着大街一直走到她寄宿的公寓——在大中午的时候。

"我可没时间去学校和一些干瘪的马脸女老师喝茶。你来处理吧。"豪厄尔对科莉眨了眨眼，科莉咯咯地笑了起来。他歪头让脖子噼啪作响，然而对沃尔特说："你别再去招惹那些孩子。否则我会把你拖出学校，然后你就去工作吧，就像我和我爸爸在你这么大年纪时那样。"

沃尔特像块石头般一动不动地坐着。

"嗯？"豪厄尔把刀叉举到盘子上方，就像举着两把匕首。"你是要扔栗子还是要念书？"

"念书。"

"我看也是。"

第二天下午差五分三点，金恩走进学校的大门。孩子们正成群结队地走出来，她紧握着她的笔记本，后背贴在墙上。在教室里，伊莎贝尔小姐坐在讲台前等着。沃尔特和威利·斯托克坐在各自的课桌前。汤姆·斯托克站在窗边。金恩走进去的时候，他咧嘴

对她笑了笑。她的小腹感到一阵悸动。

汤姆是个鳏夫，和儿子一起住在山里的一栋砖砌大房子里。他的妻子叫露西，是个娇小优雅的女人，威利出生不久就死了。汤姆有大把的钱，大概是亚拉巴马州北部最抢手的单身汉，却一直没有再婚。人们说他忘不了露西。这是真的。露西还活着时，每周日都看到她挽着金恩的胳膊，一起走路去教堂。她见过他们对视的样子。

汤姆和金恩接过一次吻——很久以前他们还是孩子的时候，在学校的操场上，那时她还没有跟豪厄尔谈恋爱，露西和她的家人也还没搬到镇上。但是在露西死了几年后，汤姆在五金店或食品店遇到金恩时开始特别注意她，她进城的时候总是会偶遇他，于是也在意起来。

六月的一个礼拜日，豪厄尔又一次找借口没去教堂。金恩走下教堂台阶的时候，汤姆出现在旁边，向她伸出胳膊，她挽住了。

除了那次，他从没碰过她，也没说过一句不得体的话。但还是暧昧。做丈夫的只要稍稍留心就会被惹怒。连金恩也开始疑惑：汤姆·斯托克，这个眼睛明亮、总是面带微笑的男人，究竟在等什么？等着一道闪电把豪厄尔·伍滕劈成两半？

"咱们开始吧。"伊莎贝尔小姐说。

她解释说，在排练圣诞节目的时候，扮演"东方三博士"的沃尔特和其他大男孩一直朝扮演羊的小威利·斯托克扔栗子，还对他发出哞哞的叫声。一颗栗子打到了威利的眼睛，在他的眼白上留下了一条血痕。伊莎贝尔小姐让沃尔特在黑板上写下"我不会再扔栗子"，金恩看到他已经写完了，用细密潦草的字迹在老师脑后的黑板上写了好多行。除了惩罚之外，伊莎贝尔小姐还希望双方家长能达成和解。

金恩向伊莎贝尔小姐和汤姆保证，豪厄尔一定会好好抽儿子一顿，她也会罚他不许吃晚饭。然后他们都站起来，握了握手。走到前门的时候，汤姆把一只手搭在了她的胳膊上。

"金妮。"他说。

她喜欢听他喊她的名字。现在除了她父亲已经没人叫她"金妮"了，而父亲那样叫她的时候感觉也完全不一样。事实上，父亲说他们是出于一种显而易见的原因给她取了一头骡子的名字。但是当汤姆叫她的时候——金妮——她会浑身起鸡皮疙瘩。现在已经不止如此。有一种尖锐持续的感觉从她的腹部向上窜。此时豪厄尔不在身边，她的体内又有了那种感觉，这让她更紧张了。

"你们两个男孩先往家跑，"汤姆对威利和沃尔特喊。"我们一会儿就到。"说完他朝她转过身。"跟我来，我们需要谈谈。"

金恩不确定自己能和汤姆边走边聊。他们此前只交换过只言片语，从小时候，他们就没有过你来我往的完整的对话。

他总是那样。每当她提出问题或说出一句需要回应的话，他就用眼神向她示意"我们以后再谈"，然后从容走开。这让她感到不安极了。她渴望也害怕在下次和他见面的时候把谈话向前推进一步。

金恩有一种感觉，有一天他们会把这场谈话进行到底，那时会发生什么？如果发展到那一步，她会选择汤姆·斯托克而不是豪厄尔吗？她真能做出那样的决定吗？如果她做了，就不仅是背叛丈夫，也是背叛基督。碰了汤姆·斯托克，她就会变成一个丢弃信仰的人。

她跟着他走下学校的台阶，朝学校后面绕过去。她的心怦怦直跳，腹部像有一条鱼在扑腾。他们穿过学校的操场——其实只是一块被夯实的土地，上面突起一些磨得发亮的树根。黄昏还没过去，但已经有一只浣熊出来活动了。它正在拨弄一块棕色的东西。一个苹果核，或是一个孩子剩下的一小块三明治。

"你还记得我在这里吻过你吗？"汤姆突然说。

起了一阵风，一团尘土被吹到他们的脚踝周围，裹着一丝寒意，提前带来冬天的气息。她没有回答，不是因为她不记得了，而是因为不知道该说什么。

"我想大概是过了太久了。"他叹了口气。

"我记得。"

他停下。转向她。仔细看着她。

"那天是五一劳动节，"仿佛过了很久，她说。"豪厄尔拍下了我的花束。"

"你是说他趁午饭时溜进礼堂，在竞拍开始前就偷走花束的事吧？"

"没错。"她笑了。"我以为你会好好教训他一顿，你当时气极了。"

"我想过那么做，"他的眼睛熠熠生辉，狡黠的微笑让她觉得浑身没了力气。"然后我想起他比我大三岁，块头是我的两倍。于是我决定智取，找到你，先得到你的吻。"

他走近了一步。双手插在口袋里。她心跳得厉害。

"我那时想，我要给你一个吻，让你用它和这辈子的所有其他吻比较。"

他的目光移向那只在楼角搞破坏的浣熊。

"我想知道，"他问。"我做到了吗？"

他的声音那么轻，她几乎不相信他在等待答案。也许是因为他已经知道她要说什么了。

他做到了，可是接着汤姆就去上大学了。豪厄尔却留了下来。他留了下来，还发誓说如果她嫁给他，他一定会保护她的安全。他绝不会让她爸爸涂黑他们家的大门。他绝不会让弗农再伤害她。

她回头看着汤姆，感到一阵恐惧的悸动。他的脸色阴沉，目光也暗淡了。有什么不对劲。他要说的不仅是豪厄尔和那些陈年往事。有什么很不对劲。

"怎么了？"她问。

"我必须给你看个东西。金妮。在山上。"

"什么？"

他没有回答。

"汤姆，你吓到我了。"

"那个东西……你必须得看看。"

他伸出胳膊，她挽住了。他们离开学校操场，朝树林里走去，小心地穿过马利兰栎树、山胡桃树和松树，经过一片片覆盖着光滑的松针和橡子的地面。他们走的是一条狭窄的有鹿出没的小径，沿着它朝山上走几公里，周围是长满青苔的巨石，沿途要穿过很多涓涓的支流。

过了一会儿，金恩松开了汤姆的胳膊，走到他的身后。她的外套已经解开，可后背还是被汗水浸湿了，所以很想接触一点冷空气。这里的味道让她陶醉——远处某户人家的炉子中升起了缭绕的烟雾；熊、鹿、赤狐和山猫或是准备躺下睡觉，或是要在夜间起来猎食，散发出一阵阵麝香。她甚至觉得自己能闻到树上脆甜的苹果味。

如果每天晚上吃完饭都能和汤姆一起在林间漫步，然后回到他们那个门被漆成白色的砖砌大房子，走进楼上的卧室，在柔软的床单和毯子之间纠缠在一起，那会是什么感觉？

汤姆招呼她继续往前走，他们已经走了半个多小时。"快到了。"他说。他伸出手，她拉住，走完了最后几米。在小径的弯曲处有一段倒下的圆木，木头心已经在腐蚀和雨水的作用下烂了，他扶着她跨过去，然后她就看到了那幅景象。

　　黑色树干伸向灰色的天空，围成一个半圆。它们中间挂着一个奇怪的东西。金恩一开始以为那是某种标识，就像人们在县市集上悬挂的横幅。只是这个上面没有印字，而且形状有些扭曲。它看起来很不对劲。

　　她又走进了一步，然后她看清楚了。

　　在两棵长叶松之间，用绳子吊起离地大约六英尺高的，似乎是一只大狗，它的腿垂下来晃荡着。一段绳子绕住它的脖子，栓在一棵树上，另一段绳子绑住它的后腿和臀部，拴在对面的树上。那只动物一动不动，在逐渐变暗的天空下像一只畸形的怪物。

　　"一只小牛犊，"汤姆说。"赫里福德种，刚出生几天。干这事的人把它从我那儿偷出来，带到这里，然后把它吊起来就走了。好几天了。他们就任由它饿死。"

　　金恩又靠近了一些。她抬起手，摸到了一只小蹄子。它是湿的。她抽回手，捻了捻几个手指的指肚。血。她又抬起了手。

　　"金妮，停下。"

　　她的手指找到了伤口，在它的侧腹部，有人用剃须刀片划开了许多小口子。两只手一起，她摸到了被划伤的牛耳朵。被砍掉的尾巴。流着血的空眼窝。她后退，摇头，一开始是慢慢地，然后越来越快。

　　她继续往后退，这次差点被绊倒，汤姆抓住了她。她把沾满血的双手举过头顶，就像戴利弟兄在递出圣餐之前做的那个姿势，然后咳嗽着发出一连串呜咽，

最后变成了尖叫。汤姆不得不捂住她的嘴。

等她安静下来。汤姆在她的耳边说："威利看见他在这儿。"

她想让他闭嘴——她不想再听下去了——但是发出的只是哽咽的啜泣声。

"沃尔特，金妮，"他说。"是沃尔特干的。"

晚饭的时候，金恩觉得如果她把叉起的那块鸡肉馅饼放进嘴里，一定会吐出来的。于是她一动不动地坐着，推着肉汁里的豌豆和胡萝卜，祈祷豪厄尔不要提在学校开会的事。

他没提。吃完他就去了门廊，抽烟，查看信件。金恩打发孩子们去听广播节目"阿莫斯与安迪"，好让她洗碗。但是她感到沃尔特的目光在后面盯着她。

她转过身，拧着擦盘布，让颤抖的双手有事可做。"你没吃饱？"

他盯着她。"威利把我在山上干的事告诉他爸了，对吧？然后他又告诉了你。"

她知道自己该说话，可她说不出来。她的喉咙仿佛完全闭上了。

"你不会告诉爸的，对吧？"他说。

男孩应该害怕。如果豪厄尔发现他偷了一只牛犊，还杀死了，一定会勃然大怒。他会把沃尔特从学校拽出来，永远不让他回去，逼他去工作。牛犊可不便宜，它的拍卖价豪厄尔出不起，或者说豪厄尔不愿意把那么多钱交到汤姆·斯托克这种人手上。

　　但是沃尔特漠然冰冷的目光中没有恐惧。只是充满了愤怒和警告。不过，她还是用手指向他，虽然手指在颤抖而他也能够看到。

　　"你再也不许干这种事了，听到了吗？我是认真的。"

　　她转过身对着那些碗碟，男孩从桌边站起身，走出屋子，到门廊去找他父亲了。

第 七 章

2012 年 9 月 16 日，星期日

亚拉巴马州，莫比尔市

我很晚才醒来，上午的阳光把房间照得明亮。杰伊躺在我身边，双臂张开撑在脑后。我翻身，从他身边离开。在一个这样的早晨，一个正常的女孩应该会觉得……该怎么说呢？得意？或许。至少她会在脑中回味每一个充满情欲的细节。

但我从来都谈不上正常，此时我只感到焦虑，神经在皮肤下面颤动，脑中飞快地闪过逃跑的想法。

我检查了每个手指肚，看是否有金粉的痕迹。它们都很干净，很正常。杰伊的身体和胳膊看起来也很干净。或许我真的在好转。我悄悄从被单间起身，捡起我的裤子和衬衫，轻手轻脚走进浴室。我打开几个抽屉寻找牙膏，然后看到了那个东西。一瓶止痛药。洛特布。

我想象苦涩的药粉进入嘴里的感觉，流出口水，下颚酸痛。我摇了摇头。闭上嘴唇，紧紧闭上。

我拿起药瓶，立刻感到这些药片能带给我的暖意，那种将占据我的轻快感——如果我吞下它们。温和莫莉·罗布会缩成一个无足轻重的小点，爸爸的话也会消失进黑暗之中。我会感到自由。

自由一会儿。

我把药瓶放在洗脸池旁边，一边穿衣服一边看着它。离开浴室的时候，我停下了。我可以把它带走，藏在包里，以防什么时候陷入困境，需要紧急帮助。我不至于真的打开它。只要知道身边有药，我就会好过很多。我拧开瓶盖，把药片倒进手里，把药瓶放回抽屉里。

在厨房里，我把药片倒进我的手提包一个有拉链的小口袋里，然后穿上了靴子。在杰伊妈妈整洁的书桌上方挂着一张日历，我把手指放在这个月的最后一格上。9月30日，我的生日。还有两个星期。

精神分裂症可能有遗传性，甚至会直接遗传，但是爸爸那番我三十岁当天就会发病的胡话？太荒唐了。从医学角度看是不可能的。可是，如果他说的话里有一部分真相，如果特里克茜、科莉和金恩在三十岁生日的时候确实发生了什么，我又怎么能置

之不理？

然后我感觉到了——那个一直笼罩在周围的黑蜘蛛网般的东西——这些年来我一直在借助酒精、药片和匿名戒酒互助会的口号来压制的恐惧、疯狂或别的什么感觉——它回来了，再次在我的脑中蔓延，和我还是个小女孩时一模一样。

如果我爸爸、邓肯大夫和温说的是真的，如果我有精神分裂症的基因，那我无论如何都会发病。所以我可以就这样坐以待毙，吞下洛特布，拦住金粉和红渡鸦的幻觉，等着温出现，把我关进精神病院。或者我可以战斗。我可以回到真实的世界，直面黑暗，查明发生在家族里的这些女人身上的真相。

我看着放在厨房岛中央的红渡鸦雪茄盒，一阵恐惧感淹没了我。不能再这样心惊胆战地生活下去了。我必须找出真相。如果我能查明我母亲——还有外祖母和曾外祖母——身上发生了什么，也许就能想出办法，不让同样的事发生在我身上。她们的故事是我唯一的机会。

我对于母亲的家族历史一无所知。父亲这边，我有一个姑妈、一个叔叔，还有几个堂表亲。可母亲就像是从河里蹦出来的。没有人提起过她的家族。现在我有两周时间去挖掘她们的故事。

十四天。

我需要钱。还需要一个计划。我想到了我停在家门口的车子。也许今天为了我，它能发动起来——如果星宿排成了一行，如果我的祈祷应验。它必须发动。我要偷偷溜回去，趁着温和莫莉·罗布还没来得及做出计划把它开走。我要去一个安全的地方。找一台能用的电脑。我有很多事要做。

我伸手到雪茄盒里拿出一个空药瓶。最早的那个，邓肯大夫说它属于我母亲。我读了上面的字，像过去几千次那样。这些药是塔斯卡卢萨的一个地址开出来的。普理查德。

我的心跳微微加快了一点。

普理查德。州立精神病院。最初那栋有一百多年历史的建筑早已废弃，病人都搬到了医院另一个区的一栋现代大楼里。亚拉巴马州的人都知道普理查德医院的大名，它是心理健康护理滥用的同义词。八十年代曾有过短暂的整顿，然而州议会发现这个工程耗资太大，就半途而废了。不久后他们终于承认无力维持这栋维多利亚时代的庞然大物，关闭了它。就我所知，那个地方很快就会被推土机夷为平地。

我母亲从未成为那里的病人，我是这样认为的。

但我确实认识一个与普理查德精神病院有关的人。一个我拼命想忘掉的人。

我掀起雪茄盒的盖子，把空药瓶扔了进去。我把盒子夹在胳膊下面，走到外面，朝我自己家走去。空气沉闷、浊重而潮湿，就像飓风即将来临。

我在闷热的空气中走了两公里，来到爸爸房子的

车道时已浑身湿透。一辆拖车的底盘上载着我的车子，辘辘地从我身边驶过。我像个白痴似的朝它挥舞双臂。司机瞥了我一眼，但没有停。在它扬起的呛人白烟里，我愤怒地盯着那栋房子。莫莉·罗布穿着又一件老气的米色裙子，戴着配套的发带，站在门廊上看着这边。我气冲冲地沿着车道走过去，在车子掉头的地方停下，两手叉在腰上。

"你不能这么干！"我冲她大喊。"那是我的车。"

"不，它是我们的车，"莫莉·罗布站在高处傲慢地说。"几年前你把它的所有权卖给我们了，不记得了？我不知道你对它干了什么，但是温会替你修好它，你该感谢他。"

"我要和他说话。"我朝上面喊道。

"他很忙，"她说。"你和我说吧。"

"你能成为一个很棒的第一夫人，你知道吗？你一个人就是一支特勤队，挤在一件干巴巴的米色外套里。"她翻了个白眼。"但是你最好还是别装腔作势了，因为我"——我用清晰响亮的声音一字一顿地说——"要和我哥哥说话。"

她换了个姿势。"温很忙。你可能不在乎，但是弗利丢了，你父亲快急疯了。"

"弗利？"

"他的狗。"

那只博美或吉娃娃或别的什么品种的狗。莫莉·罗布当然会给它取名叫弗利。这个蠢货。

"告诉温最好带上他的猎枪，"我说。"我看到我们这片河岸有很多短吻鳄。"

"你真是个魔鬼，"她说。"你父亲很爱那只狗。"

"我父亲受不了小狗。如果他现在脑子正常，就会像踢足球一样把那只狗踢进河里。事实上你们可能已经迟了，短吻鳄大概已经把它当午餐吃掉了。"

她没有再说一个字，猛然转身回屋，砰地一声关上门，震得一排窗户咯咯作响。我走到车道的尽头，气得浑身发抖。走回杰伊家的漫长的路上，我一直在脑中重复着一句话："希望他还没醒，希望他还没醒。"

我听到房子深处传来淋浴的水流声。我猜杰伊刚才醒来，发现我走了，决定给我一些空间。不仅如此，他的钥匙仍然放在厨房的台面上，这比祈祷应验还棒。一份天赐的礼物。

我走出那栋房子，坐在杰伊那辆宝马车芳香的真皮座椅上，手指抵住太阳穴。

"别思考，就这样走吧。走吧。"

我快速地念了一遍"*Veni, Creator Spiritus*"表示忏悔——尽管我很确定这句祈祷文并不是干这个用的——然后疾驶上车道。我朝上游方向开了大约三公里，来到一栋几乎紧挨着河湾口的，用石材和玻璃盖成的现代建筑。每次看到这栋房子，我就会感到内脏

在绞动，呼吸加速，但如果想得到关于母亲的信息，必须从这里开始。

奇迹般地，车道上没有车子，于是我停车，敲了敲两扇对开的前门。开门的是一个女仆，谢天谢地（注意，一个女仆而不是管家。她得有七十多岁了，依然穿着那种老式的灰白色制服。）

我说我是希尔达·奥利弗的一个老朋友——哦，其实是奥利弗全家的朋友——想和他们打个招呼。她告诉我奥利弗夫人外出了，但她知道奥利弗先生和他们的儿子罗正在俱乐部打高尔夫球。

我小心地驶向乡村俱乐部，心中涌起紧张兴奋的感觉。我哼唱着广播里那首歌的片段，努力不去想重蹈覆辙是一件多么容易的事。我一定是个很坏的人——撒谎，偷东西，以八十五迈的速度冲向又一个糟糕的决定，可我却感觉好极了。

第八章

2012 年 9 月 16 日，星期日

亚拉巴马州，莫比尔市

　　莫比尔乡村俱乐部起伏的高尔夫球道在热浪中微微闪光。我把车子停在停车场边上一棵老橡树的树荫下，用拳头在挡风玻璃上方一排令人困惑的按钮上一通乱按，直到其中一个关上了天窗。我把雪茄盒塞进司机座位下面，还有我的手机。

　　球具店的男孩告诉我奥利弗一行四人已经快打完了。我正想着弄一辆高尔夫球车，就发现一辆食品车停在小路的外面。他们总是雇最笨的人开这种小车：留"美人鱼"发型，大胸，超短裙，微微露出褶边下的翘臀。这些蠢女人能够卖出多得不可思议的啤酒和火鸡俱乐部三明治。我慢悠悠地走过去。果不其然，钥匙插在引擎上。我发动车子，沿着小车道开下去。

一路上遇到几对球手想招呼我停车，我从他们身边嗖嗖地开了过去，停在了第十五洞附近，正好看到罗·奥利弗开球。我坐在车上，在一行挺拔的松树下，努力让自己平静下来。已经过了很久了。很多年。但是此时离他这么近，我觉得自己仿佛变回了那个十三岁的女孩。颤抖惊慌的十三岁女孩。

罗的衣服配色难看极了：紫色、鲜黄绿色和黄色，大肚子下面勒着一条白色宽裤腰带。我在心里算了一下。他四十二岁了。他的脸色通红，白色的帽舌下面露出几绺被汗水浸湿的斑白头发。

我能对付他，我对自己说。我能。不仅因为我知道他的弱点，而且因为他对我来说什么也不是。

什么也不是。

罗眯着眼睛看着球道，斜靠着球杆，咒骂着。和他在一起的其他人朝他们的球车走去。我从座位上下来。摆好姿势——双腿分开，一手叉腰，挺胸。

"渴了吗？"我喊道。我的声音听起来很强势，很放肆。罗·奥利弗像一个提线木偶般朝我转过身。我笑了笑。

他把球杆放回包里，对他爸爸和另外两个男人挥了挥手。"你们喝啤酒吗？"对方谢绝了。罗朝我走过来。"你是新来的，"他边说边摘下太阳镜，用胳

膊擦了擦脸，目光在我身上游移，我感到一阵反胃。

"你想要点什么吗？"我问。

他眯起眼睛盯着我，我觉得我看到了一丝他认出了我是谁的神色。他犹豫了一下，然后向后退了退。"不要，谢谢。"

我抓住了他的手腕。毛茸茸的，被汗水浸得湿滑。"好吧，我要。"

"我已经洗手不干了。"他从我手中抽回胳膊，但没离开，又打量了我一遍。我摘下太阳镜，对他笑了笑。

"嗨，罗。"

他开始摇头。笑自己的愚蠢。他认出了我。"阿西娅。好久不见。"

"十年了。"我说。

"是啊。哇！你这些年去哪儿了？"

"哦，到处跑跑。这儿那儿的。你懂的。"他放肆地再次瞥了一眼我的衬衫领口。混蛋。

"行了，罗。"我朝他走近了一点。"我知道你肯定有奥施康定或氢可酮之类的东西。我敢肯定。"

"罗！"他的父亲在喊他。罗对他招了招手。

"你完事了就来找我，"我低声说。"有什么就给我什么。我可以用你想要的方式付钱。"我使了个眼色。他咽了一下口水。"从后往前数第二排，银色宝马。"我屏住呼吸，把手指移到他那条丑陋的绿裤子前面，勾住他的白腰带，轻轻拽了一下。他张开了嘴，我能闻到他的口气，雪茄和洋葱的味道。

　　"一会儿见。"我说。

　　我爬上那辆小车，沿着小道驶回停车场。我无疑是在做一件可怕的蠢事。但是刚刚过去的二十四小时让我看清了一件事：我活到现在一直在被人摆布，任由他们利用和伤害我。今天，反击的时刻终于到来。

　　罗有很多药——都装在一个银行用的维尼龙钱袋里——我们坐在杰伊车子闷热的后排座位上。我让他脱掉裤子。他什么都没问，就立刻脱下裤子扔到了车底部。他穿着黑色的四角内裤，从那样子来看，他真的很期待接下来要发生的事。

　　我仔细打量他。他期待得浑身发抖。"现在脱掉衬衫。别担心，车窗是有色玻璃。"于是他脱掉了上衣，再次过来亲我的脖子，双手在我胳膊上摸来摸去。

　　"你结婚了？"我挣开一点。"有孩子吗？你现在做什么？"

　　"天啊，阿西娅。现在谈这个？真的吗？"

　　"不行吗？我就是想先聊聊。"

　　他叹了口气。"我在管理我爸爸的生意。"

　　"木材公司？"

　　"我还是市委会的成员。"他睁开了一只眼，观察着我的反应。

　　我笑了。"内裤。"他犹豫了一下。"如果你愿意我直接付钱也行，罗，我有。"他迅速脱下内裤，

我的目光转向放在中控台的那个拉着拉链的钱袋。

"好吧，你拿来了什么？"我问。

"阿普唑仑，维柯丁……你想要什么都有。"

"太了不起了，"我说。"我是说对一个已经洗手不干的人来说。"

作为回应，他向上伸出手，一只手揽住我的后脑勺，用尽全力把我按向他的裤裆。我缩了一下头，刚好躲开他，却撞到了座椅上，鼻子不舒服地偏向一侧。我张开嘴深吸一口气，闻到一股强烈的新皮子的香味，还有他的体味。

"赶紧干活。"他在我上方说。

"给我一分钟，行吗？天啊。"

"怎么？你想前先说句赞美词？别磨蹭了。"

我小心翼翼地把手伸到司机座位下面，拿出我的手机。打开摄像应用的同时，我的头皮感到一阵尖锐的拉扯感。他在拽我的头发，想让我抬起头来。我把手机移到左手，然后坐起来，用它对着他。

"说'茄子'。"

我迅速拍下几张照片。

"这他妈的到底是……？"他惊叫道。

在他把手机从我手上打掉之前，我按下了最下面的按钮，手机掉进了中控台和司机座位之间。我弯下腰去找它，但是他把我推到一边，把手挤进那个缝隙，他的脸因为太用力而扭曲了。

"太晚了。"我淡淡地说。

"你干了什么？"

"上传了几张到云盘和我的邮箱里。"

"放屁。你几乎都没拍到。"

"你为什么不把它拽出来，自己看看？"

"我他妈的要是能把手伸进去，当然会看看。"徒劳地试了几次之后，他终于坐回座位上，怒视着我。我对他笑了笑。

"好吧，"他说。"太棒了。太有意思了。你想要什么？"

我把手伸到司机座位下面，拉出雪茄盒并打开了它。我把最早的那个药瓶举到离他的鼻子不到一英寸的地方。他坐在那儿，浑身发抖，满脸通红，双手捂住阴茎。

"很久以前，你把这些药卖给了我母亲，"我说。"现在你说一说吧。把你知道的都告诉我。"

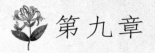

第九章

1937 年 10 月
亚拉巴马州，西比尔山谷

十月末的一个下午，金恩的爸爸派人来找她。

薇妮——那个照顾金恩父母的女孩——被她自己的父亲和兄弟留下，或是冬天结冰时没法下山的时候，他有时会派人来找金恩。他会攒一大堆家务活不干，直到没有干净的碟子用，或是发现壶里的咖啡渣发霉长毛了，就会叫金恩回家收拾烂摊子。

"等我把羽衣甘蓝和香肠放进烤炉，我们就去姥爷家，"金恩对科莉说。"我们在那儿做一个脆皮水果馅饼，然后带回来一半，怎么样？"

科莉点点头。"爸爸会喜欢的。"

　　她和科莉走进苹果园的时候，雾气还没有从草地上散去。金恩看着小女孩冲进一团团湿漉漉的薄雾，仿佛它们是有魔法的云彩。仿佛她进入的一切都是软绵绵毛茸茸的。这让金恩发笑。科莉有惊人的想象力。

　　金恩推开父母家那栋木屋的前门，迎面而来的味道让她鼻子一皱。整个走廊上洒过一道鸡屎，铺地油毡上有几个被踩扁的屎粒，她能看出她爸的工作靴在这些烂糊上留下了深深的凹痕。屋子更深处，金恩听到宾妮和另外两只母鸡在咯咯叫唤，用爪子刨木地板。大概是有人忘记关后门了。也许妈妈今天早上起来过。

　　她爸爸的那支点22步枪挂在壁炉上方的那个地方。雕着橡树叶和橡子的黄铜枪托板在清晨的阳光中闪烁。金恩长舒了一口气。她知道妈妈过去精神崩溃时曾取下过那支枪，把它扛在肩上，说她已经受够了弗农的胡闹，天啊，如果他再不改，她就一枪把他崩了。倒是没造成严重后果——弗农平时总是取下那支枪的子弹，把它们藏起来——而且这种事已经很久没发生了。无论如何，她妈妈现在已经病得举不起枪了。

　　金恩用嘘声把几只鸡从屋里赶到厨房，那里也慷慨地洒落了一些刺鼻的粪球。她拍了拍手，宾妮和另外两只母鸡愤怒地发出咯咯的叫声，疯狂地绕着圈跑出后门，掠过夯实的土地，冲进鸡舍，她关上了笼门。

　　回到房子里，那里像墓地一般寂静。几缕清晨的阳光斜照进来，在碎布地毯洒下一块块明亮的光斑。

金恩已经忘了这栋房子在早晨是多么明亮。她想起小时候站在一块被阳光照亮的正方形里，一会儿亮，一会儿暗，就像在开关电灯。

她走到摇摇欲坠的楼梯下面，朝上面看，想着正在睡觉的母亲，如果上楼偷偷朝卧室里看一眼，会发生什么？她可以溜到母亲床边，向后抚平她那头蓬乱的灰发。再次把嘴唇贴上那干瘪的皱巴巴的皮肤。不过她只是想想而已。豪厄尔曾明白无误地告诉她，她父亲说过不许她打扰妈妈。"你爸说她不舒服，需要休息。"他还让金恩保证不上楼。

母亲已经病了很久。他们说是内脏肿瘤，已经做不了什么了。而且被触碰到——或受到任何惊吓——都会让它发作。豪厄尔是对的。上楼不是个好主意。但是金恩还是忍不住去想。她好几个月没见过母亲了。

壁炉台上的布谷鸟钟在清晨的空气中滴答作响，她看了一下屋子。当然，几只鸡把屋里弄得脏乱极了。她要开始收拾了，一点前她得回家给豪厄尔做午饭。她递给科莉一把小笤帚和畚箕，派她去厨房，自己也拿起笤帚打扫起来。

十一点左右，小屋和厨房都已打扫得闪闪发亮，她开始在炉上烤第二批羽衣甘蓝和松饼。揉面团的时候，她忽然想到父亲可能没给母亲送吃的东西。倒不是说他会故意那么做。他有很多事要做，而且渐渐上了年纪。也许忘关厨房门的人是他。

去年有过一段很糟糕的时期，爸爸因为肺气肿和背部损伤而卧床休息。他对很多事放手不管，时间太长，妈妈的状况开始恶化。有一次金恩和豪厄尔发现她倒在楼上卧室的地板上，胃疼得直哭。结果连弗农都掉了眼泪，金恩从没见过他哭。他说他不是故意忘记给她吃药的。

那之后的一段时间，教会的夫人们会顺路给他们带来一些炖菜和馅饼。但那是几年前的事了，金恩很肯定那些夫人还要去关心其他人。她擀开面团，想着她的妈妈。就算她吃了早饭，或许也愿意再吃一片吐司或一些金恩带来的梅子。

尽管金恩说过她不会上楼。

但是父亲的衬衫、内裤和袜子可能要洗了。如果是那样，她应该马上去洗，赶在下午天气转阴转凉之前，趁着阳光充足把它们晾干。当然她必须上楼去卧室把脏衣服拿下来。爸爸总是把穿过的衣服扔在靠窗的一把藤椅的椅背上。

她把两片涂了一点黄油的面包放进炉子里加热，把梅子切成片。擦净水槽，用母亲的锡杯切好饼干的形状，把面饼放进母亲的平底锅里。她把平底锅移到炉上，然后把吐司和梅子放进两个碟子。

她把科莉从后院喊进屋，让她坐在桌边安静地吃东西，告诉她接下来要洗衣服了。

"妈妈要上楼去收拾，"她吻了吻女儿一头卷发的小脑袋顶。"你不许上来，听见了吗？"

科莉拿起一块梅子肉，看着它。

"科莉？"

"好的，妈妈。"

金恩拿着碟子上楼。她的动作轻极了，就连总在踢脚线裂缝处探头的耗子都没被惊动。走到楼梯顶，面前的走廊在将近中午的阳光中显得很宁静。一束阳光从走廊尽头高高的气窗透进来，无数尘埃在其中漂浮，碰撞，旋转起舞，一条蜘蛛线把光束一分为二。她闻到一股发霉的味道。大概要好好洗刷一番浴室了。还有卧室。床单大概已经变软，而且染上了黄色的污渍。

她蹑手蹑脚地走向走廊尽头的那扇关着的门，心脏在胸腔里怦怦跳。一步，两步，三步，她的手终于放在了门把上。她转动门把，停了一会儿，侧耳倾听是否有什么动静——科莉跟上来了，或父亲提前从工厂回家了。一段漫长的寂静后，她推开了房门。

味道扑面而来。尿味，屎味，还隐约有一种腐烂的味道。金恩用手捂住鼻子，告诉自己不要吐。房间很暗，花卉图案的墙纸和拼布被单在四处投下淡蓝色的影子。百叶窗关着，上面还遮着一层窗帘。然而房间里很整齐，椅背上没有脏工作服，梳妆台上也没有满是灰尘的靴子或沾满油渍的手套。

她的母亲躺在被单下面，头发像扇面般散开。她一动不动——只有被单下面的皮肤和骨骼在极轻微地起伏。她的脸色是和房间一样的蓝色，金恩过了一会儿才意识到那是因为光线。母亲没死。现在还没死。

金恩走近过去，近到能看清母亲颧骨、眼窝和鼻子下
方凹进去的紧绷的皮肤。女人的眼睛一眨不眨地盯着
天花板，嘴张着。从她干裂的嘴角流下一道亮晶晶的
口水，一直流到被单上。

　　床上发出一阵格格的响声，就在这个时候，金恩
尖叫了一声。她妈妈闻声朝女儿转过头来，极轻微地
动了动嘴，一个没有牙齿的凹洞。她发出一声长长的、
嘎吱嘎吱的呻吟声，欢迎女儿的到来。

第十章

2012 年 9 月 16 日，星期日

亚拉巴马州，莫比尔市

罗眯起眼睛盯着那个空药瓶，看了很久，我只能对他晃了晃药瓶。他朝我眨眨眼。

"先从简单的'是'或'否'开始吧，"我说。"这个药瓶是从你这里来的吧？"

他叹了口气。"我要看清标签才能告诉你。我需要我的眼镜。"

"这是氟哌啶醇，罗。装瓶日期是 1987 年。是不是你把它卖给我母亲的？"

"你一定是在逗我。我他妈的怎么会记得 1987 年的事？"

"你母亲那时在普理查德工作。"

"你说得不准确，"他说。"我母亲和普理查德有关系。她是董事会成员。"

"你就是这样当上了莫比尔市的头号毒品贩子，对吧？她把一些多余的药带回了家。"

"我能先穿上衣服吗？"

"除非你先回答我的问题。"

"那是很久以前的事了好不好？阿西娅，你为什么非要这么在意？"

我向前靠了靠。"因为我母亲死时，也就是我五岁时，这个瓶子还几乎是满的。我用了八年时间把它吃光了。我吃得很慢，时不时吃一片。它们是我神奇的、特别的思维塔糖。"

他做了个鬼脸。

"很可悲，我知道。我还能说什么呢？十三岁时我没有药了。我不知该去哪儿，找谁。我不敢问我父亲。你知道我父亲吧，州检察官？我认识的人里唯一和开出这些药的普理查德医院有关的人，就是你母亲。于是我骑着自行车去了你家，敲了门。来开门的不是她而是你。你还记得吧？"

他记得。我能看得出来：他的脸一下子涨得通红，肩膀塌了下去，在那个大肚子后面，他整个人都瘪掉了。

"听我说，我那时候是个白痴，"他咕哝着说。"我很抱歉。"

"你为什么抱歉？"

"你知道的。"

"你为什么抱歉，罗？"

"因为……那次……在我家的地下室。"

"别的呢？"我说，我的声音在发抖。"其他那些该死的事呢？"

在一间冰冷的空调房里浑身发抖，看着我的衣服在橙色的粗毛地毯上堆起来……羞耻得想死……

他看起来很痛苦。"对不起。我真的很抱歉。"

"是不是你把这些药卖给了我母亲？"

"是的，我把氟哌啶醇卖给了你母亲。你想说什么？"

"她为什么想要这玩意？她有什么问题？"

"我不知道，"他说。"我甚至不知道她是怎么发现我能帮她弄到药的。我那时候只给几个朋友弄药。我只是想帮帮她。"

"不止这些。肯定还有别的。"

"我有家庭，阿西娅，"他说，他的目光带着恳求，汗珠从脸颊上滚落下来。"一个妻子和三个孩子，最小的只是个婴儿。你他妈的听见了吗？只有三岁！我有一家公司，六百个多员工每天要靠我养活。我要保证他们都能养家糊口。是的，我有时候会吃点小药片来放松一下。但仅此而已，我不卖这些破玩意！现在已经不卖了。"

"五分钟前在这里发生的事可不是这样。如果你不想让妻子和三个孩子难过，就把你知道的关于我母亲的一切告诉我，一切。"

刹那间，我看到罗的眼神变得凶狠起来。他直起身子，离开后座，用海啸般的迫力朝我逼来。我像螃蟹一样往后爬，爬到前排座位中间的中控台上，可他的动作比闪电还快，挥起拳头打中了我眼睛上面。我向后倒去，脑袋磕到了仪表盘上。

我看到他赫然站在我上方，身躯庞大，面红耳赤，两手朝我伸来。我感到自己被拎起来，越过座位，然后被翻转到脸朝下摔到后排座位上。他用力拉我的裤带，我拼命扭动蹬腿。

"你要拍我的照片？"他说，一只手向下压住我的肩胛骨，把我固定在座位上。"你这个小混蛋。我他妈的要杀了你。"

我的头一阵阵地疼，眼前看到闪着紫边的光。车子里充斥着哇哇的叫声，然后我意识到那是我的声音，我的嘴贴在皮座椅上，正在试图喊出声。我使劲伸出手，摸索放在中控台上的钥匙。我的手指握住了它，拼命按下去，瞬间响起了震耳欲聋的尖锐的汽车报警声。

我感到他放开了我，挣扎着起身爬开，后背靠在对面的车门上。

"老天！"他大喊道："关掉它！"

我没有动，手里紧握着车钥匙。

"阿西娅！"

我低头看了看钥匙，却没法集中注意力。

他提上裤子，伸手抢他的衬衫。"按红色的按钮，你个白痴。"他伸出手。"给我。"

"去你妈的。"我对他喊回去。我把钥匙紧握在胸前，朝车窗外看去。几个高尔夫球手停在了球具店门口，盯着这辆车的方向。我感到一只手猛打了我一下，从我手中拽走了钥匙。我翻过身，伸手去抓，但已经太晚了。罗洋洋得意地举着它，车一下子安静了。

他把钥匙朝我扔过来，差点砸中了我的头。

"我不想伤害你，"他用平静的语气说。"但你得把那个手机交给我。"

"把你知道的关于我母亲的事告诉我。告诉我，我就给你手机。"

"然后你要把所有照片删掉。"

如果我们是两只鬣狗，现在就是在转着圈子冲对方叫唤。不过在这一刻，我猜我们两人中罗会失去的东西远多于我。几秒后，我看到他的目光闪了一下，有些不敢相信地意识到我是对的。我成功了。我打败了他。

"我知道你不会相信，"他说。"但我真的只想帮她。"

他说得对。我不相信。但我还是让他继续说下去。即使他的故事都是胡扯，我也必须听听。我别无他法。

"我最后一次见到她的时候，她的情况很不好，整个人一团糟，出现了幻觉，说话疯疯癫癫。她让我带她去几个地方。"

"你带她去了？"

"嗯。我带她去了伯明翰的一栋房子。"

"什么房子？"

罗耸了耸肩。说他以前没见过那房子，也不知道什么人住在里面。特里克茜让他留在车里，自己进去了。然后他就走了。

"如果再见到那栋房子，你能认出来吗？"我问。

他摇了摇头，看向车窗外。"说不准。"

我向前探了探身子，把手指伸进座位和中控台之间，把手机弄了出来，放在我俩之间的座位上。"和我一起去伯明翰，"我说。"带我看看那栋房子。然后把一切都告诉我。记住，我是说一切。"

"好。"

"真的？"

他已经在拼命用手指翻我的手机。"你知道吗，我第一次见到你就明白，我将来会因为招惹你而后悔。"

我深吸一口气，尽可能平稳地呼出来。"你会和我一起去伯明翰吧，罗？你会带我去看那栋房子，把发生在我母亲身上的一切详细讲给我听，从头到尾，对吧？"

他没有抬头，全神贯注地删着那些罪证照片。

"太晚了，你知道吧。它们已经在云盘里了。相信我。"

"我不知道，或许我已经把它们删光了。"

"或许吧，罗。又或许你没删光。我想你不会在这种事情上冒险。"

他停下，叹了口气，扔开了手机。"老天啊，好吧，随便吧。"

我爬到前排座位，把钥匙插进引擎。没有声音，连咔哒声都没有。仿佛今早发生在我自己车上的不幸又重演了。

我又转了一下钥匙。没反应。

"好吧，真的太棒了，"罗在我身后说。"等你修好车，给我打电话吧。到时候再谈。"他伸手去开门，但是门锁住了。他按了一个按钮却无法解锁。"拜托了，阿西娅，我说过会帮忙的。现在别闹了。"

我不理他，继续转动钥匙，还是没反应。

"阿西娅……"

我一次又一次拧那把钥匙，可就是没动静。我狠狠拔出钥匙，从副驾驶的车窗把它扔了出去。就在这时传来一阵低沉的声音，然后是咔哒一声，发动机自动隆隆发动起来。我吃了一惊，猛一抬头。

杰伊站在车头前，阴沉地眯着眼睛，拿着一把备用钥匙。

"老天，那人是谁？"罗在我身后说。

我屏住呼吸，看着杰伊绕过车子，打开车门，坐到了我旁边的座位上。他关上车门，与我目光相遇，抬起了眉毛。

"你好。"他说。

"嗨。"我努力回答。

他在等待。我也是。

"我说明一下，"他终于开口说。"这是一辆很好的车，能遥控启动，远程锁死，还有一个跟踪系统。从你离开我家的那一刻，我就一直知道你的位置。"

"啊哈。"我咽了一下口水。

他严肃地点点头，就好像我真诚地道了歉，他则很大度地决定接受。他看了看身后。"这位是谁？"

"我这就走。"罗说，手放在车门上。

"罗·奥利弗。"我说。

"一个老朋友。"罗说。

我哼了一声。"人渣。"

"好吧。你们就这样在这个滚烫的停车场上待在我车里？就为了聊聊天？"

我感到自己的脸涨红了。"他知道关于我母亲的事。他会带我去看伯明翰的一栋房子，那是她最后一晚去过的地方。"

"嗯。伯明翰。听起来很不错。"

我的目光与杰伊相遇。他在观察我的脸，我知道，必须尽快向他解释一切。

"我来开车吧？"他提议说。

当然，我还可以编造更多的谎言。

罗直接带我们去了那栋房子，在红山的山顶，一

栋长满青苔的都铎风格建筑。我们把车停在悬崖边，注视着那里。纵横交错的木材中间，墙上的灰泥已经发霉开裂，有一些小块剥落了。窗户是黑色的，生锈的铁皮信箱上没有名字。一棵孤零零的橡树因为生病被锯掉或被雷劈掉了一半，弯曲的树枝遮住屋顶，仿佛在守护它。院子的地面上是泥土，只长了几丛杂草。

"你认得这个地方吗？"杰伊问我。

我摇了摇头。"谁住在这儿？"我问罗。

"我不知道。她没说。"

"得了吧，你肯定知道。"

"也许我那时候知道，可现在不记得了，"罗说。"我把她带到这儿就开车回家了。"

"我有照片，罗。我会把那些照片给你妻子看。"我厉声说。

他在后座开始急促地嘟囔："听着，阿西娅，我也希望自己能告诉你更多，可我真的什么都不知道了。我把你妈带到这儿就离开了。就是这样。我就知道这么多。"

他的话里有一种疲惫绝望的感觉打动了我，我感到泪水涌出来，顺着脸颊流下去。

"你相信他吗？"杰伊低声问我。

我看着他的眼睛，抽抽鼻子，强忍住泪水，摇了摇头。

"你觉得他还知道更多？"

我点头。

"你想让我帮你吗？"

我犹豫了一下。然后再次点头。

"说出来。"

"什么？"

"说你想让我帮你。"

我低头看着扭在一起的手指。"杰伊，你能帮帮我吗？"

他看了我一分钟，我猜是在判断我是不是又要玩什么疯狂的花招。然后他看着车子的后视镜说。"你最好给你的妻子打个电话，奥利弗先生。告诉她，你会晚些回去吃饭。"

第十一章

我对杰伊说，我要去拜访住在这栋俯瞰悬崖的房子里的人，在那之前，我要先梳洗一下，吃个饭。我这样脏兮兮地出现肯定没什么好效果。

沿着高速路开了几公里，杰伊发现了一家塔吉特超市，我进去买了些补给品——几件 T 恤，牛仔裤，睡衣，内裤，还有蛋白棒和瓶装水。我们找了一家名字里有"套房"字样的旅馆，其实就是几栋米色的破楼，还有一个荒芜的停车场。杰伊给了我信用卡，让我办理入住，然后我回到车子那儿，我们一起把罗带到了房间。罗给他妻子打了个电话，说自己因为生意上的突发状况要去一趟伯明翰，然后杰伊把他关进了狭小的起居室，锁上了我们和他之间的门。

"这样他既没法逃走，也不能靠近你。"杰伊说。

我点点头，但并没有真的相信。在罗·奥利弗身边，我永远不会感到安全。

杰伊洗了个澡，旅馆提供的沐浴露在他身上堆起了高高的泡沫。在他洗澡时，我把一切都告诉了他，从食品车开始一直说到手机上的照片。他说他上网查过了，那栋悬崖上的房子登记在沃尔特·伍滕和瓦尔·伍滕名下。伍滕这个姓听起来隐约有些耳熟——或许我曾听谁提起过。我进入浴缸，他盯着我的额头，就像那是他这辈子见过的最有趣的东西。或许他是为了避免看我身上其他的地方。我感谢他的努力，可说实话，此刻我并不想当什么淑女。

"情况没有我想得那么坏，"他说。"但我还是想拧断他的脖子。我们能不能放那个衰人回家，今天就到此为止？"

"不行，"我说。"他必须和我们一起去。他还知道一些事情却没说。"

"阿西娅，已经八点多了。你也累极了。我们应该等到明天早晨再去。放他走吧。"

我把头靠在浴缸的边上。"不。我需要他。"

"他是个麻烦。"

"我知道。"我看着他。"可我也是。说起来，我真的很抱歉偷了你的车。"

　　"没关系。不过，在听你讲述了自己肮脏的犯罪生涯之后，我本以为你下手会更狠。"

　　"哦，好吧，我一般不偷车，一般只拿男人的钱包。"

　　或者拿走你妈妈的药。

　　他大笑起来。"真的吗？不是吧。"

　　我看了他一眼。

　　"你是说真的？"

　　"是啊。"

　　他探过身子。"我怎么没意识到？"

　　"因为我很擅长向你隐瞒。我擅长向所有人隐瞒。"

　　他沉默了一会儿。

　　"别郁闷。说谎是我的超能力。"

　　我在警告你，我想。这是我对你的警告。

　　他扬起了一只眉毛。"你现在想对我坦白？"

　　我大笑。"没有啊。"

　　"我很擅长听人告解。"

　　"你先来。"我说。

　　他抬起眉毛。

　　"告解。跟我说说你的妻子。"

　　他挠了挠后脑勺。"哦，好吧。她挺好的。是个很不错的人。只是不适合我。她想要……很多。更大的房子。第二栋房子。第三栋房子。"

　　"你不想？"

"做不到。我的事业没那么成功。结束是最好的结果。"

"对不起。"

"没关系。我现在渐渐感觉不那么糟了。已经过去了。

我用手捧起一把泡泡，把它抚平。"但是过去很重要，不是吗？"

"对你来说是的。"他的脸上有一种奇怪的表情——好像有很多言外之意。"对我来说也是，我猜。你和我之间就有过去，不是吗？"

"是的。"

"好了，该你了。告诉杰伊神父，你偷了谁的钱包？"他咧嘴笑着说。

我想了一分钟，开始掰着手指头数。"伦纳德·阿尔布雷克特，杰夫·托尔，斯科特·马修斯……"

"那个混蛋，"他说。"他活该。"

"克拉克·邓肯、法瑞尔·韦斯特里奇、安德森教练，偷了三次。"

"干得漂亮。"

"他午饭时总是把钱包放在办公桌抽屉里，"我叹了口气。"我还偷女士手提包。偷了很多，很多。"

"你用这些钱去买了……"

"药。"

他盯着自己交缠的手指。

"原谅我，神父，我有罪，"我说。"罪孽深重。"

"你知道吗，你在乡村俱乐部的时候应该找我帮忙。我或许能起到一些作用。"

"罗是我的麻烦，不是你的。"我转开了头，把脸贴在浴缸冰凉的瓷面上。

"可是……"

"他是个麻烦的家伙，而且很会打架。我不想把你卷进这些事。"

"你不了解我。我可以打翻那哥们儿。"

我笑了。"确实。"

他也笑了。我们俩笑了好半天，笑得太疯狂，让我觉得自己像是喝醉了。或是嗑药兴奋了。我在想自己何时会开始乱讲话——说出让人不快的真相，然后感到深深的后悔。

我在浴缸里动了一下。"对我说实话。你为什么来这里？"

他坐下，盯着地砖或是他的膝盖或是什么我看不见的东西。然后用低沉的声音说：

"因为你是对我很重要的人。"

我在等待。

"而且在你陷入低谷的时候，我却消失在你的生活里，我一直觉得愧疚。"

"低谷，"我说。"真是个好听的说法。"

"我想帮你，阿西娅。"

突然之间，我感到坐在浴缸里的自己没有任何遮蔽。他一定也感觉到了，因为他转过了头，我们两个人都对着浴室门和摆放整齐的毛巾架。他把前臂搁在膝盖上，两手拇指轻轻对着敲打。

"你想谈谈他吗？"他朝那扇把我们和罗隔开的门扬了扬下巴。

"他没干什么，"我说。"我搞定了他。"

"不是，我是说谈谈你过去的事。"我感到自己的脸红了，热气从身体里涌上来。"他伤害了你，对吗？这件事你也没对我说过。"

我想象洛特布的药片。品尝它在舌尖融化的感觉。我打开浴缸的塞子，看着满是香皂泡沫的水打着旋流走。

在一间冰冷的空调房里浑身发抖，看着我的衣服在橙色的粗毛地毯上堆起来——先是一件粉色的露腰短上衣，然后是我的酸洗单宁短裤，接着是我的白色"维多利亚的秘密"胸罩，这是我唯一的一件。令人难堪的小女孩款式的棉内裤也脱了，结束了。我弓着背，双臂围抱住自己，羞耻得想死。在黑暗的地下室房间里，在一个成年男子面前。我因为寒冷、羞耻和恐惧而颤抖。我忍不住去想自己没有完全发育的小胸部看起来有多可怜，我看起来是多么消瘦苍白。

罗坐在几英尺之外的一个蒲团上，双手在脑后交叉，打量着我。然后他发出一阵大笑。我想哭，但我不能哭。我只想知道一个光着身子的女孩为什么那么可笑。

"那是很久以前的事了。"我最后说。

"我在这儿，阿西娅。我想做你的朋友，如果你愿意。"

我从未把那件事完全告诉任何人。尽管有很多医生、咨询师、心理顾问和引导师试图让我说出来，我却一直保密。当然，我讲过它的几种版本——曲折悲惨、真假掺杂的故事——为了得到更多药，为了让文件被签署、档案被封存，为了得到我当时想要的东西。但我的故事——真实的版本——只有我自己知道，就像那个雪茄盒，是属于母亲和我两个人的珍贵财富。

浴缸空了，我全身发抖。杰伊站起来，从架子上拽下一条浴巾递给我。我裹住身体站起来，和他对面而立。我伸出一只胳膊搂住他的脖子，吻了他。

他往后退了退，轻轻拿开我的胳膊。"阿西娅，别这样，你得和我谈谈。"

浴室的墙忽然开始震动，罗在砸门。"嘿！"他大喊道。"嘿！"

我蹒跚着向后退，心怦怦直跳。

"我知道你们听得见！听着。你们必须马上放我走，否则我老婆就会发神经。我警告你们，她会立刻报警。她最喜欢打 9-1-1 了，那些调度员都知道她的名字。听着，她的指甲断了会打 9-1-1，厕纸用光了也会打 9-1-1。你们听见了吗？"

杰伊跳起来，跑出了浴室。我隐约听到他们在两个房间互相喊话。

我坐在马桶座圈上。那间屋有我的手提包，那里面的药片在呼唤我。我闭上眼。两到三片，我就能感到轻飘飘的。四、五、六片，我就能离开几个小时。我只需要小心一点，我知道怎么避免药物过量。这是我的许多毫无价值的天赋之一。

又或者，我可以回到那间屋里，面对杰伊。告诉他多年前罗对我做过的事。看着他流露出那种茫然的眼神，让我明白，他终于知道了我是什么样的女人。他觉得我肮脏恶心，他希望与某个更合适的人开始全新的生活，一个没有被毁掉的女人。

在杰伊让罗安静下来之后，我穿上在塔吉特买的那套图案莫名其妙的睡衣，溜进了我们的房间。杰伊坐在靠窗的椅子上，拿着手机低声交谈。我在靠里面的床上坐下，把一个枕头放在膝盖上，双臂抱住。他挂了电话，把手机放到梳妆台上。

"我的朋友。一个律师。我留了我的名字和手机号。你如果不愿意，就不用和他说话。"

我点了点头。

"你还好吗？"

"我想告诉你罗做过的事。如果你还想听。"

他的表情没有变化。"我想听。"

我沉默了一会儿。我有一种疯狂的想法，在我说出这个故事的时候，那些词语会割开我的身体。但这纯属无稽之谈，对吧？说出来并不会让人受伤，藏在心里才会。我只希望在我讲这个故事的时候，想象中覆着金粉的红渡鸦不会朝我的脑袋俯冲过来。

"他一开始没碰我，"我开口了。"只是看。那已经够糟了。有时我必须提醒自己这一点。"我低头看着那块图案丑陋的地毯，忽然觉得心脏仿佛在胸腔里颤抖。颤抖，而不是跳动。我吸了一口气。"在我十六岁之前，他只是看我。"

第十二章

　　这一次，金恩妈妈的情况实在太糟，教会的夫人都不肯给奥尔福德家送炖菜了。金恩父亲的疏忽让妻子变成了这样，可他没有掉一滴泪。

　　那天晚上，豪厄尔去了弗农家，确认炉上的肉汤、储藏室里的饼干和咸肉都够吃。他很晚才回到自己家，沃尔特和科莉早就上床睡了。他让金恩坐下，说他们必须原谅他父亲。这不是弗农的错。金恩的爸爸老了，容易忘事，这种事难免发生。他们需要多操持一些。

　　金恩想把妈妈带回他们的家，可豪厄尔不同意，男人应该管好自己的妻子。他还说，如果被女儿监督着，弗农可能会感到屈辱。他说他在上班路上会不时去看看她妈妈的情况，确保一切正常。他告诉金恩，她妈妈会好好的，像别的快死的女人一样好，金恩只需要操心孩子的事就行了。

确实有很多需要操心的事。自从小牛犊事件之后，沃尔特没干过坏事，据她所知没有，可她一直觉得很不安。科莉也开始让她操心了。金恩在小女孩藏在床下的雪茄盒里，发现了沃尔特最好的玻璃弹珠，还有一包没打开的甘草糖。她让科莉把糖还给商店，对店主达尼尔先生道歉。至于那颗弹珠，第二天上午金恩趁沃尔特去上学时，偷偷把它放回了他的柜子最上面的抽屉里。

整个十月，金恩看着小木屋周围的树叶从绿色变成金色，又从金色变成了褐色。它们翩翩飘落，起风时打着旋向山下飘去。西比尔山谷不久就将变得一片萧索，就像她的心。

她觉得那些绿色的东西——她的母亲、孩子和酒——也像枫叶和橡树叶那样变成了金色。她想到了沃尔特和科莉长大结婚以后的情形。她自己坐在床上，也是变得有些疯癫，或是像母亲一样病重，只有豪厄尔照顾她。

就连汤姆的事也让她觉得自己像那片草地上的一棵松树，爬满了忍冬花藤。快要被自己的生命吞噬。

上一次见到查塔努加的女人时，她们开着银色的

小车停在她家的门廊前，给她看了她们的律师起草的一份协议。她们要和她一起做生意，分享赚到的钱，还有能赚钱的酒。查塔努加和诺克斯维尔的人都喜欢忍冬花酒。"果汁，"她们纠正道。"我们叫它'金恩的果汁'。"两个女人不停夸她聪明，称她为"女老板"。她不知道自己为什么没在一开始鼓起勇气告诉豪厄尔，现在太迟了。她已经在瞒着丈夫做生意藏私房钱了。

这是她的骄傲，她告诉自己。就这么简单。她不希望豪厄尔把她的生意夺走。不是因为地窖罐子里的钱在像小树苗般迅速长高。反正她也不能瞒着豪厄尔花掉那笔钱，所以钱对她没用，不是吗？不能花的钱有什么用？

在白杨树叶变得金灿灿的季节，一个星期天，戴利弟兄在布道结束告诉教堂里的会众，他最近觉得他们很冷淡，对主的热情减弱了。他为此祈祷，圣灵说他们需要举行一次复兴。"寻找，就寻见，"他说，"就得到。"这个月底，举世闻名的查尔斯·贾洛德将在教堂后面搭一个露天帐篷，把耶和华的话带给西比尔山谷的人们。

金恩觉得查尔斯·贾洛德来得正好。对豪厄尔和她的父亲很好，对沃尔特和她也好。他们都需要听一听耶和华的话，净化自己的良心，给自己一个崭新的开始。

无论如何，她必须把自己的私房钱在地窖里藏好。它是绿色的，她看着在风中摇动的金色的树冠，心中默默提醒自己。它会一直如此。

　　尽管豪厄尔只让她操心孩子的事，金恩却还是很担心她的妈妈。

　　一天早晨，只是为了让自己安心，她把科莉送到艾吉家后就穿过山谷来到奥尔福德家。她的毛衣下面藏着一瓶忍冬花酒，还有在后院树上摘的梅子。在她父母家的厨房里，她把梅子切成片，把酒倒进玻璃杯里。

　　上楼，坐在床边，金恩看着她妈妈小口喝酒。从她闭眼咂嘴的样子来看，她恢复了很多。"忍冬花，"她过了一会儿说。"还有一点豪厄尔的苹果白兰地。"

　　"你怎么知道的？"

　　妈妈向后靠在床头板上，眼睛依然闭着。"我也许像黑蛾虫一样疯，但我很了解我的私酿酒。"

　　"我在卖它。"金恩不敢相信自己居然如此脆弱，就这么直接把秘密说了出来，只是为了得到妈妈的赞成。有时她怀疑自己到底是个成年女人，还是个傻乎乎的小女孩。

　　"你现在在卖酒？"

　　"有几位女士帮我把它们放到查塔努加的商店里卖，她们叫它'金恩的果汁'。"

　　"女酒贩子。法律。下一步是什么？"妈妈喝光瓶里剩下的酒，用脏兮兮的睡衣袖子擦擦嘴。"你

要小心，金恩。你自己要小心。"她咣地放下杯子，满足地叹了口气。酒精大概已经起作用了，金恩想，她现在一定觉得轻飘飘的，体重没有八十磅。

"你卖酒赚了多少钱？"她妈妈问。

金恩耸了耸肩。她不该再说了。妈妈脑子不正常，可能会对爸爸说漏嘴，给她们惹上大麻烦。

妈妈还在坚持。"我希望你把它们都藏好了。"

"是的，妈，我藏好了。"

"阁楼？熏制室？"

老天，有时妈妈听起来一点都不疯，有时她简直有些狡猾。

"地窖里。"金恩说完低头看着地面。她把围裙拧成一条在她膝盖上盘绕的蛇，又打开它，在膝盖上展平。她手上的忍冬花蜜香气飘到空气里。有那么一刹那，她想象这花蜜有神奇的力量。它是从她指尖滴落的童话里的灵丹妙药，碰碰母亲，她就会改变，变成一个普通的妈妈，在教堂里忙着管教外孙子和外孙女，烤许多燕麦饼干。碰碰豪厄尔，他就会变成石头，变成雕像，只能看着她在他们的家里走来走去。如果碰碰汤姆……真的触碰他……

"你要当心，女儿，"妈妈说。"如果你不当心，他就会把你关进普理查德。"她更深地缩进被子里面，转过脸，看着在窗户上闪烁的一块阳光。

"豪厄尔吗？"

"还有你爸。我听到他们一直在说。说普理查德。

说个没完。这座山里的男人都说，如果他们的女人表现不好，就把她们关进普理查德。说得就像我们是一群小孩似的。"

金恩不顾沿着脊椎涌上来的寒意，挤出了笑容。"有时候我觉得我不介意被送走。至少可以离开这个地方。"

妈妈做了个鬼脸。"你现在这么想，等他们把你送进去，你就明白了。"她格格地笑着说，"我进过普理查德，你知道。进过一次。我爸把我送进去的。"

金恩从没有真的听过这个故事。只听别人讲过只言片语。

"他为什么把你送去？"

"睡觉的时候到处乱走。有几天早上，妈妈是在猪圈里找到我的。爸爸说我的神经不正常，就把我送到那儿休息。但是时间不长。我和你爸那时在交往。我给他写信，告诉他那个地方的人对我做了什么。我想让你知道，他立刻赶来把我带回了家。从此再没提过普理查德。"

"那儿可怕吗？"金恩问。

妈妈对她摆摆手，那双手上布满斑点和青筋。"噢，不说了。那是很久以前的事了。"

"那里的人会把你怎么样？"

她大声地长长出了一口气。"我不知道。"

"妈。"

她翻了个身，把手放在金恩的手上。阳光打在妈

妈的脸上，她的皱纹仿佛被抚平了，皮肤也变得光滑。金恩看到了她曾经美丽的容貌。她过去和金恩长得很像——黑色的卷发，精致的五官。她们的眼睛也像，在弯弯的眉毛下面朝上挑着。

"你把钱藏在熏制室吧，金恩，"妈妈说。"我记得豪厄尔不喜欢去那儿，所以那儿是安全的。把它藏在熏制室，听到了吗？"

金恩轻轻握了一下母亲的手，开始收拾盘子。母亲又开始记混人和事了。豪厄尔和金恩从没有过熏制室。

她走下楼梯，出于习惯，瞥了一眼壁炉上方。石头中间伸出的两根方杆钉子是空的。一直架在上面的步枪不见了。金恩吓得动弹不得。它去哪儿了？妈妈把它拿走了吗？

也许她现在应该马上回楼上，让母亲说出她把步枪藏在哪儿，赶在她父亲回家之前把它放回原位。如果金恩是一个好女儿，如果她够聪明，她就该这么做。

或者，她不必告诉任何人步枪不见了。她可以保守秘密，让妈妈自己去解决问题。不管她做什么，她爸妈早晚会走到这一步，她想。

金恩的心一直在怦怦跳，嘴里干得像夏天的河床。她到厨房拿起她的酒瓶，走出家门。她站了一会儿，沐浴在阴影和阳光之间闪烁的光芒中，然后朝艾吉家走去。

第十三章

2012 年 9 月 17 日，星期一
亚拉巴马州，伯明翰市

第二天早上，我们回到了那栋悬崖边的房子。杰伊和罗一路上都没说话。我一遍遍地在脑中背诵母亲的那段祈祷文，让自己鼓起勇气，准备面对接下来会发生的事。

打开伍滕家大门的，是一个看起来很迟钝的年轻黑人女孩，她穿着一件泰迪熊图案的刷手服，头发向上梳，用发圈在头顶挽成发髻。从她身后飘来一股腐臭的气味，生锈的黄铜吊灯上挂着蜘蛛网。

"有什么事吗？"她的目光迅速扫过我、杰伊和罗。她看起来很紧张，被早晨明亮的阳光晃得直眨眼。

最多只有十九或二十岁。

"我们想见见沃尔特和瓦莱丽·伍滕，"我说。"他们在家吗？"

"沃尔特不在，"她说。"他已经过世好几年了。"

"瓦莱丽呢？"

"她在，但她病了。"

"她有什么问题？"我知道自己听起来很粗鲁，但是我真的没有心情拐弯抹角。

"她已经八十九岁了，这就是她的问题。而且她得了癌症。就算你们进去，她也认不出你们。请问你们是？"

"她的外甥女，"我说。"她是我的舅妈。"

她一手扶着门框，从头到脚打量了我一番。"我不知道她还有个外甥女。至少特丽没提到过。你们都是伯明翰人吗？"

"我们从莫比尔来。"

"哦，莫比尔。我有个表亲住在那儿。"

我点点头。"我们能进去稍稍探望一下吗？"

女孩看起来很犹豫。

"你可以给特丽打个电话，征求她的同意。"我拿起电话说。"或者我来打吧。"

"不，不用。"她的眼中迅速闪过一丝类似担忧的神色，我记住了，以后或许用得上，你永远不知道什么会有用。"不用麻烦了，我带你们进去。"

我们挨个走了进去。房子里的气味比我们在门口

闻到的糟糕得多。变质食物、霉菌和腐肉味儿。没有一盏灯亮着，我的额头和胸口开始冒汗。

"你们带巧克力来了吗？"护士问道。"她喜欢巧克力，还有泰布[①]。你们知道在这儿想找到泰布有多难？特丽很少来，特蕾西更少，但她们每次都会带来六罐装的泰布和巧克力。"

她带着我们穿过前厅，地上铺着几块颜色灰暗、搭配难看的地毯。我双臂交叉，用一只手捂住鼻子和嘴，吃惊地看着杰伊。在他身后，罗低头走着，双手插在衣服口袋里。我们穿过餐厅和一间正式的起居室，然后是一间有大石头壁炉的书房。每个角落都探出一些兽头——猪、鹿、水牛，甚至还有某种像非洲瞪羚的动物的头。壁炉架上方挂着一支闪亮的步枪，枪身上有一块用螺丝固定的装饰性金属板。

女孩说自己叫安吉拉，她带我们穿过厨房。窗户下面挤挤挨挨地摆放着各种植物，水槽里堆满了脏碟子，电器看上去像来自五十年代。我用眼角的余光看到在油漆剥落的走形的金属橱柜上摆着一排药瓶。

我们从配膳室进入一条狭窄的走廊，来到一扇凹进去的门前。这里以前大概是女佣的房间。安吉拉转身对我们咧嘴笑了笑。"特蕾西让我安排她住在这儿，因为她上不了楼梯。这栋房子里其实有一台电梯，你们相信吗？可它生锈了，没人愿意出钱修理。"

[①] Tab，一般写作 TaB，是可口可乐公司出品的一款低糖饮料——译者注。

我并不关心电梯或特蕾西。我只想进入这扇门，见到瓦莱丽·伍滕，弄清她是什么人，知道关于我母亲的什么事。

"我不进去了。"安吉拉转动门把手的时候，罗说道。

"不行，"杰伊咬着牙说，一只手牢牢抓住了他的胳膊。杰伊的眼神让我有些担心。我想他还没从我讲的关于罗的故事中恢复过来。

安吉拉打开了门，我们都走进了这间卧室。阳光从花边窗帘之间透进来，我看到每一个台面——梳妆台、床头柜、书架——都摆着十字架，加起来肯定有近一百个了。无穷无尽的十字架。从皇冠式天花线板到踢脚板，覆盖了整面墙，以一切能想象到的材质做成——木头、银、黄铜、石膏。

"吸血鬼肯定进不来。"罗说。

"她搜集这个，"安吉拉说着走到床边。"醒醒，瓦尔小姐，有人来看你了。你的外甥女来看你了。"

这句话让我一惊，有一刹那，我因为自己要欺骗一位垂死老妇感到愧疚。我走近了一些，告诉自己必须要这样做。我的未来，或许还有我的生命，都系于此。

瓦莱丽·伍滕的面相不善。即使被癌症折磨得憔悴不堪，即使无助地靠在脏污的枕头上，依然看得出来。从她脸上的皱纹，仿佛能看出多年不悦的表情、愤怒的瞪视和敌意的沉默。她的皮肤发黄凹陷，下巴

上有一块变硬的食物。没人肯花时间让她体面地去往来世。

她睁开眼睛，那双朦胧的棕眼睛先是盯着安吉拉，然后犹疑地扫视着房间。她伸出一只手，护士拿出藏在雪尼尔花线床罩下面的一个木质十字架，递给她。她用又薄又干、筋脉交错的手握紧了它。

"跟你的外甥女打个招呼吧，瓦尔小姐。"安吉拉说。

老妇人转过头，用涣散的目光盯着我。"你丈夫知道你来这儿了吗？"她用微弱的声音说。

我耳朵里听到自己怦怦的心跳声，向前走了一步，用手指轻轻抚摸着床罩。

"嗨，瓦尔舅妈，你好吗？"我迅速瞥了一眼安吉拉。

"你丈夫在哪儿？"她稍稍眯起眼睛，真的在看我，努力想弄清楚状况。

"你介意我们单独待一会儿吗？"我问安吉拉。

"没问题。"她对我摆了摆手。"我去看我的《主妇》。她的药效很快就会过去了。如果她开始说难听的话，就喊我过来。"

杰伊走到屋子中央，罗在门口徘徊。我转身对着老妇人，在大床的边上坐下。

她把十字架放在胸口，用另一只手攥住它。"我睡着的时候，她总是把屋里的十字架移来移去，还把镶着石榴石的那个拿走了。"

"我替你难过，"我说。"我会让她还回来的。"

"没用。她们都这么干。偷东西，藏东西。"

噢，来了。这种陈旧过时的偏见。尽管并不意外，却依然每每让人感到不适。

她扫了我一眼。"你丈夫知道你出来了吗？他会不高兴的。你不该来这儿。"我看到她两眼之间和嘴唇周围的线条加深了。"沃尔特也会不高兴的。"

"我想问你一个问题，瓦尔舅妈，如果可以。"她没说话，于是我继续说下去："你认不认识特里克茜。"

"可你就是特里克茜，"她说。"不是吗？科莉的女儿，沃尔特的外甥女。"我向后挪了挪，拼图渐渐成形了——沃尔特·伍滕是我外祖母的哥哥。瓦尔和沃尔特是我母亲的舅舅和舅妈。所以瓦尔是我母亲的舅妈。我说自己是她的外甥女，竟然不算太离谱。

"是的，夫人。"我起了一身鸡皮疙瘩。"你说得对，我是特里克茜。"

她把头转向一边，背对着我。"你丈夫知道你来这儿吗？"

"不知道，但我在想，瓦尔舅妈，你能不能告诉我，我来你家的那天晚上发生了什么？"

再开口时，她的声音很尖，像个孩子。"沃尔特不希望我再谈起那件事，它让这个家蒙羞。"

"可我是家里人，告诉我没关系。"

"不行。沃尔特说不行。"

"求你了，瓦尔。"

她再次转过头来看我，目光中充满责备。"你这样到处跑来跑去，嗑药，和十几岁的小子勾搭，埃尔德怎么能赢得选举？"

她说的是我父亲竞选州检察官的事。以及我母亲怎么妨碍了他。罗在我身后清了清嗓子。

"你们俩的形象都完蛋了，"她继续说。"沃尔特说还会变得更糟。总是这样。越来越糟糕。"

我的心脏开始狂跳。"什么会变得越来越糟糕？"

"沃尔特说不许谈起这件事。"

"你可以告诉我。"

"等你到了三十岁，他们就会把你关起来。"

"为什么？他们为什么要把我关起来？"

"你会发疯。你们这些女孩都会发疯，沃尔特说的。因为你有山里人的基因。他的妈妈金恩，妹妹科莉，你知道。她们其实并不住在山里，而是住在下面的山谷里。西比尔山谷。他跟你说过那个女人的事吗？她脱光了衣服，爬上了防火瞭望塔？哦，她不是伍滕家的，她是卢瑞家的女人。"

她开始跑题了。

"这些和三十岁有什么关系？"

"一个诅咒。一代人的罪过。三十岁就犯病。"她的目光变得黯淡。我看到她厌恶地撅起了嘴唇。"你知道的。三十岁生日那天晚上，你带着那个男孩来了，你把那个男孩带进了我的房子。然后你威胁说要杀死我们。但是埃尔德来了，摆平了。我们没有插手。沃尔特说埃尔德有决定权。"她的声音渐渐变成了小声嘀咕。

"决定权？关于什么？"

"关于怎么处理你。"

"什么意思？"

她看了我一眼，好像觉得我很傻。"埃尔德有权决定怎么处理你惹的那些事。那个男孩的事，还有嗑药的事。一开始，埃尔德想请一位精神医生，后来他改了主意。这儿的人太爱传闲话。过了一段时间，他决定把你关起来。沃尔特说他不该那么做。沃尔特说……"

"说什么？"

"沃尔特说他应该彻底了结。"

"什么意思？"我问。

她转过了头。"埃尔德是个大人物。沃尔特明白。"

"瓦尔舅妈，"我说。"告诉我。你刚才说的'彻底了结'是什么意思？"

她再次转过头来，笑了笑。棕色的牙缺了几颗。"这种事在你家不是第一次发生了。伍滕家的女人都很怪，一直是这样。"

"所以他是怎么做的？"我的声音轻得几乎听不到。"把我关了起来，还是……"我咽下一口口水。"彻底了结了我？"

"这还用问，当然是把你送走了。"她看上去很

害怕。"普理查德。你知道的。沃尔特和我都跟这件事无关，是埃尔德做的决定。"

"然后我就死了，对吗？"我说。"在去医院的路上？因为动脉瘤。"

她开始急促地喘气，下嘴唇伸出去又收回来。泪水沿着她又薄又干的皮肤滑落，还流起了鼻涕。我看着它们在枕头上留下湿印。然后她开始抽噎，身子不停起伏，一次次地用十字架刺向我的方向，就好像我是从地狱回来纠缠她的食尸鬼。

我抓住她握着十字架的那只手。"我脑子里有个血块，"我说。"一个动脉瘤。那天晚上我死了。"

瓦尔摇了摇头。"不对。你给我打过电话。"

"从普理查德？"

"你让我去救你出来。你说那儿有鬼。拴在床上，挂在门口。我对任何人都没说，"她继续说。"但我去了。"

"你到那儿的时候发生了什么？"

她用双手握住十字架，一下子刺到我面前，我根本没想到她有这么大的力气。她的身体在发抖。

"你不是真的。你的样子很像她，但不是真的。都怪他们让我吃这种药。"她浑身颤抖，仰头盯着我的脸。

"你说得对，"我说。"只要你告诉我那天发生的事，我就不会再打扰你。"

她向前探了探，身子离开了枕头。这是我此行的目的，我提醒自己，必须坚持下去。

"我想是那个男孩干的，"她轻声说。"埃尔德把你送进了医院，我猜是那个男孩去那儿杀了你。"

我看了罗一眼，他似乎缩到了阴影之中。

她抬起下巴，开始用一种怪异的方式轻声哀号，像一只垂死的动物。我向后退，希望脚下的地面能裂开，把我吞进去。我的天啊，只要能停止这个声音，怎样都行。然后她停了下来，把十字架放在凹陷的胸口中间，看上去像极了一具尸体，我吓得发抖，转过身开始跑，经过杰伊和罗身边，跑出房间，血流声在耳中轰鸣。

我瘫倒在一个脏兮兮的长沙发上，把头埋进手里。我听到从瓦尔的房间里传来一阵隆隆声，接着是砰砰几声。

"阿西娅！"我听到杰伊的喊声。接着罗冲进了门厅，汗湿的皮肤和紫色速干上衣从我身边掠过。他打开前门，跑出去，消失了。我跳起来，刚好看到他飞快地穿过院子跑上大街，像一个大腹便便的奥运选手。

我转身去拿手提包，看到它的旁边还有一个包，绣着向日葵的草编包。它是护士的。一个纯粹出于本能的模糊念头闪过，我拿起那个包挎在肩上。我出门离开这栋房子，手伸到胳膊下面的包里摸索。我的手指握住了一个处方药瓶。中大奖了。

"不好意思。"我身后响起了一个声音。

　　我回过头。安吉拉看上去像一个穿着泰迪熊刷手服、戴着发带的橄榄球前卫，她举着我的手提包。"你落下了你的包。"

　　作为回答，我举起了药瓶。标签上"盐酸氢吗啡酮"的字样清晰可见。她张了张嘴，没有出声。我从她手里拿过我的包，把药瓶扔进去，摁上扣子，背在肩上，然后把那个绣着向日葵的包递给她。

　　"事情不是你看到的那样。"她说。

　　"那就好，"我说，"因为在我看来你是在偷我舅妈的止疼药。如果我是你，我就会把它从瓶子里拿出来。这是内行的忠告。"

　　我的这番说教被街上传来的一声可怕的尖叫打断了，接着是一阵低沉的咒骂。安吉拉趁机跑回了屋，把手提包紧紧抓在胸口。我过马路，走到杰伊的车子旁边，倚在上面。

　　过了一会儿，他们出现了。杰伊揪着罗的高尔夫球衫领，推着他往前走。罗的脸上有一道被柏油路烫伤的红印。杰伊把他推到后排座位上，警告地看了他一眼，砰地关上了车门。

　　我抬起一只眉毛。

　　"我说过，"他说。"我很会打架。"

　　我们回到了旅馆。"听好了，"我对罗说。他坐在房间里两张床中间的写字椅上。窗帘拉着，空调关着，罗热得满脸通红冒汗。

"把那天晚上我母亲身上发生的一切都告诉我，"我继续说。"一切。否则我就毁了你可悲的生活。明白了吗？"

罗的脸颊已经开始结痂了，他看起来简直是凄惨。杰伊让他再给他妻子打个电话，告诉她还要在伯明翰待几个小时。

"她不会相信，"他说。"如果我不尽快回家，她会报警的。"

"满嘴屁话，"我反驳道。"你以为你妻子不知道你那个拉链包里装着药吗？你以为她不知道你干的好事吗？她不会报警，除非她终于受够了你的那些勾当，打算了结你。"我偷偷看了一眼杰伊。"不然这样吧，如果你真觉得她在担心，我很乐意给她打个电话，告诉他你没事，只是需要和一个当初未成年，刚从戒毒所出来的客户解决一些问题。"

他盯着肮脏的淡黄色天花板，眼睑在颤动。杰伊用手撑着床头板，怒气冲冲地瞪着他，叫了客房服务。我在另一张床上坐下，把几个枕头堆在身边。我完全不想吃饭，脑子里想到的只有那两个小药瓶。谢拉米夫人的洛特布，瓦尔的盐酸氢吗啡酮，都放在我的手提包一个带拉链的口袋里。我用手捏着鼻梁，努力去想象潺潺的小溪、落日和其他毫无意义的狗屁玩意。

"我能吃个吉士汉堡吗？"罗问杰伊。

"先说，"我说，"说完再吃。"

　　我看到他眼中闪过一丝恐惧。很好。他应该感到害怕。我知道他的一箩筐丑事，他很清楚这一点。

　　"所以，"我开始说起来。"你说你把我母亲送到沃尔特和瓦尔家，然后就开车回家了，那是说谎。"

　　他点了点头。

　　"你和她一起进去了。"他又点了点头。"你看到了一切。"

　　他咬住了嘴唇。突然，我看到电视遥控器一下子从罗的脑袋旁边飞过。他差一点没躲开，椅子摇晃起来。他的腿乱摆了几下，终于恢复了平衡。

　　"嘿！"

　　"我们要听到回答，混蛋，"杰伊说。"给我说话。"

　　"那天晚上我和她在一起，"罗说。"我看到了一切。"

　　我们在等待。

　　"我给了她氟哌啶醇。我们那时经常在学校的停车场见面。"

　　我闭上眼睛。"我要知道一切，"我说。"说吧。"

第十四章

"我母亲是普理查德的董事会成员，"罗说，"她把医院的很多东西带回家。氟哌啶醇，速可眠，还有丙氧酚，我想。她把它们藏在床上的罩篷里。我不知道她是不是打算哪天来个盛大告别。我想她很不快乐。"

"我对你母亲的无病呻吟没兴趣，"我说，"快说重点。"

我让自己做好心理准备，准备面对真正的特里克茜·贝尔。我一直只知道母亲的一面。那个陪着温和我在空地上玩耍的妈妈。那个教我们怎么拔下忍冬花的花蕊，用舌头接住花蜜的女人。

　　母亲一边做羽衣甘蓝和玉米面包，一边哼唱着在大山里长大的她的母亲教给她的歌谣。叠衣服或给花园除草的时候，她还会吟诵拉丁语诗句。

　　Veni, Creator Spiritus,

　　mentes tuorum visita，

　　imple superna gratia,

　　quae tu creasti pectora.

　　罗又开始说了。"一开始我只是从各种地方偷几瓶药，把它们偷偷拿给你妈。"

　　"你的意思是把药卖给她。"我说。

　　他耸了耸肩。

　　"她付钱了，对吧？"我追问。"现金？"

　　"大概吧。我记不清了。"

　　"好好想想。"

　　"是的。她付的是现金。"

　　"你撒谎。"我看了一眼杰伊。"他在撒谎。给他老婆打电话。"

　　"别——"罗说。

　　我向前探了探身子。"我父亲对我母亲管得很严，给她的现金只够支付日用品、干洗店和邮局的花销。而且她必须留下收据给他看。她不可能有多余的钱买药。"

他咽了一下口水，喉结像鱼线尽头的浮子般上下滑动。

"别跟我耍花招了，罗。"

"好，"他说。"好。但你不能把我的话告诉任何人。这是一个……网络，明白吗？"他说着低下头，可以看到刺猬头下面的头皮。我的身体里传来嗡嗡声，仿佛有极微弱的电流通过。现在终于要说到重点了。罗看着地毯说。"这件事是你父亲——埃尔德——和我妈一起安排的。我认为他们在谋划一些事。"

我的身体变冷了。

"我不知道他是不是给了我妈一些钱，还是他俩之间有某种约定。"他咳嗽了一下。"我知道，他不希望他俩卷入实际的交易中——我是说，他是州检察官，她是本地高高在上的女名人——所以就让我替他们干脏活。我妈把那些药交给我。我放学后就去那个停车场，把它们给特里克茜，就是这么回事。"

"瓦尔·伍滕说的那些话呢？"我问。"说我妈和一个十几岁的男孩到处跑？是你，对吧？你不仅是几个星期给她一瓶药，你们之间还有更多，对不对？"

他的脸上显出男孩般害羞的神色，嘴角不由自主地向上扬。"她喜欢我，懂吗？她总在停车场和我聊天，还问我愿不愿意和她开车去乡下兜风。我们去过几次。她真的很喜欢乡下。"

我翻了个白眼，却不能无视在我体内翻涌的反感。母亲怎么会和这个畜生待在一起呢？她怎么这么蠢?

"她给我讲了一些事，"他说。"她的童年。还有她的母亲。"

我感到自己的神经细胞在爆裂。"比如什么?"

"她很早就失去了母亲。我记得是五六岁。她妈妈被送进了普理查德，特里克茜非常难过。"

"他们为什么把她送进普理查德?"杰伊问。

"我不记得了。她……她生病了，我想。大概是精神分裂症?"

又出现了——精神分裂症。一个共同点。"她说起过埃尔德吗?"我问。"他们的关系?"

"说过，都是你能想到的内容。比如他控制欲很强。对她很凶，对你也很凶，却很宠爱温。"他迅速瞥了我一眼。"她说他们不做爱。"

"没错。"我的语气酸涩极了。我的中指很痒，不得不把它夹在另一只胳膊下面。我不能和现在唯一的消息来源翻脸，可是罗在惹我。

"没错，"罗说。"就是那样。你的父母维持着一段无爱的婚姻。"

"你的意思是她勾引你。"

"是的。"他的语气充满挑衅。"我就是这个意思。"

在那一两拍沉默的时间里，我在想自己是不是真的该用双手抱住他的脑袋，把拇指插进他的眼窝里。使劲按，按住不松手，直到他的血在我的胳膊上流成

河。我咬紧牙关，脑中反复闪过这幅情景，然后我眨了眨眼，放下了这个念头。

"但是特里克茜从未解释过埃尔德为什么让她吃氟哌啶醇？"杰伊说。"你们没谈过这个？"

"我们谈过。她说她妈得了一种病，她也很可能得上。她知道埃尔德担心自己的地位，担心她让他丢脸。就是政客的那套狗屁。但我想说，我有点理解埃尔德为什么想让她吃药。我无意冒犯，可你妈真的脑子有毛病。你跟她说一会儿话，马上就能看出她不正常。"

我的心中涌起了一股保护欲。混蛋。

"比如呢？"杰伊问。

"比如她看上去像是一直在惊恐发作。她总在抽搐，明白吗？有点像在发抖。而且她的样子总是很紧张，说话声音打战。有时她还会一边自言自语，一边——"

我打断了他。"那是她喜欢念的一段祈祷词。她会把它唱出来，很多人都会这么做。这不能说明她脑子有毛病。"

"对了。"他看着我的眼睛说，"我想起来了。那是一段天主教的祈祷文。这很奇怪，因为我不记得你们去教堂做过礼拜。"

母亲为何执着于这段祈祷文，这对我来说也是个谜。但我不会告诉罗这一点。

"继续说药的事，"我说。"我爸想让她吃药，为了防止她突然发疯，妨碍他的事业？"

"选举是件大事。有很多大佬支持者签了很多张支票。我想他一直在担心她。然后发生了一件事——她收到了那封信——情况变得更糟了。"

我的神经细胞又在爆裂了。仿佛有许多小锯条在我体内锯来锯去。一封信。一个信息——终于。一团乱麻中出现了一个线索。

"特里克茜告诉我，那封信让她不安，她真的吓坏了。埃尔德不知道那封信的事。她没给他看。"

"你看过那封信吗？"我的心里升起了希望。

罗摇了摇头。"但她跟我说过内容。"

"信上说了什么？"

"内容有点奇怪。我记不清了。"

"仔细想想，"杰伊说。

罗向后倒在椅子里，盯着天花板。"写信来的是一位女士，她认识特里克茜的娘家人，住在亚拉巴马州北部的山里。这位女士想在她三十岁生日那天和她见面谈谈，在比安维尔广场。"

"为什么？"我问，感到呼吸困难。

"我不知道。她想告诉你妈一些她该知道的事？家族往事？我猜。我对天发誓，真的不知道。特里克茜告诉我的都是些扯淡的话，比如说特里克茜就要三十岁了，这是一个很重要的年龄——女人在三十岁时要独立自主之类的女权主义废话。"他耸了耸肩。"我说，你们看，我那时只是个十七岁的小傻瓜。我

搞不清楚。"

他现在是个中年男人了，可看上去依然搞不清楚。

"特里克茜真的被那封信弄得挺激动。老天，我说不清楚……说来奇怪，我觉得她真的认为这个女人是某种女巫。来自山里的先知之类的。她会给她一件神奇的礼物——曾经属于她的母亲和外祖母的东西——它能拯救她，让她不会发疯。就像是疯疯癫癫的动画片，对吧？"他大笑起来。"我是说，其实有点可怜，她真的相信了。她妈留给她的创伤太深，她需要抓住什么东西。我确实替她难过。不过老实说，我从那时开始觉得也许埃尔德做得对，让她吃药。"

"她和那女人见面了吗？"我问。

"她生日那晚，我溜出来，开车送她去了比安维尔广场。她穿了一条金色的裙子……"

他的声音变小了，身影变得忽远忽近。我只能看到我的母亲。金色的裙子在月光照耀下的空地上闪闪发光。泪水涌进我的眼里。

"她让我留在车里，自己走到了广场中央。我记得当时在下雨。"罗的身体抽搐了一下，沉浸在回忆里。"大概过了十五分钟，我不确定，她回来了。不一样了。变了。"

"变了？什么意思？"

他眨了眨眼。"她抖得厉害，比平时大概厉害十倍。我是说，她真的激动极了。就像她终于永远折断了她那根该死的铅笔，你明白我的意思吗？她说她必须去伯明翰市拿一样东西，立刻就去，让我开车送她过去。"

"拿一样东西？什么东西？"

我感到自己像是在过山车的最后一个峰顶，就要飞驰进入最后一段可怕的隧道。所有的答案都在那儿等着我。可是罗还不打算去那儿。他在椅子里扭动着身体，对杰伊说。

"听着，哥们儿，我真的要先撒个尿。"

"那你最好讲得再快一点。"

罗嘴里发出嘶嘶的声音，摇了摇头。

"说，罗，"我命令道，努力控制住自己的声音不要发抖。"在伍滕家里发生了什么？"

"她想偷偷溜进去，假装我们是间谍之类的。我们发现他……她舅舅沃尔特……坐在起居室里。他有一支枪，一支老式步枪。"

我想起自己在伍滕家壁炉架上看到的那支步枪，黄铜枪托板的那支。

"它就是我母亲想要的东西吗？枪？"

"是的。没错，就是它。可她舅舅正在擦它，"罗伊说。"也可能……"

我向前探了探身子。"可能什么？"

"我不知道。我是说，他看起来像是正用枪管对着自己的脑袋。额头，你明白吗？"罗的眉毛抬起来，看了看我和杰伊。他的太阳穴上冒出了亮晶晶的汗珠。

我想象那个老人把步枪放在两膝之间，顶着自己

的脑袋,手朝扳机伸过去。"他想对自己开枪?"我问。

"我猜是这样,我不知道。或许这部分是我瞎想的。现在我觉得不是那样,我是说,他干吗要那么做?"

一切似乎都在嗡嗡作响。我的身体里仿佛正掀起一场强烈的雷电风暴。"继续说。"

"我们进去了,"罗说。"然后这个人,沃尔特舅舅,放下了枪。等等。不对。不是这样。特里克茜把枪从他手里抢走了。她抢过来就开始哭,说一些关于那支枪的事,还说要把它拿走。"

"拿走干吗?"

"我不知道。但我告诉你,她当时非要拿走不可。然后她开始不停问他,她的母亲——他的妹妹——怎么样了。"

"科莉。"

"对,科莉。她问他关在普理查德的科莉三十岁时发生了什么,他们的母亲金恩三十岁时发生了什么。她说话疯疯癫癫,胡言乱语。然后她的舅妈走进了房间。就是瓦尔。她说特里克茜应该看医生,她没准也该去普理查德。"

"然后呢?"

"特里克茜彻底抓狂了。我的意思是她完全疯了。她开始挥舞那支枪,用它指着每个人,说她必须把它拿走,带到什么地方,我记不清了。然后她就开了枪。"

"沃尔特的枪？对谁？"我问。

"我不知道。"

"喂，仔细想想，这很重要。"

"我真的不知道，阿西娅。对我们所有人，我猜？她没有打中任何人。但是天啊，她真的在他们家开了一枪。沃尔特不知怎的从家具旁边爬了过去，撂倒了她。他好像是擒住了她，然后她就倒下了。他们扭打了一两分钟。"

"他打了她？"

罗飞快地看了一眼杰伊。"他，哎——她当时在发疯，我想他可能打了她几下吧，用手掌，只是为了阻止她。"

"你就那么看着他打我母亲？"我感到自己的手指又开始发痒，血管里的血液也在变烫。

"操，她对他开枪了，阿西娅。"

他说得对，我知道，可我无法控制自己。我仿佛被推过了某条线，满脑子只想用手指掐住他的脖子，一直掐到他断气为止。

"你看着一个男人打我母亲，"我平静地说。"然后你袖手旁观，任由他把她关进了精神病院。"

罗紧张地看了杰伊一眼。"她当时失去控制了。"

我踉跄着爬起来，冲下床扑向他。在最后关头，就在我扑到他身上，指甲掐进他的肥下巴，把他撕碎的前一秒，杰伊抓住了我的衬衫后摆，把我拽了回去。

他把我扔到床上，发出嘭的一声。我爬到床罩下

面，脸贴住旅馆的被子。漂白剂的味道、汗味和烟臭混合在一起，充塞了我的肺部。我不能哭。我不能让他得逞。

"对不起，阿西娅。"罗说。"我很抱歉。我当时只是个孩子。我不知道该做什么。她对我们开枪了。她可能会杀人。"

我没有回答。

过了很久，杰伊用平静的语气说。"后来发生了什么？沃尔特把枪夺回来之后。"

"埃尔德出现了，"罗说。声音里有了一丝愧疚。"他把特里克茜带回家了。我也走了，再也不想和这件事有任何瓜葛。"

"你母亲怎么说？"

"我没告诉她这件事。没告诉任何人。第二天，我听说他们把特里克茜送进了医院，但她因为动脉瘤破裂死了。我猜就是因为动脉瘤，所以她才抖得那么厉害，行为那么疯狂。我是说，她或许有精神分裂症，但我猜她也有动脉瘤。或许是那些药造成的。"

这是一个谎言。一个无稽的谎言。我父亲把她关进了医院，她在绝望中自杀了。但是爸爸不能说出真相。在被救护车送到医院的路上，因为动脉瘤破裂而死，这才是体面的说法——让他成为一个令人同情的鳏夫，让人们愿意投票支持他。

至于我，我想找到父亲，用拳头狠狠打他的脸。我在被子上紧紧缩成一团。双手握拳。

杰伊说话了："这么说，发生了那些事之后，埃尔德就凭空出现在沃尔特和瓦尔的房子里，把特里克茜带回家了？"

"唔，"罗说。"不完全是这样。"

我坐起来。偷偷看了罗一眼。

"离开比安维尔广场，特里克茜让我送她去伯明翰市，我们路上在一家加油站停过车，"他的脸塌下去，仿佛突然对两脚间那块地毯的图案有了兴趣。"特里克茜睡着了。我给车子加油的时候发现了一个投币电话。我给埃尔德打了个电话，告诉他我们在哪儿，让他来把她带走。是我的错。"

我再也不管罗·奥利弗会怎么看我，是不是怕我。我转过身，脸埋在令人恶心的旅馆被子里，哭了。

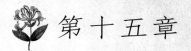

第十五章

1937 年 10 月

亚拉巴马州，西比尔山谷

　　日子一天天过去，金恩一直在想那头被肢解的小牛犊，卖酒赚来的钱，还有好莱坞。她在报纸上看到查塔努加即将上映玛娜·洛伊主演的电影《双重婚礼》，是她和威廉·鲍威尔合演的喜剧。她没听说过这个男演员，但觉得自己一定爱看。她不知道一个人能不能进电影院。

　　从教堂回家的路上，她一直在想电影的事，沃尔特和科莉跟在她身后。她打开他们那栋小木屋的门，看到豪厄尔在厨房里。他坐在小饭桌边，右手边有一杯柠檬汽水，左手边是一叠现金。她把孩子们推回门廊里。

"去，"－她说。"去玩吧。"

她的大脑平静地运转着——她试着去想象玛娜·洛伊如果置身于这种情形，会用什么姿势站着，用什么眼神看自己的丈夫。她深呼吸，抚平从发髻里钻出来的几缕头发，走到厨房门口，站在那里。

豪厄尔指了指桌上的钞票，抬起眉毛看着她。他的沉默笼罩着这个温暖的房间，金恩感到一串汗珠从她的腋窝滚到手肘。她终于开了口。

"这是卖酒的钱。"她说，声音在颤抖。

"这不是卖酒的钱。再编一个别的。"

"真的。"

"你是说，萨迪、蒂夫顿和艾吉从你这里买了六百块钱的忍冬花酒？"他说"忍冬花酒"的时候，就像在说"狗屎"或"头上的虱子"。

我可以去好莱坞，金恩想。我可以去试镜。

她可以给从查塔努加来的女人们打个电话。请她们开着那辆小银龙把她带走，告诉她开往加利福尼亚的大巴车在什么地方。她这么想的时候，就知道自己绝不会真的那么做。谁来保证她妈妈得到照料？她爸爸不行。豪厄尔也不行。还有孩子们……

"金恩？"

"我在做生意。"她的声音沙哑低沉。

"是吗？"

她点了点头。

"为了养家糊口，我累得后背都快断了，挖洞种松树苗。你却把这个——这些卖酒的钱——塞在了地窖的旮旯里。"她咽了下口水，他砰地拍了一下桌子。"我的老婆不能背着我藏钱。这不应该。这是不尊重我。"

她迅速点了点头。

然后他告诉她，他是怎么发现的。他在查塔努加买拖拉机零件时偶尔走进了市场街的一家商店。老板看出豪厄尔是个有品位有闲钱的男人，因为法律禁止这个地区开酒吧，老板猜他肯定很想喝酒，就带他去了地下室的一间特殊的屋子。那儿的架子上整齐摆着一排排细长的蓝色瓶子，里面装着忍冬花酒。机器印制的酒标上忍冬花藤盘绕在金边周围，上面有一行字："金恩的果汁——让你神清气爽！"

他买了一瓶尝了尝，没错，老天，这就是他的妻子酿的忍冬花酒。他回到家，下到地窖里，砸碎了所有罐子。包括那个藏钱的罐子。里面藏的已经不止一百美元，而是六百美元。

"你为什么要把钱藏起来？"他突然从座位上站起来。"你打算怎么花？"

"没打算花。"

"你想逃走？"

"没有。"

"你外面有人了？告诉我，妞，你是不是要丢下我和孩子们逃走？"

她开始发抖，感到眼泪就要涌出来，但她告诉自己要站稳。这种话她听过很多次了。她能挺过去，只须咬紧牙关忍耐。

胆小可干不成大事。

"斯托克，对吧？"

"不是。"

"该死的汤姆·斯托克。"

"不是，豪厄尔。不是。"

"那个该死的汤姆·斯托克，仗着他爹在佐治亚发了财，就可以坐享其成。你知道吗，我去过佐治亚，妞。我没听过有人谈论汤姆·斯托克的爹。那位有钱大老爷。那地方根本没人听说过汤姆·斯托克的爹，所以我想，他的钱是不是从其他地方弄来的。"

金恩没动。甚至没有眨眼或喘气。

他把脑袋歪向一边，盯着她。"你觉得那小子为什么一直不结婚？"

"他结婚了，和露西。"

"我是说她死了以后。他有个儿子，为什么不再婚？"

"他还爱着露西。"

"得了吧，金恩，你知道这是扯淡。他爱的是你。"

"不是。"

一时间，豪厄尔似乎厌倦了这种争论，他用眼睛扫了一遍厨房。搓着下巴，直到金色的胡须都竖了起来，脸变成了更深的红色。金恩的心脏狂跳，胸口升

起一线希望。也许他会就此罢休。她错了，当他再转过来头时，她看出他的目光变得更冷酷了。

"我要告诉你爹，"他低声说。"我应该这么干。"

金恩心中的希望破灭了。

不。

他对她笑了笑，一个恶毒的笑。从她的脸色，他大概看出这个威胁吓住了她。他坐直，挺胸，双手平放在桌上，盯着自己作为农民显得过分整洁的手指甲。

"如果我告诉你爹，他绝对知道该怎么办。"

"豪厄尔——"

"我应该立刻扯着你的头发，把你拖到你爹面前，我应该这么干。"

"求你了——"

"你会对他说实话，对吧？"她把两只手在围裙下面紧紧攥在一起，不让它们发抖。她不能跑。不能。

"求你了，别告诉他，"她轻声说。"求你。"

他朝她冲过来，手已经握成了拳头。她蜷缩在地板上，在他碰到她之前，她飞快地闪过一个念头——希望孩子们这次没有听她的话，跑得远远的，远离他们家的地界之外。

他把她从地板上拽起来，用力按住她，她觉得肋骨快折断了，大口大口地喘着气。就在她觉得自己快晕过去时，他把她转个身扔了出去，她飞过厨房，撞向桌子，头碰到了桌角，弹了一下，摔在地上。他走过去，站在她上方，喘着粗气。她睁开眼睛，看着眼前的他的靴子。它们很旧了，沾满了干泥。还有一些血迹，可能是兔子或松鼠的，也可能是他在山里偷猎的鹿的血。

她强迫自己尽量镇定地说话。"我在为沃尔特存钱。上大学的钱。"

那双靴子动了一下，然后朝水槽走去。她听到水流声，接着，他拿着一块滴水的洗碗布站到她身边。她接过来，按在脑后。没有流血，谢天谢地，但鼓了一个大包。

"你刚才就应该说。"他的声音很冷淡。

"我知道。对不起，豪厄尔。事情太突然了。"关于沃尔特和大学的谎言脱口而出，就像生下一个六磅重的婴儿那样简单顺畅。她应该感到羞愧。事实上她从未想到过为儿子攒钱的事。她想的只有自己。

她决定冒险看一眼她的丈夫。他的脸色已经缓和下来，目光呆滞，盯着她身后的某个地方，仿佛陷入了梦中。也许是一个沃尔特去佐治亚上大学的梦。他穿着学士服和戴学士帽毕业，开一家律师事务所或是去医学院念书。然后他的目光不再涣散，摇了摇头。

"我不喜欢你有事瞒我。女人不能这样在丈夫背后弄钱。这样不对。"

"好的。"

"这让做丈夫的没面子。"他低头看着她，深深叹了口气。"我不知道该拿你怎么办了，金恩。"

他慢吞吞走到房间的另一侧。事情好像已经结束了，但是她的脑子里有个声音告诉她不是。不会这么简单。那个声音告诉她要留神，要步步小心。听起来很像她妈妈的声音。

豪厄尔向她伸手，她握住了。为了向他表示问题已经解决，他不需要再担心，她挤出了一个最楚楚动人的微笑。一个玛娜·洛伊式的微笑。他扶她站起来，拍了拍她的屁股，把地上散落的钱捡起来，整齐地叠好，塞进了自己的口袋里。她小心翼翼地走出去，叫孩子们回家。

那天晚上，大概是午夜时，金恩醒来发现身边没人，门廊里传来了说话声。她立刻听出来了：那是豪厄尔和她爸爸。她听不清具体内容，但她知道他们在说什么。他们在盘算怎么对付她。

第十六章

2012 年 9 月 18 日，星期二
亚拉巴马州，伯明翰市

我醒来时觉得口渴，浑身是汗。我看了一眼时钟，下午三点刚过。我穿着内裤，身上裹着床单，上衣一定是在夜里什么时候脱掉了。

杰伊坐在另一张床上，穿着平角内裤，正一边打电话一边看 iPad。他肯定意识到我醒了，因为他稍微转了一下身，对着电话低声说了几句，然后就挂了。

"又是律师？"

"嗯。"

"我不想和他说话。"

"你不需要说。渴吗？"

他扔给我一瓶水，我一通狂饮。他对我笑了笑，让我想到自己现在的样子肯定很难看。头发睡得乱糟糟的，皮肤上印着被褥的痕迹，嘴里也臭臭的。我觉得自己仿佛有好几天没有洗过澡吃过饭了。我从床单里挣扎起身，脚踩在地板上。

然后我想起了罗的故事里的一切——氟哌啶醇，比安维尔广场，沃尔特和瓦尔，还有那支枪。但是那个位于中心的问题依然没有答案：我母亲身上到底发生了什么？她是怎么死的？

那天晚上我们曾在一起，母亲和我。在我记忆中是一些闪烁的画面，就像是那种昏暗的老幻灯片。我能听到她的声音，她告诉我要等待忍冬花女孩。可是除此之外，很难把那些支离破碎的记忆拼成一个完整的故事。

我突然挺直身体。"今天几号？"

他停下输入的动作。"18号。"

一阵恐慌刺穿我的身体。

"我需要搞清我母亲和外祖母身上到底发生了什么，在火车碾过我之前让它停下。"

他在我睡着的时候放走了罗。把他送上电梯，让他打辆出租车回家。他大概以为我会大发雷霆，但是很奇怪，我现在依然感到筋疲力尽，所以决定不再纠缠。事实上我们也不可能永远扣住罗。我还有其他事要做。

杰伊还说他后来上了床，一整夜抱着我。这部分

我记得——我每隔一个小时左右醒来时都能感到他在贴着我。我不习惯和别人一起睡。会让我感到被困，引发我的幽闭恐惧症。但我隐约觉得只有他能让我不失控。所以我整夜都紧抓着他的胳膊，仿佛它是我和彻底绝望之间隔着的唯一东西。

"然后呢？"他说完，我问。

"什么然后？"现在他的注意力完全集中到了我身上。他光着上身，只穿一条平角内裤，这副样子实在让人心慌意乱。我试着专注于自己的愤怒，但我能感到它在消失。渐渐淡去。

我举起双手。"你没听到罗说的话吗？在同样的事情发生在我身上之前，我必须做些什么。我要在温逼我住进一家可怕的机构之前搞定。"

"要做到这一点，你必须有充足的体力。先好好休息，好吗？"

我叹口气，揉了揉太阳穴。这种对话不会有结果。我需要专注于眼下的任务。还有十二天就是我的生日。我只有不到两个星期来查明真相。

"发现什么有趣的东西了吗？"我指了指 iPad。

他看了一眼屏幕。"我在给我爸妈回邮件。他们在法国，正要去托斯卡纳做一次葡萄酒之旅。他们租的公寓下个月会空出来。我可以在 24 小时内帮你办好加急护照。我们周五就能到巴黎。你生日那天可以参观卢浮宫，品尝羊角面包和马卡龙。"

"不。"

"我能问问为什么吗？"

"因为，杰伊，我不想那样——在国外发疯，被关进法国的疯人院，就像芳汀还是谁那样①。"

"我记得他们是把她送进了一家医院，因为她得了结核病，快要死了。"

我摇了摇头。"就你聪明。"

"那你说咱们能去哪儿，阿西娅，你在哪儿会感到安全。告诉我。"他的语气听起来挺受伤，或许还有点愤怒，因为我不赞成他的欧洲度假计划。

我的双腿在床边摇晃。"把 iPad 给我，我来告诉你。"

我迅速搜索了一下，然后把 iPad 翻过来给他看。

"杰斐逊县卫生署，"我说。"我想去那儿，可以查到 1908 年之后死去的任何人的信息。"

"信息？"他看着屏幕。"什么信息？"

"死亡证明。"我的手指停在平板上方。"上面写着死亡时间、地点和死因。这样，我们就能知道瓦尔是不是说了谎。我妈是不是真的进过普理查德。她的死因是什么——是动脉瘤、药物过量，还是别的。"

接下来还有一些问题需要解决。如果我母亲进过普理查德，她是怎么搞到了那么多药，导致了药物过量？在这件事上，为什么我父亲二十多年一直对所有人撒谎？他是不是也牵涉其中？

①芳汀，《悲惨世界》里的女主角，最后因结核病死在了医院里。

我必须面对这一点。父亲是一个政治上很有野心的男人，却有一个累赘的妻子。她是一个需要解决的问题。他可能会杀死她。轻而易举。她没有娘家人保护。如果他把她送进州立精神病院，甚至不会有人眨一下眼。出于某种原因，沃尔特当时正打算自我了断，所以他也不会泄露家族秘密。瓦尔呢，可怜的备受煎熬的瓦尔，她不会站出来反抗埃尔德或她的丈夫。

有一件事很明显：如果母亲确实是在某种特殊情况下死去的，身为州检察官的埃尔德·贝尔可以轻松掩盖真相。如果他真的足够小心，应该也会篡改死亡证明。但是不管上面写了什么，我都要看看。

我把 iPad 扔到一旁，抱着床单裹住自己，更深地蜷缩起来。即使我父亲做了不可告人之事，即使他杀了我的母亲，也不能解释发生在我外祖母和曾外祖母身上的事——她们为什么也在三十岁时消失了。

在我体内的某种东西，深埋在我基因里的这些女人的一丝遗存，告诉我这绝不是一个偶然的巧合。它是个谜，但我解开的时候必须非常小心。如果踏错一步，温可能就会把我关进医院。对他来说，我是个麻烦。我只是他个人资产表"亏损"一栏中的一个条目，而且很可能妨碍他当选州长。但他为什么要坚决把我说成精神分裂症患者，还要把我永远关起来，我不明白。这种做法看起来太极端了。

我想起他说的那番关于爸爸遗嘱的话——只要我接受精神治疗，就能得到我的那份遗产。所以或许这一切都和钱有关。或许我将继承到一笔意想不到的巨款。我不知道温是否已被指定为我的法定监护人。我听说过这种事。我需要和这方面的专家谈一谈。律师。

我把头埋进手掌里。我更需要的大概不是律师，而是治疗师。我没有理由在包里随时放着药。我需要找人谈谈，让专业人士告诉我是否要吃什么预防性的药物，以免我真的精神分裂症发作。但是有个风险，假如我向某个人吐露了实情，比如一个医生，我可能会被采取法律行动——如果温以某种方式找到了该医生，就可以说服他把我关进医院——到时候我要如何自救？

我必须离开这里。快没有时间了。

然后是另一个想法：我不能让杰伊看到我这样。

我沮丧地咬紧牙关。我为什么这么想？为什么要在意？我的行为就像个女高中生，就好像杰伊和我之间是一种真正的恋爱关系。这很荒谬，因为我们不是。

天啊。我到底是怎么了？我已经摆脱了其他一切，为什么不把杰伊也赶走？

他又拿起了手机，飞快地敲着字。我看着他弓着背拿着手机的样子，精壮的肌肉，脊椎的凸起。光滑的金黄色皮肤。完美无瑕。

"你该走了，"我突然说。"回莫比尔。"

他从发光的手机屏幕上抬起头来看着我。"你说什么？"

"我不知道。"我拧着床单的一角。"你难道不

需要找份新工作之类的吗？"

"我正在我爸的建筑公司工作。做账目。财税咨询。"

"那你难道不需要去……做咨询？"

"我是弹性工作。"他直起身子。"你想让我走？"

"不是。我只是觉得你该找些更有益的事情做，而不是追赶我的毒品贩子，给我洗海绵浴，或试图诱拐我去橘子海滩或巴黎。"

"我不知道。"他咧嘴笑着说，"那样也不坏嘛。"

"我是认真的。"

"我也是。"他注视着我。"这里发生的一切都不会改变我对你的感觉，阿西娅。"

"什么感觉？"

他垂下目光，脸红了。他看上去很紧张，我觉得。甚至有些愧疚。或许这只是我的臆想，我在寻找不存在的东西，一个赶他走的理由。

我再次开了口。"我不是要为难你，只是我真的不知道这话是什么意思。"

他摇了摇头。"我不知道。我只是想留在这儿。帮你。"他抓了抓长出胡茬的下巴，看着我的眼睛。"好吧。听着，阿西娅，对我来说承认这一点真的很难，我其实有点需要这么做。我现在需要专注做一件事，一件比我自己重要的，真的很要紧的事，而不是坐在我爸妈的房子里自伤自怜。"

现在他的脸红透了，眼睛亮晶晶的，若不是尴尬极了就是在撒谎。我不知道该相信哪种解释。

在这一幕里，他扮演的是身穿闪亮铠甲的骑士，这是毫无疑问的。这个男人有一辆逃跑用的车子，一张无限额的信用卡。事实上我需要这些东西。我必须拥有它们。所以，也许我不仅是在用养眼的性爱对象来分散自己的注意力。但不管怎样我都是在利用他。我一直这样利用别人。

但他也在纵容我。虽然也许是出于自私的动机，但他一直待在我身边，这对我很好。

"如果你真想留下，我也不会赶你走，"我说。"因为事实上我现在就需要有人开车送我去卫生署。他们要求直系亲属亲自去开死亡证明。"我在卫生署坐在一张橙色的塑料椅子上，在日光灯的照射下填写死亡证明申请表。妈妈的合法全名，配偶姓名，父母姓名。时间：她的三十岁生日，1987 年 10 月 5 日。莫比尔县。

准备提交的时候，杰伊拦住了我。"你为什么不再填两张？你外祖母的和曾外祖母的。"

我向工作人员又要了两张表，填上了我知道的零星信息。我把三张表都交了，付了费，坐下来等待。她回来时，拿来了三份文件和一张收据。

有一张"查找失败"的证明——金恩·伍滕的——还有两张死亡证明，科莉·克莱恩的和特里克茜·贝尔的。我先浏览了科莉的那张。死亡日期是 1962 年，地点是塔斯卡卢萨县，死亡原因写的是"故意伤害"。

"自杀？"杰伊问。

"我猜是的。这上面没有更多信息了，除了她丈夫的名字是戴维。"

"塔斯卡卢萨县就意味着普理查德，对吧？"他问。

肯定是。没人提到过母亲家族中有谁住在塔斯卡卢萨县。杰伊厌恶地摇了摇头。我把这张文件放到一沓文件的下面，现在最上面的是我母亲的死亡证明。我把它放在膝盖上，扫了一眼基本信息，然后跳到下面的内容：

处理方法：火化

处理地点：橡树园火葬场

位置：密西西比州，图艾克西多

宣告死亡日期：1987 年 10 月 5 日

宣告死亡时间：上午 4:11

死亡所在城市及邮政编码：莫比尔市，36607

是否联系过法医或验尸官：否

"密西西比州的图艾克西多？"杰伊说。

"她父亲家的人出身于密西西比州。克莱恩家。我算是认识他们。大家从来不提的只有科莉的那一边。"

"所以你母亲的骨灰埋在几百英里之外，"他说。"这倒方便。"

我跳到这页最下面的"诊断书"一栏，继续往下看：

第一部分：直接死因：癫痫发作

癫痫发作？没提到动脉瘤。怎么会这样？我的目光继续向下，那里还有一部分，有很多空格用来填写关于她死亡的各种细节，都空着。

"没有验尸，"我说。"死亡性质是'自然死亡'。"我看向杰伊。"我敢说这上面还应该有一些其他内容。比如说，是否死于某种以前存在的健康问题？还是死于受伤？药物？没有任何解释。完全没有。"

他皱起了眉。"一份不专业的死亡证明。谁签的字？"

我看了看最下面。"伍德罗·斯马特。"

"他是谁？她的医生？"

"我不知道。只有这几个字。伍德罗·斯马特。"

杰伊拿起他的 iPad，输入这个名字，向下滚动浏览搜索结果。

我回忆着自己能想起的每个名字，父亲的所有朋友。任何能帮他伪造医疗文件的人。

"找到了。"他点击了一个链接。

他念出网页上的内容。"1988 年 1 月 11 日。据莫比尔市消防部门的消息称，星期天晚上一位医护人员从 I-10 公路上的贝威桥掉进了莫比尔河，现已死亡。二十四岁的'伍迪'（全名伍德罗·斯马特）在坠落过程中多处严重受伤，被发现时已溺水身亡。发现他的是来自达夫尼市的 58 岁的唐纳德·麦克莱恩先生，

当时他正在桥下钓鱼。'我看到他在掉落过程中几次撞上桥墩，就知道肯定没救了，'麦克莱恩先生说。斯马特当时正要救助一个被困的司机。他让搭档留在急救车里，一个人走向卡在水泥护栏里的事故车。据推测，他是在试图打开车门解救车内人员时脚下打滑，失足落水。"

我们沉默了一会儿，然后我开了口。"所以说……伍德罗·斯马特在我母亲这份粗略的死亡证明上签字三个月后，就从一座桥上掉下去摔死了？有点太巧了，你觉得呢？"

"我觉得，"杰伊说。"你需要一个律师。"

第十七章

2012 年 9 月 19 日，星期三
亚拉巴马州，伯明翰市

第二天，我们打算和杰伊的一个大学时的老朋友见面吃午饭，此人是一个"万金油"律师，杰伊向我保证他值得信任。杰伊先进去，和老朋友叙叙旧并说明情况。我用上午的时间看看能否挖出更多关于科莉·克莱恩或她丈夫戴维的信息，晚一些再与杰伊和他的律师朋友碰面，听听他的建议。

这一切让我胃里发酸，忍不住想打开一瓶药，取出一片，放在牙齿间嘎吱嘎吱地嚼。但我忍住了。至少暂时忍住了。

我还有工作要做。

我搜索了科莉蕾娜·伍滕·克莱恩，没有结果。搜索戴维，结果稍好，但也只有一丁点信息。我找到了一个看起来是克莱恩家族的聚会网站，网址在马里兰，上面简短地提到了戴维。他于 1930 年出生于伯明翰，1948 年毕业于菲利普高中，1963 年加入了扶轮社。他娶了科莉蕾娜·伍滕·克莱恩，是圣保罗主教堂名声很好的教友。有一个女儿叫特里克茜。

搜不出更多结果了。我把 iPad 扔到一边，去洗澡。

四十五分钟后，我在伯明翰市五点区的街区转圈，真想把杰伊的车头朝东转向 280 号公路的方向，然后油门踩到底，驱车离开这座城市，穿越州界，去佐治亚州或田纳西州。甚至一路向西，到密西西比州去寻访母亲的坟墓。不告而别。人间蒸发。

杰伊没有做错什么。离开卫生署后，我们去了城市南部，储备了足够一周使用的衣服和洗漱用品，终于在"得来速"汽车餐厅之外的地方吃了顿饭。也就是说，杰伊还在扮演他"完美先生"的角色。

可他太让人分神了。我正面临着死掉、发疯或被永远关起来的威胁，不能分神。我需要集中精力解开谜团，而不是去关注杰伊好看的肩膀，或是他眼角的皱纹形成两个漂亮扇面的样子。我要快刀斩乱麻。可是接下来，我必须想办法独立解开纠葛的谜团——没有杰伊的帮助……也没有他闪亮的银卡。

还有一个问题：我现在毫无头绪。无论是网上还

是什么地方，基本上找不到我家族里几个女人的记录，这个事实像一团阴云笼罩着我，让我不禁感到想要窒息。仿佛是历史策划了一个阴谋，抹去了在我之前这些女人的所有痕迹。我们在伯明翰市没有任何进展。我在用脑袋撞一扇上了三重锁的门。

我在街道的另一侧发现了一个车位，把这辆线条流畅的宝马车停了进去。时间还早，我从后排座位上拿起雪茄盒，下车，沿着人行道往前走。在与餐厅一街相隔的地方，有人在喷泉旁边留下了一张报纸和一杯塑料杯装的咖啡。我拿起报纸，叠好夹在胳膊下面，在喷泉边坐下。我希望自己看起来有待在这里的理由。

我没准备好走进那家餐厅。现在还没。我没准备好向律师吐露我的秘密，更没准备好对杰伊说出那些不得不说的话——我要离开他独自继续，这话很难说出口，而且他一定会反对。不管怎么说，我欠他很多。我会走进那家餐厅，听他的朋友说些套话，然后就快刀斩乱麻地离开他。但是在那之前，我要先振作起来。

从一排停着的车子后面，我透过窗户看到餐厅里面。这是一家法式小餐厅，有装在篮子里的脆皮面包和名目繁多的酒水。自从杰伊对我说起这个地方，我就一直惦记着来一杯卡布奇诺和一份法式焦糖烤布蕾，即使现在，我也馋涎欲滴。我透过窗户看到他坐在一张桌边。一个人，正在倒一杯啤酒。女服务生走过来说了什么。他笑了。又说了什么。他大笑。

我看到她用一根手指勾住马尾辫，挑逗地向下抚过自己的脖子和白色系扣衬衫的胸前。

嫉妒感刺痛了我，一瞬间，我明白自己不能再这样下去——把这个男人拴在我身边，拉着他在亚拉巴马州跑来跑去，向他倾诉我的家族秘密。我还没准备好。我低下头，久久聆听自己紊乱的呼吸声。我必须离开，就是这样。我不能和杰伊一起干这件事。

当我再抬起眼睛的时候，桌边依然没有杰伊那位律师朋友的踪影。与此同时，那个风骚的女服务生离杰伊的椅子又近了几英寸。她正在热切地抚弄她的马尾辫，朝他弯下柔软的身体。他对她说了些什么，显然有趣极了，因为她立刻仰头大笑起来。他看了看表。

或许是出于一种直觉，一丝微小的怀疑，我朝街上看了一眼。我的视线捕捉到一个掠过的身影，一团模糊的黑头发，震惊得浑身发麻。

我的哥哥，温，正在人行道上朝餐厅方向走去。他那闲庭信步的样子就像拥有整个世界。他穿一件白色的 Polo 衫，领子立起，戴着一副配氯丁橡胶带的太阳镜。他看起来就像正要去庆祝一些特别的好消息，或是去彻底打败一个对手。

我的目光转回杰伊身上，他正向窗外的我看过来。我们的目光相遇，时间仿佛一下子停止了。杰伊挺直了背，动作很轻微。他的脸色变得阴沉苍白。我又起了一身鸡皮疙瘩。

狗娘养的。他给温打了电话。

我的大脑开始超速运转。我突然站起来，与此同时，温停下脚步，转头看向我这边。他转头时动作缓慢而谨慎，就像在追踪一头鹿。我的呼吸仿佛哽在了喉咙里，下一个瞬间，他穿过街道朝我大步跑来，轻松地缩短着我们之间的距离。

我从喷泉边往后退，步履蹒跚，笨手笨脚地拿着那个雪茄盒，发疯般地摸寻着车钥匙。我慢慢绕到车子周围，双手颤抖地打开车门，坐了进去。我使劲按下车锁，就在此时，几个手指关节敲了敲我脑袋旁边的窗户。一声尖叫像离弦的箭冲出了我的喉咙。

温弯着腰，脑袋歪着在车窗外面，嘴唇展开露出一个微笑。我甚至弄不清他为什么能这么快从人行道跑到杰伊的车旁。我的心脏咚咚狂跳，指尖刺痛。那副太阳镜挡住了他的眼镜，但我想它们一定充满了虚假的关心。还有在深处隐现的恨意。

我听到了他的声音，隔着车窗有些发闷。"嗨，老妹。跟我进去吧，一起吃点东西。"

我伸手去拿钥匙——它们去哪儿了？——然后我想起我把它们扔进中控台了。我抓起它们。温在使劲敲车窗，震得它们在窗框里咯咯作响。"阿西娅？别这样。我只是想和你谈谈。"

我伸手想点火，但手抖得太厉害，钥匙没插进钥匙孔。第二次尝试时我进去了，车子轰地一声发动起来。门开了，他伸手进来抓住了我的袖子。我用一只手胡乱打回去，却没能甩开他。我挥动手肘，把他的手砸向金属车身。他发出一声尖叫。我猛地挂上倒挡。

"阿西娅！"他的声音听起来很愤怒。

我猛踩油门，车子向后猛地一冲，然后熄火了，摇晃了一下停住了。车门开了，他扑了上来，一下子就压在了我身上，一边伸手去扶方向盘，一边用一只壮得惊人的前臂把我按在座位上。我松开方向盘，同时用最大力气踩下油门，车子向后打滑，撞上了停在后面的车。车门猛地关上，夹住了温的身子，他大叫了一声。

我拼尽全力把他推下车，使劲关上车门，趁他滚到柏油路面上的时候上了锁。我开动车子，猛打方向盘，加大油门，尽我最大努力想绕开他。但其实没有这个必要。他已经爬了起来，蹒跚地走到了另一条车道上，躲开了一辆迎面开来的出租车。

我把车子开上大街，车轮打滑，发出尖锐刺耳的声音，差一点撞上那辆出租车。愤怒的司机对我喊了几句听不清的话。我开出半个街区，才抽空看了一眼后视镜。温在街上弯着腰，压碎的太阳镜和氯丁橡胶带在脖子边悬荡。杰伊站在他身边。

我向右打方向盘，朝市区开去。祈祷有一个标牌指引我前往州际公路。我无法清醒思考，也不知自己身在何处。握着方向盘的双手在颤抖。事实上我的全身都在颤抖。

我想到了瓦尔的故事，科莉的死亡证明，还有它们的共同之处。普理查德。这个地方一次次地出现。

妈妈或许进过那里，或许没有，但是科莉一定进过。现在大概是时候了，要更深地挖掘我外祖母的人生。还有她的死。我必须去普理查德。

我用颤抖的手指关掉 GPS 设备，虽然大概只是徒劳。杰伊肯定能靠他那个愚蠢的、超先进的汽车定位 app 找到我，但我为什么要给他更多方便？而且他也可能会放过我。我希望他足够在乎我，愿意放手。或者不够在乎我，所以放手。不管怎样，我能做的也只有去希望。

我告诉自己深呼吸。深呼吸，努力回想去塔斯卡卢萨县的路。

我把车停在大学城边一家低矮的汽车旅馆的停车场里，因为消耗了太多肾上腺素而感到头疼无力。我把额头靠在方向盘上，对着寂静的空气喃喃自语。

"我不是我母亲。

忍冬花女孩不存在。

我的指尖没有金粉。

世界上没有红渡鸦。"

这些事实带给我安慰，但把它们说出来让我感到有些可悲。现在事情有了进一步发展，即使我唱出来，这些新的事实也不会消失。

我哥哥想抓住我。

杰伊背叛了我。

我现在孤身一人。

孤身一人。

念祈祷文也于事无补，我必须继续前进。想出办法，根除可能正在我体内生长的精神疾病的恶种。现在，除此之外，我还必须比温和杰伊提前一步。

我抬起头，看着面前这幅凄凉的景象。我避开了万怡酒店、套房酒店和快捷酒店，找了这么一家只有一层的破旅馆。这地方叫"深红露台"，倒是名副其实——这栋 L 型建筑原本的白色砖墙下面的三分之一都被周围的红黏土染成了红色，目光所及之处没有灌木，只有一个破败的停车场，中间还有个裂了缝的空游泳池。

夹在肯德基和哈帝斯汉堡店中间，这家看起来孤零零的旅馆不知为何像是全世界最安全的角落。一个完美的藏身处。我可以开个房间住进去，制定行动计划。

我租下一个房间——19 美元一晚——回到车里寻找补给品。杰伊在车里留了一副飞行员太阳镜（很好），他的 iPad（好极了），还有几瓶没打开的饮用水（不坏）。在后备箱里发现了一张瑜伽垫，几种亚拉巴马州地图，还有一瓶洗手液。

我把所有东西都拖出来——既然杰伊是个混蛋骗子，这些现在都是我的了——然后按下了钥匙上的锁车键，重复按了三次。如果有人想偷走车子的油箱，我会在几秒之内冲出房间，把他撕成碎片。我走到二号房间，进去，把所有东西扔在靠窗的层压板圆餐桌

上，砰地关上身后的门。门又弹开了，我看到外面一个脏兮兮的老头看着我。我再次关上门，插好插销，把门链滑进生锈的滑槽。

我打开床边仅有的一盏灯，拉上窗帘，装了木护墙板的房间里光线变成了红色。有两张床，一个梳妆台，一个有轮子的金属架上放着一台巨大的电视。洗手间就像出自一部后末世幻想小说——覆盖着一层污垢，好像会传染疾病。检查一番后，我决定到街对面买一些补给品，回来时也许顺路吃点东西。几小时后，我饱餐了一顿油腻的炸鸡和土豆泥，有了力气，用彗星牌清洁剂和漂白剂混合成的糊状物清洁了房间的所有表层，电视开着，大声播报着本地新闻。

大扫除进行到尾声时，我被拉回了现实——电视里出现了温的名字。我停下擦洗的动作，坐在床边，目不转睛地盯着屏幕。

一名本地新闻主播正说到我哥哥，称他为"王位继承人"和"亚拉巴马州贝尔政治王朝的新成员"。

"王朝"这个词似乎有些言过其实，我想，毕竟只有爸爸和温两个人。但是无所谓。这些人会根据需要编造出任何东西。

他们播放了一些温的影像，他站在河边，旁边是吉恩·诺斯科特，爸爸的前捐助人。温的颧骨上有一块淤青，微风吹乱他的头发，他粲然露齿微笑，我猜这个举动用上了他的全部意志力。他撞到了杰伊的车门上，肋骨一定还很疼。我希望是这样。

"我妹妹这几年一直在努力，"他对镜头外的记者说。"她是个正在戒毒的瘾君子，还患有精神分裂症，现在正在接受治疗。我的竞争对手对我进行了可悲的诽谤，试图扭曲事情的真相。真相是，我将凭自己的能力有效地管理伟大的亚拉巴马州，这和我妹妹的情况没有丝毫关系。"

这么说，我在接受治疗，是吗？我伸手调大了音量。

温继续说道："事实上，鉴于我妹妹的情况，我正在积极支持老普理查德医院的修复工作。我要把这家医院列入国家史迹名录，因为它是现存为数不多的、我国在十九世纪进行奠基性医疗保健改革的例证之一。这位先生——"温指了指诺斯科特——"金恩·诺斯特克先生多年来一直是亚拉巴马州历史协会的会员，他已经同意先建造一座纪念碑，使普理查德作为一家改变了许多人命运的医院，终于当之无愧地得到纪念。"

我不敢相信自己的耳朵。为什么我哥哥要打开潘多拉的盒子？那家医院和他的家庭有那么多联系，按说他会像躲避瘟疫一样避开它。而且，温的反对派候选人怎么会散播关于我的丑闻？简直像是该死的中学生活重演。我厌恶地关掉了电视。

我终于把自己弄得筋疲力尽，空气中也充满了好闻的化学香味，我扯下肮脏的床单，在光秃秃的床垫上放下一个一元店买的粉紫色睡袋。我钻进睡袋，

把雪茄盒放在身前。拿出里面的所有东西，把它们整齐摆成一排。我闭上眼睛，那些句子充满了我的脑海。

求造物主圣神降临，
眷顾祢的信众之心。
使祢所造的众灵魂，
充满上天圣宠甘露。

我睁开眼睛，有点期待会出现一个奇迹。一个答案。但眼前只有六个药瓶、祈祷文、酒标，发夹。我盯着它们，直到它们变得模糊，没有什么新东西出现。一切照旧。这些线索什么也不能告诉我。

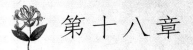

第十八章

1937 年 10 月

亚拉巴马州，西北尔山谷

金恩没去过汤姆·斯托克家。他们还是孩子的时候，她曾收到过汤姆的生日邀请，据说派对上有商店买来的冰淇淋，还请了魔术师，可是她没去。她的裙子不够漂亮。

当她终于看到时，不禁惊讶于它的简朴。前厅里贴着绿色和金色的条纹墙纸，磨旧的木地板上没铺东西，屋里挂着对这个空间来说太小的铁艺枝形吊灯。屋里还有一些泥块，一直顺着楼梯延伸上去。就像是有一只鼹鼠从泥泞的地下隧道里跑出来，探索了这栋房子。

金恩跟着汤姆进入了走廊左手边的一个昏暗的房间。窗户关着，拉着窗帘，冰冷的大理石壁炉两侧墙上装着煤气壁灯。她犹豫地站在一个大大的雕花簇绒沙发后面。这是她第一次见到家庭图书馆。

汤姆站在一个足够尊重的距离以外，用温和的目光看着她。旁边是一个结实的大书架，装着玻璃门。早晨八点刚过，她就敲响了他家白色的大门，他没有表现出惊讶，只是和她打了个招呼，请她进来喝一杯咖啡或茶。

此时她安全地待在他的家里，感到他的目光扫视着她的脸。探询着。她想到自己太阳穴旁肿起的地方。努力忍着不抬起手去摸它。

她从衣服口袋里掏出一个小钱包，递给他。

"你能帮我保存这个吗？"她问。

他没有回答。

她轻轻摇晃那个钱包。"为了科莉，行吗？"

"他对你做了什么？"

她希望他别再这样目光炯炯地盯着她。她露出一个灿烂的笑。"我会给她留一个纸条，藏在她的那个雪茄盒里。我爸以前抽红渡鸦牌雪茄，很久以前的事了。他给了我那个盒子，让我放自己的宝贝，我又给了她。"

她急促不清地说着这番话，豪厄尔说过她有时会这样。于是她紧紧闭上了嘴。

"里面是什么？你为什么要把它藏起来？"

她清了清嗓子。"豪厄尔发现了我攒的大部分钱。但这个被我藏在了面粉罐里。我想为科莉存着。"

"他对你做了什么，金妮？"

她张开了嘴，却说不出话。那些话在她喉咙深处的某个地方枯萎了，就像一把从草地上摘下的死花。

他的脸涨得通红，眼睛眯了起来。"金妮，我发誓，我要杀了他——"

"别。"她把钱包放在沙发旁的桌子上。他看都没看，目光一直没有离开她。"别。"她又斩钉截铁地说了一遍。

她摆弄着衣袖上的扣子。在山里这个地方，每个人都只须管好自己的事情，在上帝面前尽自己的职责。她的职责就是做一个好妻子，无论豪厄尔做了什么。

"我以前没说过什么，因为我不该插手，"他说。他看着她，距离那么近，她感到脖子以上开始发热。"我不该管，但我发誓，金妮，只要你一句话，我就管定了。我们可以远走高飞，"他说。"你和我，还有威利和科莉蕾娜。"

她盯住他的眼睛。她想不清楚。

"我们私奔吧。"他说。

她努力挤出一个词："去哪儿？"

"他在伦敦找不到你。我打赌他甚至没法在地图上找到伦敦。那儿很美。鲜花……"他的声音渐渐低下去。他拿起那个钱包，穿过房间，把它塞到壁炉架上一个长方形的黑漆盒里。然后转过身再次对着她。

时间停止了。一切都停止了，只有她的心脏在狂跳。

"加利福尼亚。"她说。

然后，一瞬间，他来到了她的面前，只有几英寸的距离，温热甜蜜的气息拂到了她的脸上。"好的，加利福尼亚。旧金山，圣地亚哥。你想去哪儿都行。"

"我不能……"她本想提到上帝、《圣经》和地狱之火，可看到他注视她的样子，就闭上了嘴。他的大眼睛里充满悲伤。在这间大屋子的晨光里，他看起来不知所措。

"只要你一句话。"他说。

不仅是因为上帝。她不能丢下她妈妈，在那栋房子里和她爸爸在一起。她不能丢下沃尔特，让他被豪厄尔和弗农抚养长大。不管怎么说，他只是一个男孩。只是一个小男孩。

她还没来得及说"不"，汤姆就吻了她。他的吻和记忆中不一样。当然，十三岁男孩的吻和三十岁男人的吻本来就有天壤之别，但不仅是这样。他看起来那么……**不顾一切**。他的嘴唇和豪厄尔的不同。更软，更饥渴。皮肤也是。既柔软，又粗糙。两个人的唇贴在一起，他的胡须扎着她的脸，她的脑子里仿佛弥漫着愉快的雾气。她想象如果他们的脸贴在一起足够长时间，皮肤就会融合在一起。他们就会变成一个人。

他用一只手托着她脑后，另一只手抓着她裙子后

面，身体朝她压过去。现在她身体里的一切都在跳跃，在扭动，在把她推向他。她把双手放在他胸口，抓住他的衬衫，但他掰开了她的手指。推开了她。

"金恩，你得回家了。"他说。

"别赶我走——"

"我们会去加利福尼亚。就在复兴活动的第一天晚上，所有人都在忙着的时候。"

"我不能——"

"我会等你，"他说。"你和科莉偷偷溜出来。来这里，然后我们一起离开。现在你必须回家了，金妮。我们要做得聪明一点。"他的脸色变得那么沉重。害怕，还有一丝忧伤，她想。她从没见过汤姆怕什么。她讨厌这种感觉，两个人被恐惧弄得满身伤痕和疲惫。

"我们私奔吧。"他又说了一遍。

她按了按太阳穴上的痛处。"不。"她说。

这并不是汤姆想听到或她想说的话，然而这个词依然在她舌头上留下一种清凉的感觉。美味，像一口忍冬花酒。如果她这样拒绝豪厄尔，他会气得发疯，把她摔到墙上。如果他发现她来过汤姆家，就不止会送她去普理查德，他会杀了她。

"不。"她又说了一遍，这次声音更大，享受这个词从她嘴里说出来并填满房间的感觉。

汤姆笑了笑，就像她说了一句特别可爱的话，然后抓住了她的手。他拉着她走到门口，告诉她现在该回家了。

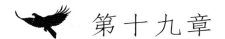

第十九章

2012 年 9 月 20 日，星期四
亚拉巴马州，塔斯卡卢萨县

　　我在电话里向普理查德的那位女士说，我有兴趣看看一位在住院期间死去的亲戚的坟墓，她的声音立刻带上了一种坚决戒备的味道。她说我需要先和一名院方人员预约，而且在下周二之前，不会有工作人员能带我参观医院旧址或墓地。我沮丧极了，真想把手机扔到房间那头。

　　但我没那么做，只是把它扔到床上，从雪茄盒里拿出了那幅画。我在吊灯下的桌子上展平它，像以往无数次那样研究起来。这是盒子里唯一看似可能与我的外祖母科莉有关的东西，但我不知道它的含义是什么。

这是一幅画得很细致的业余作品，两个女人面对面坐在一个爬满藤蔓的凉亭下面。其中一个很可能是科莉——大概是年轻一些，留着深褐色外翻卷发，穿粉色裙子的那个。她跷着腿坐着，手指间夹着一根香烟。她身体微曲，俯身凑向另一个女人。事实上，她全身每一寸——眼睛、胳膊、腿——似乎都被引向这个同伴的方向。她看起来年纪更大，但优雅得多。她穿一件宽领白外套，一头红发向后梳成一个光滑的盘髻，面色苍白，嘴唇鲜红。画面右下角写着两个首字母：LW。

科莉和另一个女人坐在一起——或许是在和她见面——两人正在专心致志地交谈。我想起了我母亲去比安维尔广场和那个女人见面的事。被罗称为先知的女人。

她的忍冬花女孩。

我叠起那幅画，扫视了一下屋里。我已经在"深红露台"待了四天，除了品尝肯德基每种辣度的薯条之外，无事可做。三个晚上，为了躲避蟑螂睡在很短的睡袋里。我这是在干什么？简直就是臭狗屎。

我不能这样。我没有这个资本。

我把画塞进包里，离开了。

　　我沿着 215 号公路向西开，尽量不去想自己刚用杰伊的信用卡给他的车加了油，也不去想此刻这笔三十七美元的费用正进入他的银行结单。

　　我别无选择。在油泵的卡槽上刷卡时，我的胃里就像有一大群蝴蝶在扑腾。如果温和邓肯大夫在几天内来抓我，我就知道杰伊是敌人了。如果没有，我就得承认自己冤枉了他，或许我在伯明翰市抓住他们见面时，他只是想试着劝温放下对我的恨意。

　　我从远处看到了老普理查德医院入口的标志性红砖柱子。两根柱子上爬满了纵横交错的枯藤，上面各有一块同样的青铜匾，刻着"普理查德医院，东区，1851 年"。我在柱子间转弯，在几扇老大门里，有一扇被推开了，下面用一块石头卡着，门上也爬满褐色的枯藤。我从两排雄伟的橡树间驶过，车身在破碎的柏油路面上颠簸。开到老医院大楼前的环形车道时，我放慢了速度。车道中间有一个生锈的巨大铁艺喷泉。我缓缓绕行，惊叹于它精致的细节，然后停车，下车。

　　这是一栋很大的建筑——一座哥特式红砖城堡，石头覆顶的凸窗，顶部一座宏伟的中央高塔和钟楼刺穿闷热阴沉的天空。主建筑的侧翼点缀着更多高塔和尖顶，每个庞大的侧翼末端各有两株高大的玉兰树。距建筑较远的草坪上长满了高高的杂草。蝉在正午的闷热中鸣叫，一层灰云在地平线上翻滚。我感到了空气中的雨意。

如果瓦尔说的话是真的，那我母亲曾住在这栋建筑里。还有我的外祖母科莉。而且她们俩都死在这里，某个地方，就隐藏在这个高塔和尖顶、房屋和窗户组成的迷宫里。曾有成百上千个病人住在这里，还有医生、护士和管理人员。但是看着这些漆黑的窗户，我立刻明白，母亲和外祖母是孤零零死去的。

这种悲哀——她们的悲哀——仿佛扩散并充塞于我的皮肤、血管和器官之间的所有空间，最后，我怀疑自己是否还能移动。

我终于逼自己继续往前走。绕过建筑的东翼，走下一大片斜坡，沿着一条看起来很有希望的长满杂草的小径往前走。墓地位于医院后面约一公里的一个光秃秃的被太阳炙烤的小山坡顶上。入口上方有一个拱形的雕花铁标牌，从样子来看是新的，上面刻着"老普理查德墓地"几个字。我大汗淋漓地从下面走过，举目朝墓地上立着的一排排整齐的铁十字架望去。

一阵微风从铁标牌之间吹过，发出轻响，吹起我汗湿的头发。我有些不敢相信地看着眼前的景象。墓地很大，有好几亩。这里至少有一千座墓，也许更多，其间交错着荒草覆盖的小径，一直延伸到远处的一排树木。墓碑——有的装饰着晒得褪色的绢花——上面刻着一位、两位、三位和四位的数字。没有名字。

我永远别想在这儿找到科莉的墓。

"官方参观日是星期四。"桌子后面的女人嚷了

龇牙，目光一直没离开电脑。

我好不容易在这片地方的另一头找到了普理查德医院的运营区。这里更靠近州际公路，对面是零星的田地和小农舍。办公楼是一栋低矮的砖楼，颜色是小南瓜的青绿色。旁边是三层楼的患者大厅，一栋令人生畏的 U 形建筑，墙砖也是同样的颜色，黑漆漆的窗户上遮着青灰色的纱窗。远方，老楼的哥特式高塔赫然耸现，俯瞰着这里的一切。

行政楼里很干净，虽然有点背阴，但灯光明亮，这里很像我见过的所有康复中心和精神病院。味道也很熟悉，到处弥漫着一种我非常了解的气息——绝望。

"是的，我听说是星期四了，"我说。"很抱歉麻烦你，但星期四我已经出城了。所以我想"——我压低了声音——"如果我自己来搞定，是不是很不好？只需要你帮我查一下我外祖母的编号，我就马上过去，拍张照片，然后立刻就离开这里。我不会告诉任何人。绝对保密。"

我向她挤出一个明媚的笑容。她盯着我，目光冰冷。

我靠在柜台上。"行吗，帮我查查她的编号。科莉蕾娜·伍滕·克莱恩，死于 1962 年。"

她又龇了一下牙，用两根精心修得尖尖的、涂着珊瑚色指甲油的手指甲剔出了那个让她难受的东西，抹在了键盘旁边的一块纸巾上。"官方参观日只有星期四一天。"她说。

　　她说完就继续干她的事了，我尽自己最大的努力保持笑容。但我真正想做的是抡圆了胳膊，对她那长着双下巴的脸一边来上一巴掌。

　　走廊的远处，我听到一扇门打开了。出来一个二十多岁的黑人女孩，穿一件严肃的系扣衬衫，用发带把一头凌乱的卷发束到后面。她走到柜台前，在我身边停下，对我点头打了个招呼，黑框眼镜后面的眼睛看起来很和善。

　　"今天过得好吗？"她问我。

　　"哦，"我说。"挺好，谢谢。"其实我现在并不好，但说点好话总是没错的。我睁大了眼睛，希望自己显得纯良无害。"我只想找到一个亲戚在哪儿。"

　　"住院病人吗？"

　　"曾经是。她在 1962 年去世了。"

　　"哦，好吧。丹妮丝应该能帮到你。"女人清了清嗓子，对柜台后面的同事说。"丹妮丝，我去隔壁房间一会儿。"

　　"噢。"丹妮丝继续护理她的牙齿，这次是臼齿。我感到一阵轻微的恶心。

　　"你能替我接一会儿线吗？我今天一直在等弗利市的电话，不知道，大概他们忙得没顾上吧。不管怎样，我不希望他们被转到我的语音信箱。"

　　"噢。"

　　女孩稍等了一下，我猜是在等丹妮丝和她进行一个眼神交流，或表达一丝关注，但丹妮丝现在很明显

不能被打扰。女孩出了一声，好像要说什么，然后改变了主意离开了。我顺着走廊看过去，看见她的办公室门开着一个小缝。

"好吧，"我对丹妮丝说。"那我们周四见。"

她没吭声。我沿着走廊走过去，迅速回头看了一眼，溜进了女孩的办公室，坐到她的网布办公椅上。她的电脑屏幕亮着。房间里有一种留兰香的味道，还有另一种味道，很好闻，像刚出炉的巧克力布朗尼。我一边浏览显示器一边馋得流口水，忽然意识到我已经十二个小时没吃过东西了。我告诉自己集中注意力，在打开的数据库中一通乱点，试图找到看起来像包含了过去病人的墓地编号的文件。

很快我就明白了，她桌面上的每个文件都有密码保护。真不走运，我可没有黑客的本事。

我环顾这个房间，神经一阵阵地刺痛。我知道自己应该趁还来得及时离开这里，却没有动弹。我还不打算放弃。我不能放弃。我还没找到此行要找的东西，拒绝就这样回到"深红露台"，绞着手指等待周四的到来。

我从桌边的窗户向外看去。终于开始下雨了，有一小群人——我猜是病人——正沿着一条通往足球场的小道在劳动。我看着他们耙地、植树篱，在海棠花的花坛里撒下松树皮。远处有几个十几岁的孩子正在蒙蒙细雨中玩耍。他们看起来都是那么正常。那么健全。他们为什么不趁着没人注意的时候穿过空地，跑进树林，就此消失不见？

然后，突然，在他们上方出现了一只巨大的黑鸟。它在孩子们头顶绕着圈子，懒洋洋地盘旋下降，落到了球门的顶框上。我挺直了身子。那只鸟很大。不是乌鸦。是渡鸦。我的身子僵住了。

世界上没有红……

惊慌之下，我推了一下桌子，椅子向后退开，这时候门开了，那个女孩——我潜入的这间办公室的主人——看到了我。我站了起来。

"有什么我可以帮忙的吗？"她问。

第二十章

2012 年 9 月 20 日，星期四
亚拉巴马州，塔斯卡卢萨县

"对不起……"我紧紧抓着自己的手提包，像是被木偶提线拎着似的，从她的椅子上站起来。

"你想找到一个亲戚的下落，"女孩说。她咔哒一声关上身后的门。那个声音听起来很不祥。

我的心怦怦直跳。我该怎么办？跑？大喊？她是不是要叫保安来抓我？我听到自己在说话。"办公桌后面的那个女人说，我只能等周四再来，但我等不了。我没有时间。这件事很难解释……"

她抬起了眉毛。

"我很绝望。"我说。

"嗯。"

"我哥哥不希望我挖掘往事。他对所有人说我有精神病。精神分裂症，还威胁说要把我关起来。"这些话冲了出来。我不顾胃里翻腾的感觉和脑中刺耳的警报声，任由它们倾泻而出。

"但是你没有精神分裂症？"

"没有，"我尽量坚决而平静地说。"我没有。"

"所以，你哥哥是个骗子。还是个混蛋。"

我点了点头。"可以这么说。"

她轻轻地哼了一声。"我哥哥也是个混蛋，不管你说的是真是假。不过他倒没有试图把我关起来。至少目前没有。那也太卑鄙了。"

我挤出一个微弱的笑容。

"好吧，我不是医生，"她继续说。"但我得说，你不像我见过的任何一个精神分裂症患者。"

"我没疯，我发誓。"至少现在还没疯。"我只想知道真相。"

她盯着我看了一会儿，我仿佛能看到她脑中的齿轮在转动。"你叫什么名字？"

我犹豫了一下。

"先说出你的名字。我们从这里开始。我叫贝丝。"她伸出手，我握住了它。

"阿西娅。阿西娅·贝尔。"

她的眼睛里闪过一丝恍然。"贝尔。你是说，温·贝尔的那个贝尔？那个正在竞选州长的人？"

"是的。"

她吹了声口哨。"温·贝尔想把你关起来？"

"我知道这听起来很疯狂。"我摇了摇头。"但这是真的。"

"有意思。"她打量了我一会儿，眯起眼睛，然后从我身边走过，快步走到计算机前。"能说一下她的名字吗，你的那位亲戚？"

我挺直了身子。"科莉蕾娜·克莱恩。"

她敲击着键盘。

"我还在找我妈妈的信息。特里克茜·贝尔，1987 年去世。"

"嗯。有了，"她过了一会儿说。"科莉蕾娜·克莱恩，找到了。但是这里没有特里克茜·贝尔。"她透过黑框眼镜看着我。"对不起。她是你母亲，对吗？"

"是的。"

"你确定她进过普理查德吗？"

"不太确定。关于她……有好几种相互矛盾的说法。"

她侧了侧头，同情看了我一眼。"这并不令人惊讶。"

"什么意思？"

"即使到了八十年代，被送进精神病院依然被视为一种耻辱。有些家庭希望保密，就会把相关文件掩藏起来。"

"医院就任由他们抹去记录吗？"

　　她抿了抿嘴唇。"你不了解这里发生过的事情。众所周知，在普理查德这个地方，很多事情都疏于管理。比如准确记录。那么……科莉蕾娜·克莱恩。"她又敲了几下键盘。"1962 年。找到了。她葬在……"她的声音渐渐低了下去。

　　"怎么了？"

　　"没什么。只是——"她的身子向前倾。调整了一下眼镜。"这上面说她葬在旧址四号。黑人墓地。"

　　我的胃里猛地一动。"我不明白。她是白人。这正常吗？"

　　当我们的目光对上时，我明白这并不正常。事实上，一个白人妇女葬在黑人墓地是一件很奇怪的事。喉咙里再次涌上一股恐慌，我用手紧紧按住手提包，想着躺在深处的洛特布和地劳迪德。

　　"这……真让人意外，"女人终于开口说。"我得说。"

　　"会不会是搞错了？"

　　"这儿没有她在其他墓地下葬的任何记录。"

　　"可她为什么会被葬在那里？"

　　她心烦意乱地在用手指敲打着桌子。"我不知道。但我跟你说，我实在很想查明原因。"

　　"你实在很想？"我说。"什么意思？"

　　她咬住了嘴唇。

　　"你可以信任我，我发誓。"

　　"你哥哥，"她说。"不久前来过这里，普理查德。"

"我哥哥来这里？"

"纪念碑委员会的人参观了医院。那些负责历史遗迹保护的人在医院里走来走去的时候，你哥哥就坐在总办公室里。就像他不想染上疯人的疯病一样。"她交叉双臂。"我做了自我介绍。和他聊了一两分钟，关于纪念碑。他的态度……至少可以说是不肯合作。我明显地感到他不喜欢我提的问题。"

我屏住了呼吸。

"我得承认。我是在盘问他一些事情。特别是关于委员会是否打算以某种方式承认失踪病人的事。"

"失踪病人？"

"过去的很多州立精神病院都有一些失踪病人，尤其是在 20 世纪初政府开始整顿并强制执行新规定以前。他们是因为遭受虐待或疏于照料而'不见了'的病人。很多人没有家人，或是不幸身为黑人。我一直在调查，阅读很多可怕的情况说明。总之，这是我很重视的一件事。"

我感到浑身发冷。"你认为我外祖母也是其中之一吗？失踪病人？"

"我不知道，但我们一定要查明真相。"

贝丝和我坐医院的专用车穿过几片围着木篱笆的空地，沿着铺过的路穿过空地，经过一个破败的谷仓，还有几个腐烂程度不同的较小的附属建筑。我们左转进入一条若隐若现的土路，来到一个树林，在林间蜿蜒穿行。没有任何预警地，贝丝踩下了刹车。

"到了。"

我下车。雨水倾泻在我们头顶铺开的树冠上，但我们身上几乎还是干的。她带着我下山来到一片占地大约一亩的空地，周围围着堆起的石块。没有标记。没有什么宣告这里安息着成百上千个亡灵。

一种模糊的恐惧感涌遍我的身体，我压抑住，经过贝丝身边，跨过低矮的石头墙，走进这片坟墓的海洋。一些坟墓的标记是四叶草形的铁十字架，上面刻着 PIH 三个字母：普理查德精神病院①。其他坟墓的标记是砖做的，已经陷入了土地里。没有小径，没有青草，没有花。只有一层光滑的褐色树叶。

"过去人们用木头十字架来标记坟墓，"贝丝在我身后说。"后来开始用铁的。大概在 1940 年前后开始用石头的。"她低头看着手中的文件。"如果我没搞错，你外祖母的编号应该就在这个区域。"她指了指我们的右边。

我动弹不得。

贝丝歪了歪头。"阿西娅？"

我想说我很害怕，但我没说。我无法对一个陌生人把这些话说出口。但我能感到自己正在下滑。杰伊离开了。我父亲和我哥哥在对付我。现在只有我能弄清发生在我家族这些女人身上的真相。调查从我开始，也要于我结束。

---

① 原文为 Prichard Insane Hospital，缩写为 PIH。

"你能帮我看看吗？"

听到我的请求，她走过我身边，沿着一排坟墓向前走，一路低头看着。我跟在她后面，避开那些砖石墓碑。它们的简朴有一种让人无法承受的悲哀。

她站在这一排几码外的地方，指着下面说："阿西娅。"

"你找到了？"

我面带疑问，快步走到她身边。"你看到了吗？那是 4627 号、4628 号，然后就是 4630 号。她应该在这里，就在这个区域。可是……"她环视了一下周围。

"她在哪儿？他们会不会把她埋在其他地方了？"

"或许吧。"她看起来很不确定。"也许在某一排的最里面。"

我们查看了每一排——上上下下，看了好几次——就连与这组数字毫不相关的行列也看了。找了三十多分钟后，我们不得不承认 4629 号是找不到了。

我用手掌根使劲按住眼睛，眼前出现了彩色的光斑。我的母亲不见了，现在外祖母也不见了。或许找到科莉也无法解答任何疑问，但我本希望，至少看到她最后安息的地方能给我一种坚定感。而且说不定会有一丝启发，让我知道接下来该做什么。可她似乎不在这儿，我也完全不知道她会在这儿。那么我该怎么办？如果这些女人的生命都是一片空白，我该怎么从中了解任何东西？

还有温。我不知道他在哪儿，此刻是不是正跟着我。等着我一步踏错，就可以名正言顺地把我关起来。

我的眼中蓄满了泪水，喉咙感到灼热。然后我听到身后传来贝丝的声音。

"这里有一些文件，"她轻声说。"我还没有像我想的那样仔细读完，但是……"我感到硬纸板在我肩上拍了一下。一个棕色的文件夹，用一根松紧带绑好。她一定是在我们出发之前，偷偷把它放进了专用车的货物箱里。

她把文件夹递给我。"你需要填写一个公开信息同意书。"

"要我做什么都行。"我说。

"——然后，通常还需要走一些手续。"

我的手指飞快地抚过文件夹封盖的边缘，就像里面装着是什么放射性物质。

"我只能找到这些，"她说。"她的入院信息、访客记录，还有一些医生处方。不多，但我已经尽力了。我自己还没看过。所以——"她移动了一下重心，压低了声音——"别告诉任何人。"

"谢谢你。"

"别客气。我不知道为什么她被登记为和黑人患者葬在一起。或许，她因为某种原因真的和他们住在一起。我猜……"

"什么？"

"嗯，如果是那样，也许是某种形式的……惩罚。

也许是一种警告。"

"也许是另一种把她藏起来的方法，"我说。"让任何人都无法查明发生在她身上的事情。"

我的目光穿过墓地，望向那片树林。枯死的藤条挡住了空地周围一圈灌木的低矮树枝，让这个地方显得更加阴森诡异。这些被人遗忘的人们应该有鲜花陪伴，而不是更多的死亡。

我看了一眼贝丝。"如果她在这里多好，这是个好地方。"

"是啊，好地方。"我们都望着那片平静而潮湿的空地，然后她迅速对我点了一下头。"我去车里等你。"

我站在科莉的坟墓该在的地方，直到天色变暗，手里拿着那个合着的文件夹，蒙蒙细雨落在我的身上。

出去的路上，我经过了那栋森然矗立的医院老楼，减速停了下来。我透过被雨水模糊的车窗看着那栋厚重的大门。我知道，让自己置身于这个我的母亲和外祖母待过的地方，指望藉此了解她们的生活，这种做法毫无意义。这是一种疯疯癫癫的、"新时代运动"①式的思考方式。不过或许我并不那么反对疯

---

①新时代运动（New Age Movement），又称新纪元运动，起源于 1970 年—1980 年西方的社会与宗教运动，涉及的层面极广，涵盖了灵性、神秘学、替代疗法，并吸收世界各个宗教的元素以及环境保护主义。不少人把新时代运动当成一种新兴宗教运动。

疯疯癫癫。或许这值得一试。

我抓起文件夹，快步穿过雨幕来到大楼的前廊。厚重的大门一推就开，我溜了进去，门在身后关上，铿然发出一种沉闷的金属声，一阵战栗沿着脊椎一路向下。我走进大厅中央。透过肮脏的玻璃窗，黯淡的光微弱地射进来。地面原本铺的是白色大理石——现在布满了蜘蛛网、裂缝和褐色污渍，还缺了很多大块。一个巨大的黄铜吊灯上挂满了蜘蛛网，还有狂欢节的珠串和几件胸罩和脏内裤。**大学生，我想，闯进闹鬼的精神病院寻求刺激。**

我抬头向上看。一座高耸的铺着红色长条地毯的大理石楼梯，从门厅中央升起，分成两段，分别通向相对的两个侧翼。喷了涂鸦的墙面上垂下一条条发霉的墙纸。我尽可能静静站在那里，努力不去管自己狂跳的心脏，聆听。

这个地方空无一人，却似乎依然挤满了生命、悲伤和死亡。无数个故事。

我在大理石台阶上坐下，打开了文件夹。第一张是科莉访客记录的复印件。上面只有两个名字：戴维·克莱恩和琳迪·韦德。戴维，科莉的丈夫，我的外祖父。他来过一次，1962 年 6 月 12 日，待了一个小时。琳迪·韦德在七天后来访，也就是 1962 年 6 月 19 日。她上午到来，待了一整天，当晚 9 点才登记离开。在她名字旁边的"访客类型"一栏里，写的是"朋友"。

我翻到文件夹的第二页。是科莉的病历，表格是她的医生填写的。精神分裂症、抑郁、躁狂等词语，不断映入我的眼中。我接着读下去。病人表现出一种迟钝的情绪反应，对其已故的母亲非常执着。不断重复一段拉丁语祈祷文的行为，说明病人陷入了反复思虑。她自述体验了幻视和幻听，其妄想具有宗教和种族性质，偏执，有自杀念头。

我抬起头，不敢再读下去，心脏跳得太厉害，肋骨仿佛都要裂开了。拉丁语祈祷文。幻觉和妄想。

比如红渡鸦或梳子柄上的金粉？

这段文字看起来像是在描述我。

我继续往下看：氟哌啶醇，氯丙嗪，氯氮平。接着，一行字让我感到一阵寒意。

额叶切除术。

手术于 1962 年 6 月 22 日由医护人员进行。成功。病人变得更平静温顺，但仍有间歇性偏执发作。

没有提到她的死。没有提到"故意伤害"。

"天啊。"我放下了文件。

在给科莉喂了各种药后，他们又给她做了额叶切除术？恐怖感席卷了我，泪水涌入眼中。我拭去泪水，却无法让自己的呼吸慢下来。我能听到它，急促，带着一丝绝望的味道。我现在的感觉不仅是悲伤。是一种无法抗拒的恐惧。

他们会对我做什么？让我吃更多药？电击疗法？我记得曾听说现在还会对某些人使用电击疗法。

还有什么——比如更可怕的手术——在等着我？

我不停地吸气，抬起头来对着天花板。如果我一直这样，就会换气过度。在这栋鬼气森森的房子里晕过去。

停下。你必须停下。

我拿起那些文件，把它们混着放在膝盖上，强迫自己屏住呼吸。我把那张病历放在一摞文件的最下面，继续看下一张。

科莉蕾娜·克莱恩的入院记录。

日期是 1962 年 6 月 3 日，上面记录的入院时间是上午 8:35。送她来的是她的哥哥沃尔特·伍滕。她没有带来医嘱或病历病案。住院原因：痴呆。然后，在最下面的页边上，有人用优美的笔迹写了一条注释：*按照沃尔特·伍滕先生的要求，病人应和有色人种住在一起。*

我又重新去看访客记录，脑中开始砰砰作响，仿佛我能切实地感到其中的关联变得清晰起来。我想到了那幅署名是 *LW*、有两个女人的画。LW。琳迪·韦德——科莉访客记录上的那个名字。

琳迪·韦德——画下了我外祖母和另一个女人在一起的那幅画。

琳迪·韦德——朋友。

第二十一章

1937年10月
亚拉巴马州，西比尔山谷

　　在月底之前，豪厄尔·伍滕又去了亨茨维尔三次。资源保护队的男孩们种下松树苗，在蒙特萨诺公园开辟小路，搭建路边棚屋。尽管豪厄尔抱怨说自己是个农民，不是政府的雇工，金恩却知道他能得到这份工作是他们的幸运。为了得到这份工作，他不得不谎称自己未婚，不过他觉得没人会不嫌麻烦地找到布鲁德山，检查他的小木屋的桌边是不是坐着妻子和孩子。

　　豪厄尔去亨茨维尔的时候，金恩去了汤姆·斯托克的家。等到沃尔特去了学校，科莉去了艾吉家，她就沿着老陵园路溜达，确保没有邻居从门廊或空场上看到她。如果周围看起来很安静，她就继续走完剩下的路。她不再那么敬畏那个大砖房子了。当她踏上开阔的前廊时，一点不感到局促。这或许是因为汤姆一看到她，就立刻绽放出一个大大的笑。这笑容让他看起来像个孩子，让她感到自己的心脏仿佛马上就要跳出肋骨。

第一次来找汤姆的时候，他把她带到了楼梯下面的角落，窗外看不到的地方。他们站着，紧抱在一起，互相亲吻、抚摸，直到嘴唇肿痛，而且已经隔着衣服摸遍了对方身上的每一寸皮肤。他如痴如醉地对她轻声说话，关于加利福尼亚、好莱坞和太平洋，她虽然没说自己会去，却在他的脖子上落下一吻，就在衣领下方。那地方一年到头阳光明媚，汤姆一边说着，一边沿着她下颌的凸起一直吻到淤青的太阳穴。甚至不需要壁炉，他说。那儿有棕榈树，有无数汽车，还有矗立在悬崖上的城堡。他说了这些话之后，他们又接了吻。

他们没上楼。他不想。他想娶她为妻，他把这个想法告诉了她。

她没说愿意，也没说不愿意。

她临走的时候，他拉住她的手。"日落号快车从新奥尔良通到洛杉矶。我可以给你和科莉买两张车票，再给我和威利买两张。"

她想到了豪厄尔，还有她在上帝面前的职责。她想到了沃尔特和那头被吊起来的、在天空的映衬下黑

魆魆的小牛犊。她对汤姆笑了笑，但摇了摇头。

那天晚上，她母亲的灵魂终于离开了备受折磨的身体，飞往荣耀之所，金恩感到一阵强烈的解脱感。几天后，山谷里的居民都聚到教堂为她下葬。豪厄尔没能赶回来参加葬礼。不过金恩觉得这样倒好，他可能会觉得她在自己亲妈的葬礼上没哭是件怪事。

第二次沿着老陵园路走过去时，汤姆带她去了房子的后廊。她欣赏风景的时候，隔着一片陡然下降的多石的空地，他把在斜坡上吃草的他的几头奶牛挨个指给她看。

"萨莉、姬特、奈特、加尔和圆面包。"

"圆面包？"

"葡萄干圆面包。威利起的名字。"

汤姆没说过如果他们去加利福尼亚，这些奶牛会怎么样。金恩觉得最有可能的结果是被人们偷走。豪厄尔不会偷。不，他会站在她和汤姆现在站的这个地方，脑袋架在步枪上，闭着一只眼睛，扣下扳机。一下又一下，直到汤姆·斯托克的所有奶牛都倒在地上。

"你打算做什么……如果我们去了加利福尼亚？"她问汤姆，让自己不再去想奶牛的事。

"木材或石油生意吧。我还可以给咱们俩买一匹赛马。怎么样？你喜欢马吗？"

她点了点头。她想给他讲自己做的梦，关于玛娜·洛伊、好莱坞和电影的梦，但她说不出口。现在还不是时候。离开的时候，汤姆又说起了火车票。她再次拒绝，他的神色变得严峻起来。

"他会杀了你，"他说。"你如果不走，他总有一天会杀了你。"

金恩想到了卢瑞家的女孩，从防火瞭望塔上跳了下去，还有她的妈妈，在床上变得越来越衰弱。千真万确，豪厄尔能杀她，而且可能真的会动手。奇怪的是，这个想法并没有让她太惊讶，就像是听到有人说忍冬花在冬天盛开。仿佛豪厄尔杀死她是天经地义的事情。

这是她的命。

她感到一阵无法言语的痛苦。在她脑中的一个窄缝里，一棵细小的怀疑之藤开始发芽、生长。

金恩最后一次去汤姆家时，他接她进屋，把她带到了图书室。她坐在簇绒沙发上，他坐在一把软皮椅上。他的脸色如墓碑般灰暗。

"我有个问题，"他说。"你到底跟我走吗？"

她的脑子立刻乱了。

"我要知道，金恩。答应还是不答应。"他的声音听起来有些哽咽。

她张了张嘴，他的脸上一亮，以为她要说什么，可她没有。于是他继续说下去。"我吃不下睡不着，金恩。我必须知道你是怎么决定的。"他把双手握在一起，身子前倾。"你无法让豪厄尔变成好人，金恩，

你做不到。他那样的男人在世间横行霸道，找出弱者，那些无法为自己说话的人。他们撕扯路上遇到的每个人，根本不管别人是否流血受伤。我受不了，如果那种事发生在你身上，我真的受不了。"

他说话的时候，她脑中那根怀疑之藤在生长，蔓延，分开了她那思绪纷纭的大脑。她感到有一线希望闯了进去——就像是有人在她的脑袋上开了一扇门，将所有困惑和恐惧都扫了出去。被豪厄尔殴打不是她的命，也不是天经地义之事。根本不是。他的母亲不该被那样对待，还有卢瑞家的那个女孩。她们都不该。

她站起来，血流急涌，心脏剧烈地跳动。"买火车票吧，"她说。"复兴活动的第一天晚上，祭坛召唤的时候，我和科莉去学校和你们会合。"

汤姆几步跃过房间，猛地把她揽入怀中。她抓着他的衬衫，手指掠过他的头发——第一次，像一直以来渴望的那样紧紧抱住了他。

第二十二章

2012 年 9 月 21 日，星期五

亚拉巴马州，塔斯卡卢萨县

第二天一早，我带着杰伊的 iPad，回到深红露台的房间里。把那幅画立起来放在身边的枕头上。行动要快，电量已经不足了，我没有充电器。

琳迪·韦德。我搜出了一些常见的社交媒体推荐，还有"找到老同学"的广告，点进去却发现她们都太年轻，不是我要找的琳迪。页面最下面的一个链接吸引了我的目光。那是 1985 年《伯明翰新闻》上的一则报道，主要内容是关于丹特·韦德的失踪悬案。韦德是民权运动最激烈的年代失踪且一直下落不明的五个黑人之一。韦德住在伯明翰的"喷泉高地"地区，那里又被称为"炸药山"，他的家被炸毁，他在同一天晚上失踪。他有父亲和母亲，还有一个叫琳迪的妹妹。

我吸收着这个信息：琳迪·韦德，外祖母在六十年代的朋友，是个黑人。

我找到丹特·韦德这个名字的时候，iPad开始发出老虎机中头奖的声音。我只用了几分钟，就把丹特的妹妹琳迪·韦德与一位获奖的中学校长琳达·韦德·布拉德利博士联系在一起，她所在的希利亚德中学位于伯明翰市的南郊。布拉德利博士就是琳迪·韦德，也是雪茄盒里那幅肖像画的作者。她肯定认识我的外祖母科莉。

我第一次感到犹豫不决。去找罗和瓦尔的时候我一点儿都不紧张，但是这个女人……琳迪·韦德却完全不同。她过去一定总被媒体追踪，但她似乎并不怎么好说话。我能挖出的她的发言只有简短地请求记者不要再打扰她和家人。至于现在的她，在网上可以说无迹可寻。我找不到一个电话号码或地址，也找不到一条社交媒体上的档案。这个女人在这方面是个专家。

我预感到自己平时那套招摇撞骗、虚张声势的把戏对这个女人不会有用。事实上，我无论说什么，也许都无法让她谈论往事。这个话题太刺激人了——六十年代的伯明翰，她哥哥被种族主义分子谋杀的悬案——即使科莉·克莱恩并没有卷进这些事，琳达·韦

德·布拉德利本身就不好对付。

然而无论如何，我都只能试试。我得立刻回伯明翰找她，这是我唯一的线索。在科莉临终的日子里，琳迪·韦德是唯一去看过她的人，我要和她谈谈。

事实上，我无论如何都不愿再回伯明翰了——我想象着温和杰伊正带头对我进行全市范围的搜捕——但我别无选择。不仅是琳迪，我还需要和我母亲的舅妈瓦尔再谈一次——为什么沃尔特要把他的亲妹妹送进普理查德的黑人病区，她被埋在了哪儿。从科莉的故事里，我一定能找到关于自己未来的关键线索。

我结账离开了深红露台，沿着20号公路一路向东，努力忽略胃里揪紧的不适感。太紧张了。一定是。我准备去琳迪工作的中学门口拦截她，学校下午三点放学，我到时候过去。此前先顺路去一趟瓦尔·伍滕家。

我在郊区路边的一个跳蚤市场停车，买了一个上釉的陶质十字架，希望那个老妇人在将死之际会愿意说出秘密，净化灵魂。

当我看到一群人正排队走进瓦尔家时，心里一沉，但我还是继续往前开，停车，和其他人一起排队等候。

距离我上次来这里只过了四天，可这栋房子已经面目全非。百叶窗和窗帘都大敞四开，新鲜的空气吹过那些缝隙和角落。蛛网被扫掉了，深色木头地板闪闪发亮。一个发型像头盔的女人站在前厅，递给我一沓荧光色的便利贴。

"价格标在上面，"她说。"不能讨价还价。我们可以接受现金和支票。如果你想要什么，就在纸上写下你的名字，贴在那件东西上。"

"好的。我可以去后面吗？"

"随你。不过最好的东西都在起居室里。"

我回到走廊，然后走向厨房，把便利贴放在了那儿的一个空架子上。

厨房里变化不大，只是有人打扫过了，把油毡换成了地砖。那排药不见了，还有窗户下面那些茂盛的植物，赫然在目。空气里有种漂白剂的味道。没有瓦尔或那个偷药护士安吉拉的踪影。我转身走向走廊尽头的卧室。

十字架不见了，墙上光秃秃的，刚刚重新粉刷过。床上铺了新床罩，换上了一套挺括的花卉图案床上用品。我站在那里，试着搞清状况。

瓦尔死了。我母亲的舅妈。除了父亲，她是唯一与我母亲和外祖母直接有关系的人。我上次来的时候，为什么不多问她一些关于科莉的事？这么没有远见，我真想踢自己一脚。如果我逼问得再狠一点，她可能会对我和盘托出，特别是在被沃尔特和埃尔德压制了好几十年之后。

埃尔德有决定权，放屁。

我伸手从包里拿出那个陶质十字架。它没有什么

特别，釉面是蓝色的，中间压印了一只小鸽子的图案。但我希望她能喜欢。我走进房间，把它放到了床尾。

"我认识你，"我身边响起一个声音。我转身看到一个上了年纪的女人，约五十五六岁，鬈曲灰白的头发梳成辫子。她穿一件没形的丹宁牛仔拖地长裙，羽毛耳饰垂下来拂过肩膀，皮肤很粗糙，脸上皱纹纵横。"你是阿西娅，对吧？"她说。

我的脑子仿佛有一百万电荷的脉冲通过——危险！危险！——神经元在激烈冲撞，希望能想到办法避开这个女人，离开这栋房子，可我的脚却动弹不得。

她举起手，摆出一个"别开枪"的姿势。"我不是想吓你，真的很高兴看到你来。"

"对不起。我认不出您是谁。"我终于说出话来。

"我是特丽·伍滕。瓦尔和沃尔特的女儿。你和我是表亲。"

我知道自己该碰碰她的胳膊，或者拥抱她一下之类的，但我不想那么做。"我为您母亲的事感到遗憾。"我说，双臂交叉放在胸前。我感到自己的大脑平静下来，体内的肾上腺素渐渐消退。

"她告诉我你来看望过她。"她指了指那张床。"唔，她其实说的是特里克茜来看过她，但我猜是你。她在最后日子里把很多事情都搞混了。特蕾西和我经常好奇你现在怎么样了。"

她走到我身边，看到了床上的十字架。她用一根手指在它上方划过。

"我本想再和她谈一次。我不知道——"

"明白。她已经被癌症掏空了，"她说，随后就绽开一个笑容，就像她刚才没有说出那么可怕的话。"你知道吗，我真的很高兴能见到你。这话听来奇怪，却是心里话。我们从没见过面，这其实很稀奇，不过我想很多家庭都是这么稀奇古怪的。我猜你父亲不希望你和你哥哥卷入家里疯狂的一边，也就是你母亲娘家这一边。"

她大笑起来，我感到一阵恐惧涌遍全身。她知道自己在说什么吗？她是不是知道特里克茜、科莉和金恩的事？很难说。我决定小心行事，看能从她这里得到什么消息。

"你认识我母亲，是吗？"我轻声问。

她点了点头。"小时候，特蕾西和我经常跟特里克茜一起玩——在她的妈妈，也就是我们的科莉姑妈去世以后。"

我没想到这个女人——这个打扮得像大地之母、目光坦诚的女人——会用如此温暖的语气说到我的母亲。泪水充盈了我的眼眶，她抬起眉毛，额头露出皱纹，对我伸出一只手。"哦，亲爱的，对不起。你肯定也很难过。"

我摇了摇头。"我只是有很多疑问。"

"比如呢？"她微笑着问。

"比如……"我嗫嚅起来。

她用期待的目光看着我。

"比如，"我说。"我不知道我母亲特里克茜身上发生了什么。我父亲告诉我们，告诉所有人，她在被送往医院的路上动脉瘤破裂，死在了救护车上。她的死亡证明上写着她死于癫痫发作。可是不久前，他又告诉我们，她死于药物过量。我们也不知真假。他得了阿兹海默症。"

"我也不知道真相。对不起。"

我点了点头。"我和你母亲谈话的时候，她说特里克茜被送进了普理查德医院，后来死在了那儿。"

听到普理查德这个词，特丽的眼睛蒙上了一层阴影。"哦，哦，这件事我真的不太清楚。"

"真的吗？你母亲没说过什么吗？"

"没有。"

"好吧，我还发现……有人告诉我特里克茜对你父母开过一枪……用你父亲的枪。或许这是他们把她送进普理查德的原因。"

"我好像听过关于枪的事，"她说。"但她只是随口提过一句。"她摇了摇头。"听着，我父亲沃尔特这个人挺有意思，但这都是他的成长经历所致。我知道，他的很多问题一定是幼年丧母造成的。他从来不提。他是那种话不多的男人。可那件事对他产生了很大影响。这些年来，我一直怀疑……"

"怀疑什么？"

"他可能参与过一些很坏的事。"

"你指的是什么？"

"好吧，比如我姐姐和我……"她抚摸着自己的裙子，不安地扭动着身体。"我们认为他加入了三 K 党。"

我咽了一下口水。"真的吗？"

"六十年代，他在夜里经常和警察一起巡逻。当时他们就是这么干的。早年间局势紧张的时候，每辆警车上都有三 K 党的成员协助警察监视。监视人们在做什么，谁在闹事或找麻烦……之类的。"突然间，她停下，闭上嘴，用指尖盖住嘴唇。睁得大大的眼睛湿润了，脸羞愧得皱了起来。

"没关系，特丽，"我轻声说。"我们是一家人。你可以告诉我。"

她转身看了看那张空床。"他通常吃过晚饭就出去。从壁炉架上取下那支步枪，一整夜都不回来。"

"他有没有……"我想起了之前读到的那篇文章，关于琳迪·韦德失踪的哥哥丹特·韦德的文章。"他有没有卷进任何特殊的……事件？"

她耸了耸肩。"我不知道。这个问题我也问过自己无数次。那时没人谈论这些。人们都不说。但我知道有人被杀死了。"

"他的妹妹被杀死了。科莉。"

她的眼睛里一闪。"不对，这件事你弄错了。科莉姑妈病了，她精神崩溃了，所以他们才送她去住院。"

"你父亲沃尔特送她去的，"我说。"你知道吗？

他让她住进了普理查德的黑人病区。"

她张大了嘴。"什么？"

"她的记录上这么写的。"

"他不可能那么做。"

"我去过普理查德，亲眼看过记录。"

她摇了摇头。"他绝对不会那么做。让自己的亲妹妹和黑人住在一起？不。不可能。"

"可他确实那么做了。他要求医院安排她和黑人患者住在一起。而且尽管她死在那里——据说死于自杀——却没人能带我去看她的坟墓。没人知道科莉埋在哪里。她不见了，特丽。你的姨妈，我的外祖母不见了。"

我看到她的目光变冷，嘴角的纹路绷紧了。她打算捍卫自己的父亲，我立刻明白了。毕竟血浓于水。

我改变了话题。"你知道科莉的精神出了什么问题吗？有没有人说过？"

"我妈只说科莉姨妈和她的母亲金恩以及女儿特里克茜很像。她说所有山里的女孩都一样。"

我挺直了身子。"这话什么意思？"

"她说她们都流着山里人的血。就是说她们和我们不一样。"

"不一样？"

"粗野。说话声音大，无知。和这里的女孩不一样。妈妈说山里的女孩都是半疯的。"

"疯？精神分裂症那种疯？"

　　她耸了耸肩。"我想是更宽泛意义上的疯。人们常讲亚拉巴马北部出身的女人们的故事。她们是完全自行其是的一群人。在山谷里长大，过着与世隔绝的生活，笃信山里的那种宗教——灵魂附体，晕厥，举蛇仪式，说耶稣在松木镶板里那一套。我妈说那些都是魔鬼的把戏，还说科莉姨妈可能会巫术。"

　　她的脸皱起来，想挤出一个笑容，可我看得出，其实她并不觉得好笑。她相信这些鬼话——特里克茜和科莉很怪，甚至可能是疯子。我的胃里在缓慢地翻腾，可我却笑了。我也流着山里人的血。我也见过一些东西——感到现实世界在我眼前发光、扭曲。如果我把这些告诉特丽，她会怎么看我？我深吸一口气，看着脚下的地毯。

　　我不是我母亲。
　　忍冬花女孩不存在。
　　我的指尖没有金粉。
　　世界上没有红渡鸦。

　　当胃里渐渐安定下来，我清了清嗓子。"你父母有没有提过科莉在崩溃前和一个女人见面的事？"我没有说"忍冬花女孩"。我觉得如果我说了，特丽大概会落荒而逃。

　　她摇了摇头。"没说过。说实话，我觉得他们对这一切感到很羞耻。"

这么说，特里克茜确实在沃尔特面前精神崩溃了，并因此被关进了普理查德。拜沃尔特所赐，科莉最后也被关进了普理查德。不仅如此，还失踪了。两个女人被送进去的原因可能是精神分裂症，但这个解释似乎太简单了。更何况，我现在知道了另一些怪事：我母亲去比安维尔广场见的那个女人。画上和科莉在一起的那个女人。在母亲死亡证明上签字的那个医护人员的离奇死亡。

还缺了太多块拼图。

特丽沉默片刻，然后用严肃的眼神看着我。"跟我过来一下好吗？我想给你看一样东西。"

我跟着她走出卧室，回到那间墙上镶着木板的洞穴般的起居室，里面挤满了人。她在高耸的石头壁炉旁停下来，朝上看。我顺着她的目光往上看去，在木头壁炉架中央的上方，几根钉子上架着一支生锈的步枪。

"抱歉，各位，"她说。"能让我们单独待一会儿吗？"人们慢慢走到房间里摆放着书架的那面墙边，看着我们，她朝我转过身。"这是我爸的步枪。一件古董，也许很值钱。我不清楚。他小时候从他外祖父那里得到的。"

我们都抬头看着那支枪。特丽从角落里拉过来一把椅子，放在壁炉前面，提起裙子爬上去，抓住了那支枪，然后爬下来，把枪递给了我。

木头枪托比想象中重，黄铜枪托板冷冰冰的。我的手指抚过刻在上面的橡树叶和橡子图案，还有枪身的各个部件。枪不大，连我都能一手拿住，可我知道它能造成真正的伤害。我父亲和哥哥都用这样的枪打过猎，他们把一些瘸了的松鼠、兔子和浣熊拎回家，在旧码头的棚屋边上剥掉它们的皮。

我打了个寒战，手中的步枪沉重冰冷。为什么我握着这把武器的时候，觉得自己仿佛握着几代人的秘密？我不知道母亲是否也有过类似的感觉。

"你觉得我母亲那天晚上想用这支枪做什么？"我问。

"我不知道，"她说。"也不想知道。有些事情就该留在过去。"

我睁大眼睛看着她，然后低头看了看那支枪，隐约觉得会在我的指肚上看到金色的条痕。我看到的只有没有光泽的褐色金属。

"我能把它拿走吗？"我问。"不是永远拿走，只是一段时间，也许我还有其他一些需要了解的东西。"

"拿去吧。你愿意的话可以留下它，我肯定用不到了。"

在那些来买破烂的人的注目下，我把那支枪贴在胸口，抱着离开了。我觉得自己像要去打仗的战士，兴奋地想行动，却对前方的危险毫无准备。不管危险是什么，不管会出现多么可怕的情况，我希望它们快些来。我只有一周多的时间了。

第二十三章

2012 年 9 月 21 日，星期五
亚拉巴马州，伯明翰市

三点整，一条由 SUV 和小轿车组成的长龙开始缓慢地开过砖墙爬满常春藤的希利亚德中学。车门打开，把孩子们吞进去，咆哮着远去。我停在车场一个偏僻的角落里，在一棵长着羽毛叶片的合欢树下面，重新思考我的"作战计划"。

找到琳迪·韦德。给她看那幅画。求她帮忙。

这是一个烂计划，我自己也知道，但我的大脑最近似乎不能全速运转了。我感到茫然不安，这种感觉和在老普理查德医院残破的废墟时一样。就像我正在慢慢地走向崩溃。

我弄不清这种感觉，仅仅是对即将到来的生日的焦虑？还是有更多东西。疾病正在慢慢靠近我。那个蛛网般的诅咒。也许我只是害怕温再出现。我盯着藏在手提包深处的那些药。两片——只要小小的两片药——就能让我平静下来，让我获得所需的信心。

我把这些想法赶出脑海，专心盯着人群里一个被我认作琳迪的女人。她应该已经七十岁出头了，可看起来最多不过五十岁。她的外表很有魅力，身材苗条，深棕色皮肤，白发编成辫子头。她站在自己管辖范围的正中央，半月形的眼镜架在鼻尖，指挥着周围混乱的一群群学生，一会儿和这边说句话，一会儿看看那边，脸上始终挂着老政治家一般从容淡定的神色。我想知道她为何这么大年纪还继续留在学校工作，是否和她的哥哥丹特有关，和他们经历的那些事有关。

拼车车道上的最后几辆车渐渐远去，我锁上车，慢慢走向学校大门。布拉德利博士正在和一个长头发、蓄胡子的年轻男教师谈话。他被她的话逗得哈哈大笑，不经意间看向周围时，她遇上了我的目光。她愣了一下，头歪向一侧。

我朝她走过去，手里拿着科莉的那幅画。那个男教师转身回学校里时，我正好在她面前停下。

"布拉德利博士？"

她抬起眉毛，摘下眼镜。"请问有什么事？"

"我有一件属于你的东西。"

我把那幅小水彩画递到她面前。她低头看看它，

抬头看看我，然后又低头看看它。然后，她后退了一步，伸出一只手，掌心朝外，似乎想把我和那幅画都挡在外面。

"我想你认错人了。"说罢她就转过身，匆匆走进了楼里。

我紧跟其后，拉住了正在合上的门。她走得很快，已经走到了走廊尽头的转弯处。

"等一下！"我喊道。"布拉德利博士，等一下！"

我跟着她走到前面的办公区，拉开门走了进去。房间里只有一个女人站在长柜台后面，一头银发，胸牌上写着"芭布"。女人睁着一双又圆又大的眼睛看着我。

"嗨，芭布。抱歉打扰你，"我说。"布拉德利博士在哪个办公室？"

她指着身后的走廊，我绕过了长柜台的一端。她举起双手朝我挥动，仿佛我是一架开错跑道的飞机。"小姐！她的门关着，说明她不想被——"

我继续顺着走廊往里走，来到唯一关着的那扇门前。我推开门。布拉德利博士坐在办公桌后面的皮椅上，她转动着椅子，看上去并不怎么惊讶，似乎已经放弃抵抗。

"布拉德利博士。"

"你是谁？"

"我叫阿西娅·贝尔。"

"我不认识你。"

"但你认识这幅画。"

她的目光落在了桌上的一堆纸上。她把它们整理好。深吸一口气。

"我只需要五分钟。"

她从眼镜上方看了我一会儿，仿佛识破了这是个谎言，然后对着桌子对面的一把椅子点了点头。我坐上去，努力忽略胃里那种很不舒服的感觉——学生时代留下的恐惧，那时我坐在校长办公桌对面的时间比上课时间还多。

"我能问问这幅画怎么到你手上的吗？"

"它属于我的母亲特里克茜·克莱恩。"我把画递给她。她把眼镜推上去，仔细端详着它，脸上的神色变得柔和起来。然后那个瞬间过去了，她眼中的光灭了。她把画交还给我。

"特里克茜现在怎么样？"

"她死了，"我说。"二十五年前就死了，我五岁的时候。"布拉德利博士摘下眼镜，向后靠在椅背上。我继续说道："特里克茜死的时候三十岁，她的母亲也是在这个年纪死的，还有她的外祖母。"

布拉德利博士没有回答。

我向前探身，把那幅画推到一边，双手按在她的办公桌上。"我还有九天就到三十岁了。我不知道这一切是怎么回事儿，但我不想和她们一样死去。我希望你能帮我，告诉我怎样才能避免同样的事发生在我身上。"

她转过身，看向窗外。

"我很遗憾你失去了家人，"她最后开口说道。"我很久以前照看过特里克茜，那时她年纪还很小。她对我而言很特殊。"

"是的。就像科莉对你而言也很特殊。"

她听了我的话，没有显出畏缩的神态。"贝尔小姐，你来这里想干什么？"

"我需要你的帮助。我想知道你知道的一切。"

"为什么？你究竟觉得自己会发生什么事？"

"我会——"我的声音卡住了。"我会发疯，就像她们那样。"

"有人这么告诉过你吗？"她问。"你认为事情的真相是这样？科莉发疯了，特里克茜也发疯了？"

"又或者她们是女巫，留着疯狂的大山的血液。不管你信不信，我还听说过这种说法。"我深吸一口气，努力让自己平静下来。"事情就是这样，所有人都认为特里克茜和科莉都有某种疾病的症状。精神分裂症或类似的其他精神疾病。不管是什么，她们都有一些疯狂的行为。所以她们必须被处理。"

"特里克茜做了什么需要被处理的事？"

"她吃药。还有传言说她和一个十几岁的男孩有不正当关系。哦，她还对她舅舅开了一枪。"我咽了一下口水。"我父亲当时正在竞选司法部长。她会妨碍他当选。我现在觉得也有可能是他杀了她，让她服下了过量的氟哌啶醇。"

"你真的这么想？"

"我不知道该怎么想。"

"贝尔小姐，"她说。"我从你母亲五岁时就认识她了。他们把克莱恩夫人送去了普理查德之后，戴维·克莱恩先生解雇了我，我再也没见过特里克茜。我想帮你，可我办不到。"

她站起身来，我想是在暗示我该离开了。可我还不打算走。我还不能放弃。我继续坐在那把椅子里。

"你能帮我，"我说。"你可以给我讲讲这幅画，还可以告诉我他们带走特里克茜的那天发生了什么。"

"我不……"她盯着我的脑袋上方的某个地方。"我不认为告诉你那些就能帮到你。"

"如果我知道了科莉的故事，就能改变自己的命运。我相信这一点。"

"那不仅是科莉的故事。"她双臂交叉放在胸前。"也不仅是你的。如果我告诉你，你可能会有危险，你想象不到的危险。"

"我知道你哥哥丹特的事，"我迅速说道。"那个你不必说。我只想知道我外祖母的事。"

"谈到你外祖母，就一定会谈到我哥哥。"她停顿了一下。"还有其他人。"

"其他人已经死了，"我说。"沃尔特·伍滕和他妻子瓦尔都已经死了。"

我也站了起来，希望她能看出我脸上的真诚。很

久以来我一直在隐瞒，撒谎，说服人们相信我说的话，我不知道在我真的说实话的时候脸上是什么表情。我闭了一会儿眼睛。相信我，我想。求你了。我重新睁开眼睛。她正看着我，头歪向一边。

"我知道沃尔特死了，"她说。"我每天都读讣告。所以我知道他的孩子还活着，而且过得不错。还有他的几个朋友。其中有好几个家伙还在这个城市作恶，所以我一直保持沉默。"

"他们不会伤害你的。他们做不到。"

她微微一笑。"如果这么想能让你好过一些，请继续。"

"沃尔特和他的朋友跟警察一起巡逻已经是很久以前的事了。"

"相信我，人会死去，仇恨不灭。我不认为有些事能够被遗忘。你要明白，即使过了这么多年，有些人为了不进监狱依然会不择手段。不管你是否相信，我可能会陷入危险。还有我的家人。"

"我相信你，真的。但也请你相信我。你说的一切我都会保密。我发誓。"我把那幅画朝她推过去。她拿起它，那么小心翼翼，仿佛它会在她手中变成碎屑。她用食指从上至下抚摸着那张纸，然后把拇指和其他手指捻了捻，就像那幅画现在还湿着一般。

我向前走了一步。"我不是记者，来这里不是为了曝光往事。我只想知道我外祖母身上发生了什么，以便阻止同样的事发生在我身上。"

她看着那幅画，撅起了嘴唇。

"这些话决不能外传。"

"我答应你。"

"我们本不该是朋友，"她终于开口说道。"黑人和白人本该泾渭分明，1962 年的时候就是这样。那时我们的角色清晰简单，各人都要恪守自己的身份。科莉·克莱恩是我的老板，我是她的女仆。"

第二十四章

2012 年 9 月 21 日，星期五

亚拉巴马州，伯明翰市

"克莱恩夫人是一个很糟糕的老板。她需要的不是女仆，而是朋友。"

说话的时候，布拉德利博士又一次朝这间小办公室的外面看去。教师们正在走向各自的车子，驶出停车场。我趁此机会扫视了一下。房间简单，整洁，一股消毒液的味道。桌子后面那面米色的墙上挂着的几个相框形成一个拱形，如光环般悬在她的头顶上，每个相框里装着一张文凭：亚拉巴马州大学伯明翰分校，霍华德大学，埃默里大学。

不过，墙上没有和奥普拉、奥巴马或其他民权人士的合影。作为一位目前仍然失踪的著名社会活动家的妹妹，她近年来一定曾受邀参加各种颁奖晚宴和纪念碑的落成典礼。但是墙上看不到丝毫痕迹。

"克莱恩夫人知道我喜欢画画，"布拉德利博士继续说。"就给我买来了画具，让我干完活后能自娱自乐。她还经常和我聊天，给我讲了她在大山里度过的童年。她听说在她很小的时候，她母亲发了疯，和一个陌生男子私奔了。她不知此事的真假，但一直想解开这个谜团。一直想对那件事做点什么。又或者她只是想做点什么，与那件事无关。她很聪明，是个好人。"

琳迪告诉我，除了查明自己的过去，科莉对政治也有兴趣。那是六十年代早期，民权运动的风暴正在酝酿。她总是和琳迪谈论伯明翰市发生的各种抗议活动。琳迪尽可能避而不谈，直到科莉坚持让她把一切都告诉她。

"不知通过什么途径，科莉发现我哥哥和我在组织年轻人的秘密集会，"她解释道。"我们策划游行和静坐等活动，这些活动安排在白人的教堂礼拜活动时，礼拜结束时组织大家跪在教堂正门的台阶上。我不知道科莉怎么做到的，但她总能在教堂里安排至少一个人，拍照，把照片送到报社。如果可能，她还会给我们送信，或者帮忙寻找集会场所。"

"难以置信。我对此一无所知。"

布拉德利博士压低了声音。"她怀疑她哥哥沃尔

特是三K党成员。而且是个大人物，参与了很多大事。比如焚烧十字架、投炸弹、开枪射杀之类的事情。我知道她把我当朋友。可我觉得，那才是她想帮忙的真正原因——和她哥哥作对。"

不知是因为从事这些非法活动，还是因为家族的历史，科莉变得非常焦躁不安。她丈夫戴维说服她去见了一位神父。神父给了她一份祈祷文，*Veni, Creator Spiritus*，她从早到晚一遍遍地念它。它是她隐形的精神盾牌，帮她抵挡看不见的敌人射来的明枪暗箭。琳迪也在无意间记住了这段祈祷文，还有特里克茜，虽然她当时只有五岁。

尽管科莉充满热情，她的地下民权活动却没有什么结果。因为和沃尔特的关系，科莉被看成一个累赘，丹特在这件事上态度非常坚决。琳迪不得不停止向她透露信息。于是科莉重新开始关注多年来萦绕在她心头的那个真正的谜——她母亲失踪的真相。

她给琳迪看了小时候母亲给她的那个雪茄盒和发夹。她相信它们属于某个认识她母亲的人。一个能告诉她真相的人。

忍冬花女孩。

布拉德利博士说，不久后一个女人拜访了那栋房子。科莉和那个女人在后院的凉亭见面。琳迪就像每次闲暇时那样拿出了她的铜版纸和颜料，画下了她们。但她自始至终都在房子里，透过窗户看着她们，没有听到她们的谈话内容。

"她们只是谈了谈吗？"我问。

"是的，然后她就离开了。"

我握紧了雪茄盒。"她是谁？"

"我以前没见过她。她不是克莱恩家的朋友，我想也不是戴维家的人。"

"她的外表是什么样的？"

"她有一头鲜艳的红发，衣服看起来很昂贵。我给她开门的时候，她和我打了个招呼，听口音不是南方人，不像。我也说不准是哪里的口音。总之，科莉马上把她带去了后院，我留在了屋里。"

"后来呢？"

"科莉的状态糟透了。她在后院走来走去，走了一个小时，或许更久。转圈，自言自语。后来她终于进屋了，哭泣，浑身发抖，甚至不肯念她的祈祷文。我让她躺下，可她只想去见沃尔特，也不肯说原因。"

"你觉得她的样子……像是精神崩溃吗？比如出现了幻听，或者表现得很偏执？"

"她很激动不安，是的，行为或许有些偏执。她把特里克茜带到了自己的房间，她们在里面待了很长时间。"

"你能听到她们说什么吗？"

"听不到。不过她出来的时候，说我们得去一趟沃尔特家。她坚持说我们必须马上就去。"

"你们去了吗？"

琳迪点了点头。"我开车送她去的。还带上了特里克茜。科莉进去了，让我们在车里等她。我给特里克茜讲故事，还一起唱了歌。过了一会儿，瓦尔出来了，让我开车送特里克茜回家。她说科莉病了，他们要把她留下照顾。我和特里克茜回到家，克莱恩先生立刻就解雇了我。他并不凶，只是说不得不让我走人了。我给了特里克茜一个拥抱，就回家了，事情就是这样。"

"那幅画怎么样了？"我问。

她摸了摸那张纸。"我把它给了特里克茜，作为临别礼物，我想。"她的嘴唇慢慢弯成一个悲伤的微笑。"我害怕带走它，怕有人发现我在该工作的时候却在瞎玩。我知道它可能会给科莉带去麻烦，但我也狠不下心毁掉它，不是觉得它有多重要，只是……觉得特里克茜也许会想要它，作为对我的纪念。"

我意识到自己正像一个多动症孩子似的不停抖腿，做好随时大吃一惊的准备。我让自己停下。

"科莉知道沃尔特是三 K 党成员，"我说。"你觉得那个女人会不会告诉了她一些别的事？"

"比如？"

"你觉得，我不知道……那个后院里会不会发生了什么神秘的超自然事件？"

琳迪眯起了眼睛。"你究竟想说什么？"

"我不知道。"我在椅子上扭动着。"我听人们说科莉和她母亲流着山里人的血——说她们是女巫之类的。也许那个女人是女巫，也许她对科莉下了咒，让她失去了理智，跑去和沃尔特对质。"

琳迪看上去像是马上要大笑出来。"你听起来像我在新奥尔良的奶奶相信的那套灵恩派和伏都教的说法。不，后院里没有大坩埚，也没有咒语、巫术之类的东西。她们只是谈了谈。然后科莉就去和沃尔特对质了，结果并不顺利。"她盯着我说。"当天，他就把她送进了普理查德。"

我想起了科莉的住院记录。"他让她和黑人患者住在一起。"

她叹了口气，坐回她的椅子上。

"我不明白，"我说。"他为什么要那么做？"

"为了教训她，吓唬她。沃尔特是一个恃强凌弱的人，而且是个种族主义者。如果他妹妹说想和黑人来往，他就一定会让她只能和黑人来往。"

我慢慢消化着这个信息。

"一个星期后你去看望过她，"我说。"对吧？"

"是的。她浑身发抖，完全不能控制自己，一点也不像平常的样子。"

"因为药物？"

琳迪张开双手。"或许。更有可能是因为她一直不吃不喝。他们说她也不肯睡觉。她一直对我说一些关于骨头的不明所以的话。骨头和沃尔特的枪。"

罗也说过，我妈妈对沃尔特的枪特别执着。我想

到它现在藏在杰伊车子的后备箱里。如果它是一条线索，我不知该如何破译。我的眼中充满了泪水，然后我惊恐地感到有一滴泪顺着脸颊滑落。我用手指按在泪湿的地方，把它拭去。我离真相那么近，又那么远。我有一堆乱七八糟的事实——关于我母亲和科莉的零散信息——却什么都弄不清楚。拼不起来。

"我明白你为什么不能把沃尔特的事说出来或告诉别人，"我说。"但你为什么没告诉特里克茜？为什么后来不去找她，把发生在她妈妈身上的事告诉她？"

"我不能那么做，太危险了。"

我感到一股怒气涌上来。"我母亲——你说你很在乎的那个小女孩——对她母亲身上发生的事一无所知。她也不知道关于三K党的事。她只知道她母亲失去了理智，必须被关起来。没有人对她解释过什么。"我抓住了椅子扶手。"于是当她打开盒子——那个愚蠢的盒子——你知道她找到了什么吗？一个发夹，一张酒瓶商标，还有一张拉丁语祈祷文。你可以想象，这些东西对她没有任何帮助。"

"阿西娅——"

我伸出两只手。"不！让我告诉你特里克茜是怎么应对的。她在快要到三十岁的时候，找到了一个孩子卖给她药，一大堆药。它们毁掉了她，弄坏了她的脑子和身体。我父亲把她关起来的时候，她已经完全垮了。现在我拿到的也只有那个该死的毫无意义的雪茄盒和一堆空药瓶。它根本不能帮我理解她。"

她的身子向前倾，眼睛里闪着光。"盒子里的那些东西，它们一定有什么意义，不是吗？"

"也许。"

"也许科莉和特里克茜找到了答案。从那个红头发的女人那里。也许你也会找到答案。"

那个红头发的女人。**忍冬花女孩。**

我把手指按在眼睛上。我又在那么做了，陷入幻想之中。那个红头发的女人只是个普通人。只是科莉的朋友，不是什么有魔法的人，不是会挺身而出拯救我的仙女教母或超级英雄。

我不能再重蹈覆辙，相信有一个女人是我所有问题的答案。我现在清醒了。我有工具——真正的工具，而不是一些幻想——来帮我应对生活。忍冬花女孩并不存在，并不比圣诞老人或牙齿仙子真实。她只是妈妈编出来的一个故事——一个童话故事，用来安抚被吓坏的小女孩。

但也有可能不是。

我的胃里翻腾得厉害，觉得自己就要吐了。我用手捂住了嘴。

琳迪伸出了一只手。"阿西娅。你没事吧？"

我点点头，但我并不觉得没事。一阵晕眩感袭来，我像是要晕过去了。

"他们是不是威胁说要把你也关起来？"她问。

我没有回答。

"我知道我可能没资格说这种话……"她抿了一下嘴唇。"但我希望你继续战斗。我希望你继续寻找那个女人。"她朝前俯过身子。"你或许能找到答案，解开你们两个人的谜题。"

一幅幅画面在我脑中闪过。

科莉。特里克茜。丹特。步枪。

老妇人盯着我的眼睛，那一刻，我确定了两件事。第一，我的种种疑问不断地指向这个神秘的女人。第二，我即将大病一场。我用手捂着胃，抓住椅子的扶手，弯下腰，把胃里的东西都吐在了琳达·韦德·布拉德利博士很有品位的地毯上。

第二十五章

2012 年 9 月 22 日，星期六

亚拉巴马州，伯明翰市

我四肢摊开躺在旅馆的床上，任由几缕清晨的阳光照在我头上。"可怕"这个词根本不足以形容我现在的感觉——介乎于宿醉和感冒之间。我在脑子里回想了一遍昨天发生的事：离开学校，开车回旅馆。时醒时睡，几次因为剧烈的恶心感冲进厕所。

离开戒毒所以来，我还是第一次这么难受。但这种感觉不像戒断反应，不一样。在我的肠胃深处有一种非常不安的感觉。一定是吃坏了肚子，或是某种病毒，也许我在深红露台感染了寄生虫。

我伸手拿过手机，瞥了一眼屏幕。星期六。两个未接来电，两封语音邮件。第一封来自我最近发现的第二位表亲特丽，她邀请我星期日去她父母家吃早午餐，她的妹妹特蕾西也参加。

我应该去。特蕾西可能知道更多关于我妈妈或科莉的信息，帮我了解她们在被关进普理查德和最后死去的那段时间里发生了什么。又或许她能提供那个与科莉和我妈妈见面的神秘女人的线索。可我甚至不知道自己能不能爬下床，更别提注意听她们要说的话了。我只觉得体内有一种可怕的、没完没了的绞动感。

第二封语音邮件来自杰伊。

"阿西娅。"他的声音听起来怯生生的，很紧张。我闭上眼，让自己做好心理准备。"我知道你很生气，但你要明白，我很担心你。所有人都在担心你。"

我按下了"删除"。

他说得对。我是疯了。我把自己最黑暗的秘密透露给他，却发现他一直在和温合谋。他不值得信任。我不想再听他说一个字。

我相信所有人都在担心我。他们应该担心。我愤怒极了。杰伊不知道我有多生气。我根本不需要他和温的担心。事实上我需要它，就像我需要一瓶伏特加和一把药片。

想到酒精，我的胃就开始翻腾恶心，唾液涌进嘴里。我惊慌地跳下床，冲进卫生间，跪在地上，又吐了起来。

第二十六章

1937 年 10 月

亚拉巴马州，西比尔山谷

查尔斯·贾洛德充满自信、微微走调的男中音响起，盖过了帐篷里其他人的声音。金恩拉着科莉的手，跟在豪厄尔和沃尔特身后走进帐篷，她察觉到小女孩兴奋地紧握住了她的手指。

金恩感到自己被陌生人挤来挤去，大概超过了一百个人，有的来自遥远的佐治亚州和田纳西州。他们使帐篷里弥漫着陌生的洗衣皂味道，还有匆匆吐在暗处的烟草的味道。查尔斯·贾洛德，那位著名的查尔斯·贾洛德，来到了西比尔山谷。所有人齐声唱着约翰福音中的句子：

愿主向我传递气息

使我充满爱心

使我爱我主之所爱

行我主所要我行

豪厄尔领他们走向帐篷右边，坐在人们下午刚钉好的长凳上，金恩一直把一只手放在科莉头上。他们坐下来，先是科莉和金恩，然后是沃尔特。豪厄尔坐在了最边上，胳膊肘撑在膝盖上。金恩环顾四周，寻找她父亲的身影，却没有找到。

贾洛德领唱了赞美诗的第三节，像乐队指挥那样对着教众挥舞双臂。金恩伸长了脖子，寻找那个所有人都在谈论的女人，贾洛德的妻子多芙。传闻说贾洛德在加利福尼亚的一次复兴活动上看到她昏倒在地，立刻爱上了她惊人的美貌。金恩迫不及待想看一眼她的样子。不幸的是帐篷里挤满了人，她怀疑自己能否在人群中找到她。

多芙的故事是汤姆给她讲的。两天前，豪厄尔还在亨茨维尔的时候，男人们聚集在一起，在教堂外面支起了帐篷，金恩和汤姆最后站在了院子里那棵大橡树的树荫下面。

"人们说她是逃犯戴尔·戴维森的异母妹妹。"汤姆告诉她。那时其他男人也聚到了这棵树旁边，他们一口气喝完装在玻璃杯里的柠檬汽水，就又回去工作了。汤姆留了下来，慢慢地小口喝着汽水。金恩站

在离他几码远的地方，双臂交叉放在胸前。

"当然，她和贾洛德神父不会公开谈论这件事，"汤姆继续说道。"我想他们是不愿意吸引到错误的听众。"他对她咧嘴一笑，又迅速敛去了笑意。他现在就是这么看待她的，仿佛她手里掌握着他们俩的命运。她假装没有注意到，可还是红了脸。

"可那些人是他最好的主顾，"她说。"那些做了一些事想要挽回的人。"

他没有笑，只是看着她，直到她感到脸上的红晕向下延伸到身体的其他部位。他把剩下的饼干塞进嘴里，喝光了柠檬汽水。

"一会儿见，金妮。"他在牛仔裤上擦了擦手，跑回了那个搭了一半的帐篷旁边。她的目光跟着他，想着他的嘴巴，他们站在楼梯下面的角落里，他的唇落在她的上面。她看着他扛起一个木槌，抡成弧线砸在一个金属桩上面，手臂上虬结的肌肉从卷起的袖口露出来，在皮肤下面滑动。她想把手指从他的袖口伸进去，顺着小臂一路向上，一直摸到他隆起的肩头，起伏的胸膛。

在紧张的夜晚的空气中，帐篷里已经挤满了人，伍滕一家坐在他们的长凳上。金恩从她坐的地方发现了多芙·贾洛德。那个女人坐在第一排，后背挺得笔直。她穿着一件精美的象牙色真丝裙子，领口别了一支粉色的山茶花。她很年轻，可以说还是个女孩，她的头发比金恩见过的任何人的都红，一头波浪短发用一只黄金和象牙发夹别在脑后。多芙的眼睛紧盯着她的丈夫，双手故作端庄地放在膝头。金恩伸长了脖子，想看得更清楚些，但只能看到她的红唇和下颌的线条。还有那头秀发。像落日般绚丽夺目。

金恩感到豪厄尔正在盯着她，逼她将目光从贾洛德夫人身上移开。她告诉自己要集中精神，对上帝敞开心扉。尽管她已误入歧途，他依然会对她讲话。他会给她信号，告诉她沃尔特会平安无恙。

"全能的上帝让亚拉巴马州进入我妻子心中，"贾洛德用低沉的声音说。"月复一月，她夜不能寐，被可怕的幻象折磨……"

帐篷里的人都屏住了呼吸。金恩看到多芙挺直了背，贾洛德瞥了她一眼，继续说下去。

"……那些幻觉可怕得无法形容，于是她恳求我从遥远的加利福尼亚州一路来到这里，把耶和华的话告诉你们。"

贾洛德说加利福尼亚州的所有人都已经充满了圣灵，就像圣灵在五旬节那一天降临到门徒身上。那里的人们每天都在见证上帝，他就像电流一般真实和科学。你是电线，圣灵是电流，它会径直穿过你的身体，还能传到你所触及之人的身上。有时他会送出治愈的力量，有时是幻象或预言。无论发生什么，重要的是去服从，按照他的引领行动。

金恩想象着加利福尼亚州的圣灵。想象它飞过汽车、棕榈树、城堡，沿着悬崖绝壁向上猛冲。想象它

向下滑翔，落到她的房子上——或许他们会在海滩上买一栋别墅——环绕在屋檐周围，透过窗户窥看她和汤姆，它的气息让窗户蒙上了一层雾气。她觉得胃里一沉。

布道快结束时，贾洛德发出邀请，帐篷里近一半人涌向讲台，所有人都跪到地上，哭着，吵闹着。钢琴师又弹奏起来，金恩溜到了长凳的边上。

贾洛德穿过人群，把手放在他们头上。有时候他还会跪下来，用轻得谁都听不到的声音和其中一个人说几句话。这时候，金恩拉着科莉的手，试图引起豪厄尔的注意。她想告诉他科莉不太舒服，她要先带女儿回家。可她的丈夫似乎正沉浸在自己的世界里。他弯腰蹲着，双手握拳，盯着地面。金恩紧张地轻轻摇晃双腿。她想到汤姆正在学校的校舍里等她。

多芙已经换了个地方，现在坐在金恩前面空出来的那几排座位上。一只胳膊搭在椅背上，环视着人群。当女孩直视她的时候，金恩的呼吸都要停止了。她的眼睛很大，目光果敢坚定。她盯着金恩的时候，那双眼睛里似乎有什么被唤醒了。

然后，多芙的目光向左，扫过靠在金恩身上睡着的科莉，扫过正在摆弄小折叠刀的沃尔特，最后落在了豪厄尔身上。看到他的瞬间，她抬起了一边秀美的红眉毛。

一瞬间，金恩听到一声尖叫，然后看到她那身材魁梧、一头金发的丈夫径直从长凳上跳起来，爬过隔在他和讲坛之间的长凳。她惊呆了，摇醒了科莉。

沃尔特也坐了起来。

"他在干吗？"沃尔特轻声问。

豪厄尔脸朝下扑在干草堆上，趴在那儿，一只手举起，就像坐在圣殿门口等待耶稣本人经过的乞丐。

"爸爸去哪儿了？"科莉一边问一边踉跄地爬起来，站在长凳上，揉了揉眼睛。金恩把她拽了下来。

"他去祷告，请求得到医治。"

"他病了吗？"

在前面，趴在地上的豪厄尔哭了。金恩又偷看了一眼多芙，后者正眯着眼睛看着他。在地上翻滚的信众中间，查尔斯·贾洛德突然现身了。他蹲在豪厄尔身边，把一只手放在这个正在哭泣的男人肩上。查尔斯在他耳边轻声说了什么，豪厄尔安静下来，过了一会儿，他转过身对查尔斯也耳语了些什么。

查尔斯拉着豪厄尔站起来。他的衬衫和裤子上沾着小块的干草和泥土，领带翻过去搭在肩上。贾洛德把一只手放在他肩上，凑到他耳边又说了些话。豪厄尔从衣服口袋里掏出手帕，一边擦脸，一边时不时点一下头。然后，这位布道者对人群说。

"这个男人已经承认了他的罪，跪在了耶稣面前！"他的声音在帐篷里回荡。"所有主的仆从一起说'阿门'好吗？"

帐篷里的人都看向贾洛德和豪厄尔。金恩的心跳加快了。

"阿门！"人们说。

"他要在主的宽恕下开始新的生活，发誓从今以后如基督爱信众般爱自己的妻子，所有主的仆从发誓站在他身边，好吗？"

"阿门！"人们满腔热忱地说。

一种恐惧的刺痛感沿着金恩的后背传下去。豪厄尔一定对这个男人说了那次揍她的事——在他们的小木屋里，把她按在地上和墙上打。但他现在想好好待她。他在上帝和他认识的所有人面前发了誓。

"主会让这个男人改过向善。全能的主啊！荣耀归与他！"查尔斯·贾洛德拍了拍豪厄尔的肩膀。豪厄尔非常轻微地退缩了一下，然后转过身，找到了金恩的目光。

他的双颊通红，脸上印着衬衫袖子的纹路，还有泪痕和泥土。帐篷里光线暗淡，然而透过丈夫脸上的尴尬神色，她依然在他眼中看到一种从未见过的心意已决的神色。

一种无言的恐惧渗进她心里。她也说不清是为什么。她不该害怕，而是该感到高兴。她现在应该对主充满感恩之心。她看到了这个男人忏悔，看到他走上前跪在了地上，不是吗？今晚，在这个白色的帐篷里，上帝做了一件事：他让豪厄尔变好了。

她现在不能和汤姆私奔了。上帝已经做了这件事。他创造了奇迹，让她的丈夫变好了。豪厄尔已经忏悔了，如果现在离开他，她会犯下比背教更坏的罪孽。她就会被诅咒。

第二十七章

2012年9月23日，星期日

亚拉巴马州，伯明翰市

云层掠过天空，遮住了午后的太阳，天色变得像黄昏一般。我把车停在伍滕家附近的街上。我的左边是陡峭的悬崖，右边矗立着伍滕家的房子。一个"待售"的招牌在风中嘎吱作响，我注意到和两天前房子开放时不同，此时所有的窗帘都关着。

特丽和特蕾西正在房子里等我，我们将一起吃饭聊天。可这栋房子看起来异常阴暗。一种奇怪的感觉袭上心头，我模糊地预感到自己应该转身离开。

一定是因为我的肠胃病还没有痊愈，想摆脱这种病真是太难了——我在旅馆的床上一动不动地躺了一整天，肠胃依然隐隐觉得不舒服。我咬紧牙关，拖着身子下车，开始穿过马路。

我走在门前的步行道上，罗·奥利弗忽然从院子里的阴影里出现在我面前。他头戴棒球帽，帽檐拉低遮住眼睛，伸着下巴俯看着我。他不再是我记得的在旅馆里那副面团似的样子，而是像只公牛。一头愤怒的公牛。我绷紧了身子，想要逃跑。

还没来得及跳开，他就抓住了我的胳膊，抓在长臂靠近胳膊肘的位置，使劲攥着，把我的身子转了个圈，推着我往前走。远离那栋房子，远离我的表亲和安全之地。

"罗……"我说。他又重重地推了我一下。我的脑中开始疯狂地盘算各种办法。和他谈，安抚他，答应他的……任何要求。叫，跑，踢他的睾丸。但我什么都做不了。

我害怕得动弹不得。

他捅了捅我，过马路的时候，他用一根手指顶住我的腰背部。我左右看看——但是看不到人。这个地区根本没人住。我们经过杰伊的车子，来到挨着悬崖顶的一块狭长的草地。在我们下面，暮色中的城市华灯初上，山丘之间飘浮着一层雾霭。

我用恳求的目光看着他。"罗，我知道你很生气。你有理由生气。我之前做的太过分了。但我没有对任何人说过一个字，我可以用我母亲（我差点说了'性命'，但马上改了口），用我母亲的坟墓发誓。你要

相信我。我不会告诉别人你干过什么。"

他伸手来抓我，我横跨一步想闪开，但是太迟了。我的视野变窄，东西的边缘变得黑乎乎的。我仿佛又回到了奥利弗家潮湿的地下室，回到了那种发霉的味道中。粗糙扎人的旧沙发的触感。

我又回到了那种知道自己该站起来，走出去，却一动不动的状态。

我用双臂抱住自己，因为我的身子开始发抖了。"Veni, Creator Spiritus，"我低声念道。

他大声叹了口气。"天啊，阿西娅，别来这一套。"说着往前走了一步。

我向后退去。"mentes tuorum visita。"

"别这样。"他招手示意我过去。"别说了。"

我又向后退了一步，提高了声音。"imple superna gratia, quae tu creasti pectora！"

他朝我冲过来，一眨眼的功夫，就把我推到了山坡边上。我摔倒在地，顺着路堤头朝下栽下去，双手本能地一通乱抓，滑了几码远之后，被一棵细长的树的树枝勾住了。我的身子左右摆荡，肩窝向外挺出，冲击力顺着胳膊传了下去。我挂在半空，强迫自己挺直身子，努力用双脚踩在地上，阻止自己继续往下滑。我喘着粗气，朝山坡上面看去。

罗离我不远，他也顺着我的路线滑了下来。他伸出手抓住我衬衫的一角，我转了个身，重重摔到地上。脑袋突然感到一阵尖锐的灼痛，顿时眼冒金星。

我尖叫起来。就像很多年前那样放开喉咙，不停地大声尖叫，用尽了我身体里所有的抵抗力量。我尖叫着，直到他用一只手捂住我的嘴，使劲把我的头压在泥土和草地上，我的脑袋里像爆炸般闪过亮光。

我弓起身子想顶开他的手。空气。我需要空气。

虽然我双腿乱踢，罗还是设法抓住了我，把拇指按进了我的胯骨里。我疼得使劲叫起来，可声音几乎听不见。

"住嘴，"他怒气冲冲地说。"别叫了。"

我盯着他的脸。他的脸色苍白，眼睛却像两个明亮的天体般闪亮。我想到了沃尔特的步枪，真希望它此时在我手里。我想象自己用枪对准那双眼睛的中间，扣下扳机，子弹把罗的头骨击成无数碎片。

"该死的，阿西娅，"他说。"你就不能老实一会儿吗？"

他猛地往后一撤，松开按在我脸上的手。我吸进一大口气。又一口。

"别，"我喘着粗气说。"求你了，别伤害我。"

"闭上嘴，行吗？我的天啊！"他深吸了一口气。"我来这儿是要告诉你，趁他还没……我想起来了一件事。"

我咽下了怒骂，惊讶地安静下来。我感到有什么东西顺着我的脖子往下爬进我的衬衫里——可能是蚂蚁——但我没有动。他从我身边挪开几码，喘着粗气。

我坐起身来。"罗——"

他举起一只手。"不……先别说话。现在还不行。我——"他猛地抬头扫了一眼悬崖顶,然后回头看着我。"我想起了那天晚上发生的一件事。特里克茜曾对我说起过那个比安维尔广场上的女人。"

我挣扎着站起来。"什么?"

"特里克茜去见的那个女人来自亚拉巴马州的山区。她认识你的曾外祖母。特里克茜的外祖母。"

"金恩。"我低声说。

"特里克茜对我说起过她的名字,听上去很像是一种鸟。一种鸟的名字,比如……"他朝天空望去。"雷恩或罗宾①。我记不清了。"

我瞪着他。"你记不清了。"

"我知道你恨我,"他继续说。"你应该恨我。你应该恨透了我,但这并不意味着我不能试着补偿你。"他吸了一口气。"我很抱歉,懂吗?至少我可以做一些事情来弥补我过去做的——"

他又迅速看了一眼我们上方的悬崖,我看到他的脸变白了。我转头,顺着他的目光看去。温站在陡坡的边上,双腿分开,灰色西装外套被风吹开,打得很完美的淡蓝色领带在风中翻飞。暴风雨前的乌云在他身后涌动,一个温文尔雅的巨人泰坦。

"对不起,阿西娅。真的很抱歉。我别无选择。他说我要是不这么做就会——"

"阿西娅!"温朝下喊道。"你们究竟在干什么?

---

① 雷恩(Wren)和罗宾(Robin)分别有"鹪鹩"和"知更鸟"之意。

他伤害你了吗？"我回头看了一眼罗，他害怕得脸都扭曲了。

我翻个身，挣扎着站起来，罗把我朝我哥哥所在的上方推去。终于，我爬上崖顶，站到了温的面前。他扫视了我一番，目光中带着恼怒，然后绕过我朝前面走去。

温瞪着罗。"你太差劲了。我真不知自己是怎么想的。我让你制住她，蠢货，不是把她推下悬崖。"他迅速瞥了我一眼。"你受伤了吗？"

我惊讶地看着罗。"你在替他做事？"然后又转向温。"先是杰伊，现在又是他？"

"他说想和你谈谈，"罗对我说。他又转向温。"你是那么打算的，对吧？只是谈谈？"

"是的，罗。我们要谈谈。"他对我笑了笑。"还有，"他用过去叫我小傻瓜，用短吻鳄逗我时的那种慢吞吞的语气说。"看好了。我教你怎么制住一个人。"

有极为短暂的一刹那，我听到风在头顶的树枝间呼啸，然后我感到下巴下面重重地炸开了花。脑袋猛地向后一仰，双腿一弯，整个世界陷入了黑暗。

我在一个黑屋里醒来，屋里有一股变酸的啤酒味和尿味。我躺着，温在我身上盖了一条毯子。他坐在我身边，轻轻抚摸我的头发。我厌恶得胃里直恶心。我想告诉他从我身边走开，但我提不起力气说话。

我环顾了一下周围。房间里一片漆黑，只有放在椅子上的一只手电筒在发光，光束射向天花板。我能

勉强看到墙上涂写的字迹：塔妮娅是个蠢货。我爱瑞安。希格玛斯去吃屎。有两扇从天花板到地面的大窗户，玻璃全都被砸碎了。看不到罗的踪影。

只有我和温，我们在老普理查德医院的一个房间里。

这里看起来像有一群疯狂的流浪汉举行过狂欢派对，闻起来也是。我想捂住鼻子，却不知道自己的胳膊还能不能抬得起来。我昏沉的脑子里闪过这些事实，却搞不清它们意味着什么。他到底为什么要把我带到这里？我勉强抬起眼皮，朝他看去。

"感觉好点儿了吗？"他轻声说。"我给你吃了些止疼的东西。你包里的药。这才是我们的阿西娅，总是有备无患。"

我挣扎着摸了一下自己的脸颊，一阵尖锐的疼痛传遍全身。

"罗打了你。"他说。

"他——"

我的脑子变得越来越迷糊，忘了继续抗议。我的包放在他身后的一把旧金属椅子上。我眯起眼睛抬头看着他。手电筒的光在他脸上投下阴影，他的眼窝就像两汪深邃的水池，漆黑的峡谷。我看不到他的眼神。也许他根本没有眼神。

"这是妈妈的房间吗？"我听到自己问。

"妈妈没来过这里。"他的回答仿佛从很远的地方传来。

"是别人……"我的口齿不太利落，觉得自己仿佛身在别处，在一个高高的架子上，他够不到的安全的地方。"是科莉的吗？"

"哦，老妹。"他叹了口气。"谁知道呢？"

"她们自杀了，"我含糊不清地说。"或者有人杀了她们。我不知道……"

我听到从漆黑中又传来一声叹息。

"不过，这是怎么回事？"我问。"怎么……"

"老妹。"他向上抬了抬我的下巴，我的嘴闭上，牙齿发出咔哒一声。"听着。重要的是你和我在一起。我们是一家人，你和我。妈妈和科莉发生了什么事并不重要。现在重要的是我们。"

他说得对。母亲已经死了，父亲也快死了。最后只剩下了我和温。他让罗找到了我，这样我们就能团聚了。在破碎的意识深处，我知道这是因为他想把我关起来。但是此刻我的下颌在抽痛，胃里翻江倒海。我不管那些了。

他又在摸我的头发了，我闭上了眼睛。母亲过去也常摸我的头发，总是让我觉得安心。我深吸一口气，再慢慢地吐出来。温是我哥哥，比我年长，比我聪明。也许我应该照他说的做。让他照顾我。让我这样慢慢地睡去。

"你从来没有告诉我，"他开口说话时，我吃了一惊。我已经忘了头发上的手指是属于一个活人的。手指停住不动了。"妈妈死去的那天晚上发生了什

么……"

我想到了穿着金色裙子的妈妈。想起了黄色的月光照亮空地的情景。"我做不到——"

"试一下。"他的声音听起来那么从容平静。"我有权知道。"

我五岁，躺在有一张白色网眼篷子的床上。九岁的温在走廊的那边睡觉，但我的眼睛并没有一直闭着。

意识到的时候，母亲已经站在我身边了。她还穿着派对上穿的那条金色裙子，朝我弯下腰的时候，身上闪闪发光。我吸进妈妈的气味——忍冬花，护手霜，还有某种强烈苦涩的气味——她对我低声细语。"小家伙，西娅，醒醒。"

我起床，穿上我的蓝毛衣，我们一起偷偷溜了出去。真让人兴奋，就像深夜的捉迷藏游戏，我不知道弗利在哪儿，它一般不会错过去林子里散步的机会。妈妈一定是把它锁在了洗衣房里。

我们穿过凉爽松软的草地，来到树林边，然后沿着秸秆铺成的小径走进松树和橡树丛里，我们手拉着手，小心地择路而行，妈妈做了我们之间的那件特别的事。紧握三下手——我爱你。

我们终于到了空地。我没在晚上来过这里，没在黑暗中见过这块圆形的草地。它看起来简直像有魔力。我在一棵老玉兰树舒展的树枝下面有一个秘密的游戏房，温压根儿不知道它的存在。我在想是不是妈妈已经发现了它，她是不是生气了，想让我把它拆掉。

她让我跪下，我照做了，然后她也跪下了。我闭上眼睛，双手合十，我在学校里见过一些女孩这么做。尽管我曾经恳求过无数次，我家却从不去教堂，但我知道祈祷的姿势是什么样。

她开始吟唱起来。我以前听过——她做饭或叠衣服时总在吟唱——但是这次听起来比平时吓人。我的头皮刺痛，强烈得像头发在头顶移动。我睁开眼去看她。她浑身都在发抖。她也睁开了眼，迎上了我的目光。这时我的整个身子开始发麻，从手指尖开始。

"我不知道是怎么回事儿，宝贝，"她说。"是因为吃药还是生病。也许是因为别的。我不能确定。现在一切都不一样了。"

她双手和膝盖着地跪下，这么做的时候，我听到她的嘴里在呼呼吹气。听上去就像温用威浮球棒打在我胃上的那一次我发出的声音。我也跪下了，主要是因为我想模仿她的做法。一个古怪的深夜"西蒙说"游戏。①

她浑身流汗，呼吸艰难，我担心她就要吐了。或是就要死了。可她只是让我去找一个被她藏在树下游戏房里的盒子。那是一个很旧的盒子，上面有一只红鸟，盖子用好几层黄色胶带紧紧封住。我把它拿过来，

①西蒙说（Simon Says），一个传统儿童游戏。一般由三个或更多的人参加，其中一个人充当"西蒙"，其他人必须根据情况对"西蒙"宣布的命令做出不同反应。

她撕开了胶带，打开了盒子。

盒子里的东西很少，只有一个旧发夹，几张纸，几个箭头，一个装着药片的橙色药瓶。她把手伸进裙子领口，拿出一个一模一样的药瓶，只不过是空的。她把它放进盒子里，拿出了装满药的那瓶，在我面前晃了晃。

"看到这个了吧，西娅？"她说。

我点了点头。

"我希望你长大以后吃它，等你到三十岁的时候。它们对你有帮助。"

我又点了点头，但不明所以。

"小家伙，听着，我要给你讲一个故事。"

我挺了挺身子。我是一个很好的聆听者。

"这个世界上有一个人，一个非常特别的人。我妈妈管她叫'忍冬花女孩'。"

空气中有什么改变了，变得充满魔力，而且更加芬芳。星星都转过来面对着我们。空地周围的树林也安静下来。

"在我像你这么小的时候，我妈妈给我讲了她的故事。她说那女孩很聪明，说她知道很多事。"

"什么事？"

妈妈的眼神变得柔和了。"一切，你知道了它们，就能茁壮安全地成长。"

我在等待。它听起来像个童话故事。

"吃下这些药，然后等着她。我想她会找到你，如果没有，你要找到她。听到了吗？你就要去找她，小家伙。"

　　我想问为什么，让她对我把一切解释清楚。但我习惯了不加争论地服从，于是我就没问。我看着她把药瓶放回盒子，盖上盖子，然后从草地上把它朝我推过来。

　　"别让你父亲看见这个。"她用严肃的语气说。

　　我咽了一下口水。我父亲是一个身强体壮的男人，方下巴，头发硬如钢丝球。他是个律师，总是穿着黑西装，浆过的双扣领白衬衫，系褐红色领带。他总是把坏人关进监狱，我从没瞒过他什么。

　　我把雪茄盒放回树下，回到她身边。她问我想不想吃松饼。我说想，然后我们就走回了家。在厨房里，她点亮炉子上方的灯，打开一个黄色盒子，把里面一半的东西倒进她的大搅拌碗里，开始干活。她的金色裙子在灯光中闪闪发亮。

　　爸爸从昏暗的走廊里走过来，出现在门口。他依然穿着派对上的那身西装。我对他笑，他也对我笑了笑。我想起了那个雪茄盒，忽然感到浑身发热。妈妈走到我的椅子后面，双手按在我的肩上。

　　爸爸站在门口，叫了她的名字——特里克茜。听起来像是个警告。

　　"你去哪儿了？"他用低沉的声音问。

　　"和我的女儿在一起。"她的回答也像是个警告。

　　他的眼神变冷了，仿佛作为回应，她绷紧了胳膊，

双手紧紧抓住了我的脑袋，就像是为了防止自己倒下。我大叫出声，她猛地向后一退，拽着我的椅子，我们俩都倒在了地上。父亲朝我们冲过来，大声命令我回自己的房间。

我照做了，一直忍着没哭，直到脸朝下趴到床上。后来我从我卧室的窗户看到一辆救护车静静开到我家门前——没有闪灯也没有鸣笛——把我的爸爸妈妈都带走了。我溜进温的房间。他还在睡觉。我爬上床和他挤在一起，把他压在胳膊下面的脏乎乎的毯子拉过来，紧紧抱住。

第二天早上醒来时，温还在睡觉。我下楼吃早饭，爸爸端着一杯咖啡坐在桌前。他没有看我，也没像昨天晚上那样对我笑，只是盯着窗外，抚摸着弗利的耳朵。他让我去外面玩。

在那棵玉兰树下面，我找到了那个有红鸟的雪茄盒，故意不顾母亲的命令打开了它。我不在乎。三十岁是太久远以后的事。那个药瓶洒了……肯定是她没有拧紧。我把一片药放在舌头上，让它在我嘴里融化。味道发酸，像变质的糖。

我摆好自己的小厨房，开始做玉兰树叶松饼，再洒上几滴忍冬花蜜。过了一会儿，我不知不觉地困了，于是又溜达到那块空地上，仰面躺下。我的感觉好极了，像一个天使，神秘而平静。我想到了妈妈对我说起过的忍冬花女孩。我假装自己就是她，飘忽不定，充满智慧。我闭上了眼睛。

后来回到家里，爸爸让我和温坐下，告诉我们母亲死了。她的脑子出了某种问题，一个我说不来的复杂的词，爸爸解释说就是一个血块。

他一说完，我就跑出家门，去了空地。我把雪茄盒里的药瓶收集起来，倒进我的衣服口袋，然后又嚼了一片。我要把每一片都吃下去，一次一片，这样我就又能觉得自己像忍冬花女孩了。我把雪茄盒放回树下，朝家的方向走去。

当我转身最后一次看向那块空地时，在斜阳的映照下，我看到了什么：草地上——我们昨天晚上跪过的地方——似乎闪着金光。

第二十八章

2012 年 9 月 23 日，星期日
亚拉巴马州，塔斯卡卢萨县

我讲完了我的故事，脑子仿佛被卡住了。头骨里又涨又沉，仿佛塞满了淤泥。我陷入沉默，意识渐渐模糊。

我再也无法思考了。我不想思考。

我的眼睛不能聚焦。

睡眠似乎变成了一切。唯一。我只想睡上一觉。我闭上了眼。

温的声音："你说爸爸看着你，还对你笑了，对吧？"

我点了点头。

"那不是笑，老妹，是担心。我想他看着你的时候，和我现在看到的东西一样。"

有什么让我身上刺痛。不是恐惧，我已经麻木得感觉不到恐惧。

"一个废物，"他柔声说。"就像妈妈和姥姥一样。一个糟糕透顶的人。你知道你去戒毒所的那天，他对我说什么？他说你和她一个样，和妈妈。不是因为你药物成瘾，是因为你们精神都不正常。他说从你小的时候，他就知道你会像她一样发疯。"

他的话压在我身上，仿佛有千斤重，让我在床上动弹不得。我疯了，就像母亲一样。温说得对。我自己内心深处一定也很清楚，所以我才会从那天开始吃药，所以我才会认为自己看到了金子——先是在空地上，后来是在我的手指上。所以我在多年前才会任由罗利用我。我早就知道自己注定会变成她那样。

"跟我说说，阿西娅，"他说。"你做了这么多业余侦查活动，找到她了吗？妈妈的忍冬花女孩？"

我想大笑，发出的却是一声压抑的叹息。"没有。"

"她是谁？"

"我不知道。"

她的名字是一种鸟名。雷恩。罗宾……

"但你知道一些关于她的事，对吗？"

我转过头看着他。"她有一种天赋。"

"什么意思？你是说她是灵媒？"

"我不知道。或许吧。她能保护你的安全。"

"她们见面的时候，她对妈妈说了什么？"

"我不知道。"

"她对科莉说了什么？"

"没人知道。"

"胡扯。"一只手卡住了我的脖子，手指勒紧。我呛得咳嗽起来，想要吸一口气却做不到。气管被压住了。"你知道的，"温说。"而且你会告诉我。快说。"

他掐得更紧了，我的眼前又出现了白点，然后是一片红色。我要死了。我的亲哥哥，我的骨肉至亲，就要杀死我了。我的腿一通乱蹬，身子扭动，一阵肾上腺素飙升，我终于挣脱开来。我跌跌撞撞地爬下床，倒在了满是瓦砾的肮脏的地上。我用双手和膝盖支撑着跪起来，扫视着房间。我在床的另一边，门的对面。我不顾扎进手里的石膏和玻璃碎片，试着判断自己最佳的逃跑路线。

温双手叉在腰上。"那个女人在哪儿？"

我可以钻到床底下。如果我行动够快，就能在他抓到我之前跑到门口。我还可以试试从床上跳过去。但我觉得自己的身子有千斤重，跑起来一定像陷在糖浆里。

温打了个响指。"阿西娅，听着。那个女人从哪儿来？山里？西比尔山谷里？"他从外套口袋里拿出药瓶，拧开盖子。

我坐下来，瞪着他说："我告诉过你了，我不知道。"

他的脸色一沉，皱了起来，四肢像被空气充满似的伸展开。紧接着，他用一根手指指着我。"我已经烦透了你对我撒谎。这个女人知道我们家的事，你必须告诉我她在哪儿！"

我跳到床上，手指勾住铁栏杆下面往上一拽。它翻转过来——比我想象中容易——砸中了温。他跌跌撞撞地向后退，脚下一个趔趄。我慌忙朝房门跑去。

我的脑袋感到一阵剧痛，猛地向后仰。他抓住了我的头发。我躲闪，扭动，挣扎，但他抓得很牢。他把我拽到身边，用一只钢铁般的胳膊夹住我的胸口，把嘴贴在我的耳边。

"我要你为家人做正确的事，"他轻声说。"为了妈妈和爸爸。这是他们希望的。"

他把我的身子转过来，然后把我推倒在地。我的双腿发软。他把一些药片倒在手掌心上，它们形成了一个整齐的白色金字塔。他蹲了下来。

"张开嘴。"他抓住我的头发，把我的脑袋向后拽。

我没有动。我们对视着，我感到泪水正涌进眼中。

"阿西娅，"他轻声在我耳边说。"它不会要你的命，我保证。你必须相信我。"我依然扭着头。

温举起了那只弯成杯形的手，我能感到他在盯着我。我朝他看去，在黑暗中看到他的眼睛在闪闪发光。"停下这一切吧，"他轻声说。"停下，睡吧。"

我看到了母亲，跪在地上，在黑暗中发抖，想要

解释一些她自己也不明白的事。想保护我，给我一个活下去的机会。没有用。究竟是她失败了还是我把事情搞砸了，我无从知晓。但已经完了。做什么都太晚了。

我的心中涌起一种强烈的思家之情，想和母亲在一起。想安全地躲在她的怀里。

真想用牙齿嚼碎那种苦涩的粉末，让它沾满我的口腔，灼烧我的喉咙。真想再体会那种轻飘飘的感觉。已经太久没有过了。

我的嘴唇轻启，张开了嘴。

温比我强大。往事比我强大。我已经受够了孤军奋战的感觉。

他把药片倒进我嘴里，我边嚼边往下咽，试着用舌头卷起那些干粉末。他递给我一瓶水，我心怀感激地接过。咽下之后，他又把更多药片倒进我嘴里，把我的嘴合上，让我咀嚼，往我的喉咙里倒更多水。

更多药片，更多咀嚼，更多水，我等待着兴奋的感觉出现。让一切边缘变得模糊，让一切事物变得美好。让我觉得自己就是忍冬花女孩。飘忽不定，平静而有智慧。

感觉终于来了，我闭上了眼。

第二十九章

2012 年 9 月 24 日，星期一
亚拉巴马州，塔斯卡卢萨县

在我的下面有一个宽楼梯，盘旋着消失在黑暗之中。它很旧，但我想它是真实存在的——是木头和大理石的，铺着地毯。

在楼梯的最下面，隔着一大片布满伤痕和裂缝的大理石地面，是很多扇门。它们都通向外面。我想到外面去，到风里和夜晚的声音里去。我想永远离开这个黑暗的地方。但我觉得只靠我自己办不到。我不知道这双腿能支撑我走多远。

跳下去会容易一些，但我会变成下面的碎片之一。我会粉身碎骨，有一天，当阳光终于决定照下来的时候，人们会找到我。但他们也可能不会，那样我就会变软，腐烂，消失进大理石地板的裂隙之中。

我没有跳，而是飘下楼梯，门在我手下打开，让出了一条路。我站在夜晚的空气之中。风吹起了我的头发。破碎的地面在我脚下嘎吱作响。我转动身体直到看到光芒。我朝它跑过去。我跑啊跑，根本不觉得累。

我来到了一片空地的中央，双膝着地跪下，用双手撑地，释放出我身体里的一切。它们往上涌的时候有种灼烧的感觉，但是后来，我感到风吹着我的脸。那是干净的好风。芳香而温暖。它让我的泪水涌出了眼眶。

我会死在这里。但这很好。我找到了一个安稳的地方，能看到星星和月亮。这里有树，就像我的空地一样。它们围绕着我，我闻到了忍冬花的味道。

我打开手掌。没有金子。没有红渡鸦。我只在正常的时候能看到它们，在我是阿西娅的时候。现在我不是她。

我是忍冬花女孩。

我醒来时躺在医院的床上。身体的一些部位依然有灼烧感，剩下的部分——我的手指和脚、胳膊和腿则完全是麻木的。一根静脉插管从我的小臂延伸到挂在床边架子上的输液袋，袋子里几乎已经空了。我深吸一口气——就连嗓子也火烧火燎的——接着立刻吐

在了薄薄的医院罩衣上。

我让自己向后躺下去，甚至没有力气按下呼叫护士的按钮。我一定是睡着了，因为当我再睁开眼时，一个护士正在推着我翻身，抽走我的罩衣和身下的湿床单。她没说话，但我注意到她的嘴撇着，显出厌恶的神色。我扫视了一下房间。看不到温的踪影。罗也不在。只有我一个人。

护士把我的身子翻回来，把毯子盖在我身上。

"我在哪儿？"我的声音听起来很刺耳。

"塔斯卡卢萨县的 DCH 地区医疗中心。精神病区。"

"精神病区？"

"强制留院，至少四十八小时。"

"我不明白。"

"第 5150 条法规，任何企图自杀的人都这么办理。"她说完就一下子过转身，脑后的马尾辫甩起来，像一面旗，然后摔门而去。

第三十章

2012 年 9 月 26 日，星期三
亚拉巴马州，塔斯卡卢萨县

再次从迷雾中走出来的时候，我发现自己终于成了普理查德医院的正式病人。奇怪的是，我对于被关在这灰色的围墙里一点都不感到惊讶。这种感觉多么自然——就像是命运如一张熟悉的毯子终于落到了我的身上。这个地方曾是我母亲和外祖母的家。现在是我的。

他们说，黎明时一个勤杂工发现我在医院新区附近的足球场游荡，不时在草坪里呕吐。他们把我送进了医院，发现不需要给我洗胃，我吃下的药量不足以致命。

换句话说，温干得不够漂亮。

在 DCH 地区医疗中心强制住院四十八小时后，他们把我送上了一辆救护车，穿过城镇把我送到了老普理查德医院。因为我看上去像是自杀未遂（也因为我在意识模糊的时候提到，我吃药时是在老普理查德医院的一间病房里），我哥哥从法官那里弄到了一张非自愿住院指令。带我入院的护士告诉我，我是一个无限期住院病人，因此不妨尽快适应新环境。我没有带衣服，一名护士从捐赠柜里给我找了一条旧运动裤和一件《红潮风暴》的 T 恤。

我想知道温是否找到了我放在伯明翰市那家旅馆里的雪茄盒，无从知晓。他显然以某种方式收买了特丽·伍滕，肯定是她向他透露我那天下午会去见她和特蕾西。一想到温像追赶一头受伤的鹿一样追赶我，我就害怕得膝盖打战。

我哥哥是一个冷酷无情的混蛋，这一点已经无法否认。我恨他。

我坐在窄床上，下巴搁在蜷起的膝盖上，盯着我房间的水泥砖墙。护士们执行着一天的日程安排：吃早上的药，吃早饭，分组，心理治疗（欣赏艺术，听音乐，我选的是和小狗玩耍），吃午饭，自由活动，再吃一次药，九点半熄灯。如果我住院时间足够长，他们还会让我在厨房或洗衣房帮忙，或者和地勤人员一起工作。真让人高兴。

温赢了。我的爸爸正在离我两百多英里的地方，

他快要死了，我却见不到他。就算能见到他，我也没办法让他理解我要解决的问题。我没法哄他说出真相，他现在大概已经奄奄一息了。

如果父亲在我被关进医院的期间死去，温就会被指定为我那份遗产的受托管理人或监护人之类的。他就能完全控制每一分钱，进而控制我的未来。他想把我关多久就可以把我关多久，而他自己却在外面逍遥自在。他有大把的钱，可以用来资助他的竞选，也可以坐船游加勒比海或实现他和莫莉·罗布的其他狗屁心愿。

我可以把真相告诉别人。我可以告诉他们，是他逼我吃下了过量的药物，可我是一个尽人皆知的瘾君子，而温是州检察官埃尔德·贝尔的儿子、州立法委员、备受尊敬的州长候选人，谁会选择相信我而不是他呢？看看特里克茜和科莉吧，她们没有得到公正的审判，被当作垃圾扔到了这里，任其腐烂死去。

护士正在瞪着我，一定是已经结束了她的长篇大论。

"好的，谢谢你。"我说。

她撅起了嘴唇。"我刚才问，你有没有问题要问？"

"没有，"我说。她朝门口走去。"哦，有。我把车留在伯明翰了。你觉得它怎么样了？"

"很可能被拖走了。"她说完离开了。

很好。杰伊的车被弄到了某个拖车场，而温拿到了我的手提包，可能还有那支步枪。天知道放在旅馆的那个雪茄盒怎么样了。温对我下了狠手，我已经彻底无路可走了。

普理查德新区只是老普理查德的一个难看的现代版本。砖头和灰泥砌成的三层灰楼，一个让人灵魂窒息的地方。

一台电视被装在一个铁笼子里，挂在离地面九英尺高的地方，荧光灯管嗡嗡作响，发出水银的辉光。我发现如果说有什么事能彻底吸走你的希望，那就是看这台电视播出的《今日》新闻节目。

一切都是灰色的。水泥砖墙，树脂地板。门，窗，门窗上的金属网。就连病人都是灰色的。他们大多看起来非常温顺，这一点让我很感激。他们靠玩纸牌或拼字游戏消磨掉一天的时间。还有些人写日记，看电视或盯着窗外。那些情绪不稳定的病人有的在走廊上来回踱步，有的一动不动地坐在轮椅上，有的语无伦次地和身边看不见的某个人说话。至少有两个人经常大小便失禁，尿从他们的成人纸尿裤里溢出来，气味真的能熏死人，然后就会有人找来一个勤杂工来打扫干净。

第一天下午，我和指定给我的心理咨询师见了面，她是个年轻女孩，留一头乱蓬蓬的不对称发型，戴粉水晶鼻环，看上去刚从心理学硕士专业毕业不久。我们坐在（灰色）走廊的一个（灰色）沙发上交谈，

身边不断有人走来走去，我猜这是一种策略，为了让咨询看起来不那么可怕。有一个病人，一个骨瘦如柴的十几岁女孩，靠在墙上盯着我们。

"告诉我发生了什么，阿西娅。"我的"潮人"医生说。

"我哥哥逼我吃了药，制造出我企图自杀的假象。"我微笑着对她说。

她的表情依然很平静。"你哥哥？"

她知道温是谁。所有人都知道。

她扫了一眼手里的写字板。"你为什么觉得是他逼你吃了药？"

"我不是觉得，是知道。而且我……"我摸了摸自己的下颌，传来一阵悸痛。忽然间，我觉得累极了。"我想，他有一些不愿意让我知道的事。关于我家族的事，总有一些可怕的事发生在家族里的女人身上……"

我越说声音越小。她看着我的样子仿佛早已知道我要说些什么，就像她已经听过，因为温给她大概讲过，还警告她我在说到他时会撒谎。我闭上了嘴。

"你有很长时间的药物成瘾史。""潮人"医生继续说着写字板上的内容。"最近你还被以前的精神医生诊断为患有精神分裂症。你了解这个情况吗？"

这么说他们已经正式确认了，我现在是一个真正的精神分裂症患者了。又一个发疯的山里的女孩，和其他人一样。

医生翻了一页。"我了解到你有一段喜欢说的祈祷文？"

"这犯法吗？祈祷？"

她撅起了嘴唇。"你要知道，阿西娅，精神分裂症可不是儿戏。"

"我没开玩笑。"

她对我的话置之不理。"但是这种病可以得到控制，让你过上完整的、有所作为的生活，甚至可以回到家里，在亲人的陪伴下生活。"

我叹了口气。

"你愿意去做那些能让你好转的事吗？去倾听和学习？你能信任这里的疗法和医生吗？"

我身上起了一层鸡皮疙瘩。"我愿意做一切能让我好转的事。"我说。

晚饭前，大家分散开自由活动。刚才站在走廊里的那个女孩在我的房门外拦住了我。

"你差点死了？"她问我。

我推开房门。"据他们说是。"

"那时候……你懂的……你看到了谁？"她的眼睛是两个绝望的黑影。"耶稣？还是一道光之类的？"

我回想起那个肮脏的房间，手电筒的光束，破碎的玻璃窗。我的哥哥，还有他手中堆成金字塔的药片。

"我谁也没看见，"我想了几秒后说。"对不起。"

晚餐是在一层的一间昏暗的餐厅吃的。病人们排

队经过一盘盘闪着油光的肉饼，颜色灰暗的蔬菜，以及一些我猜是馅饼的楔形物。我一边排队，一边留心着一个勤杂工——一个年轻人，骨瘦如柴，戴牙套，正推着一个带轮子的垃圾桶，沿着房间的四边绕圈。

我端着托盘走到桌边，把食物在肉汁或酱汁之类的东西里推来推去，同时观察着那个勤杂工。他无精打采地绕着房间走，把托盘里的残渣倒掉，从地上捡起揉成团的纸巾。等到垃圾桶满了，他就朝餐厅的后面走去。

我猛地起身，确定没有人在留意，跟着他走过去。

厨房里，一个男人站在水槽前，正拿着一个喷雾器处理一摞锅。他背对着我。我扫视了房间里其他地方，摆放杂乱的冰柜、烤炉和堆满巨大蔬菜罐头的架子。这里没有其他人。我能听到那个勤杂工在房间的后面推着垃圾桶。我偷偷从水池边溜过，走过那些堆满锅、碗和无数不锈钢餐具的架子，在勤杂工推开门、踢倒金属门档的时候拐到角落里。我们中间隔着一堆垃圾桶，都是满的，这些垃圾即将被装进袋里倒掉。勤杂工再次出现时，我躲到了一个庞大的不锈钢冰箱后面。

"哥们儿，帮我一把！"他冲厨房里喊道。

"干吗？"水槽边的那个男人问。

"到后面来帮个忙！"

没有回答，勤杂工叹了口气，然后艰难地从那些垃圾桶之间挤过去，回到厨房里。

我迅速从冰箱后面跑出来，冲出房门，穿过铺设路面的区域，朝行政楼跑去。

十五分钟后，我离开的时候，两个身强体壮的勤杂工在门口拦住了我。

"没必要动粗，"我对那个箍住我右臂的大块头说。"我只是迷路了而已。"

他咯咯地笑了。"随你怎么说吧。但是规矩就是规矩。病人不许进行政楼。"

"是丹妮丝叫你们来的吗？"我刚才毫不在意地经过了那个女人的空桌子，顺着走廊往里走，进入贝丝的办公室。我还以为她是在洗手间。大概正在剔牙。恶心的丹妮丝。

"是负责餐饮的人。"他说。

"所有人都在公共活动室上画陶课呢。"另一个男人说。

"画陶课。"我郑重地点了点头。"谢天谢地，你们出现得正是时候，我可不想错过那个。"

我们正在走回那片灰色的区域，可我的心情却很轻松。是的，我并不是什么逃脱大师。是的，那些药正在麻木我，但我对一件事有信心：贝丝早晚会从她的隐藏式桌屉里拉出她的键盘，发现我匆匆写下、用胶带粘在上面的字条。

第三十一章

离我的三十岁生日还有三天，贝丝那边还没消息。毫无音信。不仅如此，我再也没能接近行政楼。他们剥夺了我的户外活动权利，还在我每天吃的各种药里又加了一些。

温随时都可以拿起电话，把我遣送到这个国家的另一边。他也可以突然出现，把正在睡觉的我亲手掐死。我很清楚，照理说我应该陷入崩溃，可我没有。我不怕。

他一定以为我知道一些事。一些对他有用的信息。

他需要我。

又或许我高估了我对温的价值。或许这是因为那些让人犯晕的药片。尽管我知道它们正在我神经系统的每一寸留下模糊的影子，却发现自己依然在期待着每天早晚发放给我的各种药品。没什么比它更好——那种流畅向下滑的感觉，可以从晚餐时间一直持续到熄灯。

夜里却是另一回事儿了。那是梦来临的时候——特里克茜和科莉、温和沃尔特主演的噩梦。恐惧和暴力。到处都是鲜血。我常会在凌晨三点突然惊醒，躺在床上，浑身被汗水湿透，努力让急速跳动的脉搏慢下来。恐惧包围着我，充满房间的每个角落，飘浮在我的床单之间。

也许这才是我不怕温的真实原因。也许我其实希望他在某个晚上溜进我的房间，结束我的痛苦。

然后，终于，他们说有人来看望我了。她站在公共活动室塌陷的沙发旁一块洒满阳光的地面上，当我看到她时，心脏在胸腔里一阵狂跳。

"你看上去很疲惫，阿西娅。"莫莉·罗布向我伸出了双臂。"但是真的好多了。"

我没有动。她穿着一件米色的战壕风衣，腰带紧紧束在纤细的腰上。我想知道衣褶下面是否藏着一把枪。一块浸透了氯仿的布。尼龙绑带。

"你这儿圆了一点儿，"——她双手伸向自己的脸颊轻轻拍了拍，就像一个巨婴——"脸上。"

"因为吃药。它们让人浮肿。多谢你指出这一点。"

我愤怒地冲出去，沿着走廊往回走。我听到她在后面快步跟着，像只老鼠，离我只有几码远。我拐了个弯，然后砰地关上我房间的门，可她推开门气定神闲地走进了房间。我靠在离门最远的那面墙上。

"出去。"我说，颤抖的声音暴露了我的内心，我知道她听得出来。

她笑了——精心描过唇线的嘴唇缓慢而残忍地扭曲。"我已经签好字了，要带你外出几个小时，然后再把你送回来。我要带你去见你父亲。"

"爸爸想见我？"

"他快不行了，"她继续说。"温决定在他去世之前让你再见他最后一面。"

我没动。"他……真的不行了吗？真的？"

她撅起了嘴唇。"很遗憾，亲爱的。"

我还是没动。

"我知道这件事很难面对，但你必须坚强起来。他是你父亲。你和他还没有和好，没有道别，你不想他就这么离去吧。"

我用手指按住太阳穴。

我无法思考。脑子里充满迷雾。

"温为什么没来？"我问她。

"他很忙。而且我们是一个团队。我们三个，对吧？"

她伸出手，我鬼使神差地握住了，任由她领着我顺着走廊走过病区，来到护士站。然后，在一名勤杂工的护送下，我们穿过一扇又一扇装了铁笼的门，下楼来到大厅里。她拉着我的手腕，用饰有蝴蝶结的平底鞋踢开大楼的双开门。我们来到停车场，我终于拽她停下来，在阳光中眯起了眼睛。

这是九月的一天。天空湛蓝，清冽极了，映衬出树叶的轮廓，让你忍不住流泪。但是在刺眼的阳光下，我却依然看到了停车场远处角落里的那辆黑色的SUV。那不是莫莉·罗布的车。我的神经感到一阵刺痛，嘴里涌起一股奇怪的金属味。恐惧。

我转过身对着她。"工作人员把我逃跑的事告诉温了，对吧？"

她没有回答。

"温现在知道了，把我关在这个鬼地方，像对待马戏团的大象那样给我灌药，这些都吓不倒我，所以他必须要采取进一步行动。"

她挤出一个笑容。"你在犯糊涂，阿西娅。没有人要把你怎么样。"

"莫莉·罗布，谁在那辆SUV里？"我问。

然后我看到了，她的眼中闪过了一丝恨意。赤裸裸的厌恶。想干掉我的不仅是温。我也破坏了她对自己伟大事业的计划——当上政治家的妻子，所以她也希望我消失。对我这位嫂子来说，我只是一个需要解决的问题。

"哥哥打算杀我吗？"我说。"你现在要杀我吗？"

她抓住了我的胳膊，但我挣脱开了。

"因为我破坏了你们的计划？"我大喊道。

她抓起我的小臂，使劲攥住，靠到我的耳边说："闭嘴。"她开始使劲推我，我跌跌撞撞地往前走。

"你要带我去哪儿？"她没有回答，只是继续推着我朝那辆SUV走去。

我不知道那辆不祥的车子是要把我送到另一家医院，送回家见我父亲，还是送到郊外树林里某个与世隔绝的地方——温的亲信会开枪打中我的脑后，把我的尸体扔在那里喂乌鸦。我只知道，我不可能不反抗就跟她走，绝对不可能。

我猛地挣开莫莉·罗布，跪在柏油路上，开始像真的发疯了一般尖叫起来。她转身对着我，眼睛鼓出来，双手无助地在空中拍打着。我深吸一口气，以更大的声音再次尖叫，这时我看到那辆SUV的一扇后车窗摇了下来。

"救救我！"我大喊着，祈祷那些该死的勤杂工能在我需要他们的时候出现一次。我倒在地上，胡乱挥舞着四肢，抓着柏油路面，然后我听到从停车场的什么地方传来了咚咚的脚步声。

"发生什么事了？"说话的是个女人。一个熟悉的声音。

"她……我被准许带她出院，可她……"莫莉·罗布语塞了。

"阿西娅？"

我停止尖叫，抬起了脸。贝丝站在我的上方，她的卷发遮住阳光，形成了一圈光晕。她的双手插着腰。

"你今天不能带这个病人出院。"她说。

"我有她哥哥的书面许可。她要去见她临终的父亲。"

"哦，但是今天不行。她约了要去见医生。"

我挣扎着站起身来。

莫莉·罗布哼了一声。"她今天晚上就回来。可以改时间见医生。"

贝丝朝一个刚走出大楼的勤杂工挥了挥手，他朝这边跑来。她回身轻蔑地对莫莉·罗布说："很抱歉。我们没法改时间，妇产科医生一个月才来一次，而且这件事关乎法律。在对待怀孕的病人时，情况会变得很特殊。"

看到莫莉·罗布下巴快掉下来的样子，我差一点大笑起来。她扫了一眼那辆SUV，又看了看我和贝丝，下巴终于恢复了正常。

"她……怀孕了？"她问。

"而且她有一处十二指肠溃疡。所以现在绝对不能离开。事实上，她真的该卧床休息。"贝丝把一只手放在我的肩上。"如果我的主管知道你要带她出院，会要了我的命。"

"她哥哥——"她说了一半终于闭上了嘴。我感

激地看了一眼贝丝，接下来，我那位穿着战壕风衣的嫂子朝那辆 SUV 走去。转眼间，那辆黑车就驶离了停车场，车轮扬起两股白色的尘土。

贝丝让那个勤杂工离开，推着我回到凉爽的大厅里。她坐在扎人的粗毛呢沙发上，端详着我的脸。

"你还好吧？"

"没事，"我说。"我还好。我只是……我不知道如果你当时没出现，我会做出什么事。"

"她要带你去哪儿？"

"我不知道。"我看着她的眼睛。"带走。"

几个护士经过，她放开了我的手。等她们过去，她朝我倾过身子，低声说："很抱歉花了这么长时间才答复你。我必须先想清楚。"

"你做得很好，出现得正是时候。我得说，那个故事真棒，只是或许有些太夸张了，又是溃疡，又是怀孕。"

她没有笑。

"贝丝？"

"你留下那张字条后，我拿到了你的病历。溃疡的事是真的。"

仿佛接收到了信号，我的体内翻涌起一阵恶心感。

"继续说。"我说。

她低下了头。"入院的第一天晚上，医院给病人验了血。"

"嗯。"

"你怀孕了。"

我把双手放在膝盖上，夹紧胳膊肘，低头盯着土黄色的化纤沙发套。无数念头在我脑子里飞驰、碰撞、呼啸着彼此擦身而过。

怀孕。

我怀了杰伊的孩子。

就在几个星期前，我的身体里开始孕育一个生命。现在它已经是我的一部分了。我吞下那些药片的时候已经让它陷入危险，以后，我还会把它卷入一场不知如何打赢的战斗之中。

贝丝的目光变得柔和了。"阿西娅。很抱歉不得不用这种方式告诉你。很抱歉我告诉了她。"

我觉得自己像肚子上被人打了一拳。"这我倒不在乎，只是……天啊，我一直在吃那些药。"

"他们给你吃的药是安全的。怀孕和溃疡的情况都写在你的表格上。"

"写在我的表格上？这么说除了我所有人都知道？他们为什么不告诉我？"

她摇了摇头。

"是温，"我说。"一定是。他让他们不许说。他不想让我知道。"

"阿西娅，他为什么不想让你知道？"她快速眨着眼睛，挺直了身子。我感到一阵恐惧。她不相信我。

"我不知道。我不知道。因为我知道了就会逃跑，也许？"我的身体里涌起一阵激烈的恐慌，像漏斗云一样旋转上升。我想冲出这个疯狂的地方，用最快的速度能跑多远就跑多远，直到迷路为止。我紧紧抓住身下的沙发，强迫自己坐在那里。现在不能失控，代价太大了。我不能失去贝丝的帮助。"正如我在字条上说的。温逼我吃了药。他想让我看起来像是自杀未遂，然后被关进这里。但我没有自杀，也没有精神分裂症。我没有。你一定要相信我。"

我的体内涌起一阵绝望，还有一种恶心的感觉。我希望自己能在此时此地病倒，在这块脏兮兮的地毯上呕吐。我想把一切都清除出去——药。恐惧。过去。

"我相信，"她说着把一只手放在我身上。"阿西娅，我相信你。我在入院档案上看到你名字的那一刻，就觉得你哥哥把你送到这里很奇怪。普理查德是州立医院。只有那些没有保险、没钱请人照顾或没有家人接纳的病人，最终才会被送到这里。"

我惊讶地看着她，觉得体内有什么东西裂开了——那些药像污泥般裹住了我的神经系统，变硬，形成一层脆壳，现在它裂开了。终于有人肯听我说了。我告诉自己坐着别动。不要草率行事。我咽了一下口水，感到脸变得温暖起来。

"然后我就看到了你的字条。"

我捏了捏她的手。

"但是，阿西娅，如果是你哥哥逼你吃了那些药，如果他真的伤害了你，我们就应该报警。"

　　我在出汗。能感到胸前有一股汗水在往下淌。

　　"不。我不想让警察卷进来，现在还不行。我不能冒这个险。"

　　"冒什么险？你说的没有道理。警方会阻止你哥哥，他对你做的那些事足够让他坐牢了。"

　　"不，事情没那么简单。我没时间了。只有我父亲知道我母亲身上发生了什么。可是以他现在的状况，他已经无法告诉我任何事了。所以我必须另找一个人，这个人得认识她的娘家人。我必须回到一切开始的地方，而我只有三天时间做这件事。"

　　"那就报警呀。送你哥哥去坐牢，然后去做你必须做的事。"

　　我咬牙切齿地说："我告诉你，不会有用的。他们都认识他，都是他那头的。所有人都相信温，就像他们相信我父亲。我只是个精神分裂症患者，只是个抹黑家族名誉的瘾君子妹妹。"

　　"你可以请个律师，把他告上法庭。"

　　现在不是谈论我即将到来的三十岁生日、红渡鸦和金粉或忍冬花女孩的时候。也许一切都是真的，也许除了有个自大狂哥哥之外，还有其他东西注定了我即将到来的厄运。

　　但是，这些现在都不重要。它们不会改变一个事实：为了隐瞒我家的秘密，我哥哥不顾一切地要把我关起来，甚至不惜杀掉我。我想获得自由，就必须在

他对我下手之前找出真相。

"我现在没法把一切解释清楚。"我压低声音说。"但请你相信我。我们的家族历史里有一些可怕的秘密，温决心要隐瞒它们。等他发现他的妻子今天把事情搞砸了，估计会勃然大怒。下一次，肯定会有下一次，他就会亲自来找我，而我没有任何办法阻止他。"

一个医生，我的医生，穿过前门大步走进楼里，在前台停下。她对接待员说了些什么，然后把一只胳膊肘支在柜台上。她的目光扫过我们，我抬起手打了个招呼，贝丝在我身旁坐直，用手抚平她的罩衣。

"感谢你和我分享这些信息，"她佯装着，大声说道。"我会看看能做些什么。"然后她站起来，从前门离开了。

第三十二章

1937 年 10 月

亚拉巴马州，西比尔山谷

豪厄尔从复兴活动回家的路上一言不发，手放在金恩的背上。沃尔特和科莉阴沉地跟在爸妈身后。

四个人沿着教堂外的碎石路往前走，经过饲料店、杂货店和消防站。经过通往校舍的岔路口时，金恩屏住了呼吸。她的血液涌动得厉害，脑袋里仿佛都能听到血流声。她继续往前走，穿过镇子，踏上那条通往小木屋的长满蕨类植物的小路。

走到前门廊，豪厄尔一下子坐进一把摇椅里。他凝视着黑暗，一缕金发落进了他的眼睛里。

金恩赶沃尔特和科莉进屋："上床睡觉。"

他们照做了。至少她一开始是这么以为的，直到沃尔特几分钟后再次出现，胸前端着她父亲的那把点22步枪，像一个冷酷的小战士。

男孩看着他的父亲。"这是不对的。不该让他那样的人来这里，趾高气扬地告诉我们该怎么做。我们不该任由他这样羞辱我们。"

豪厄尔一下子站了起来。

"回屋里去，沃尔特，"金恩赶在豪厄尔对儿子动手前迅速说。"把枪放回柜子里。"

沃尔特完全置若罔闻，紧紧盯着父亲的脸。过了很长时间。豪厄尔开口了。

"去吧，孩子。"他的声音听起来虚弱无力。

沃尔特转过身进了屋，豪厄尔重新坐在摇椅上。金恩用一只手扶着门柱。

"他为什么拿着爸爸的枪？"她终于问道。

"弗农交给他的。他觉得是时候了，孩子已经长大了。"

他们没有争论。然而金恩却不知为何有种感觉，时间就像春天冰雪消融后的河流般加快了速度。一切都发生得太快，快得不应该。她想知道汤姆和威利是不是还在学校等着，盼着她去。她想知道她和汤姆还有没有机会。

但她不应该去想那件事。

上帝已经创造了一个奇迹，让豪厄尔改过自新了。

她脱下毛衣，扔在另一把摇椅上，一只手搭在胸

前。夜色温软，这是一个如天鹅绒般柔和的秋夜，她从未感受过如此的温暖。微风轻抚她的脖颈之间。

"你对他说什么了？"金恩问。"对贾洛德神父？"

他叹了口气。"我说我一直是个软弱的男人。一个糟糕的丈夫。"他的声音有点颤抖，让她有一种奇怪的感觉——她觉得前方好像什么东西，一个巨大可怕的东西，在等待着吞没他们。"我说了自己打你的事。"

"嗯！"金恩说。

他沉默了一会儿。"我没有把一切都告诉他。我没告诉他最糟糕的部分。"他凝视着黑暗，仿佛能看到那里的什么东西似的。"我对你不够强硬，金恩，没有做一个丈夫该做的事。我让你为所欲为，没有采取行动阻止你。"

金恩感到脚下的门廊仿佛在倾斜。她抓住了门柱。

"你爸爸警告过我。他和你妈妈之间也有过类似的事，所以他很清楚。可是我没听他的。"她继续沉默。"你打算带着钱，和汤姆·斯托克私奔，对吧？"

她的脸涨得又红又烫，然后又变得冰凉。"谁说的？"

"这不重要，金恩。你爸爸不希望这种丑闻让家族蒙羞。"他低声说。"最重要的是，我不能容忍这种事发生。我必须尽一个男人和丈夫的责任。"

他站起身。他们两个脸对着脸，但他似乎比她高很多。

"我告诉贾洛德神父和上帝，我发誓要当一个更好的丈夫，这就是我的目标。我要为这个家做正确的事，金恩。所以，明天早上你就会被送到普理查德。"

上床之前，豪厄尔去屋子后面洗漱的时候，金恩从前门溜了出去。她飞快地穿过庭院，蹬蹬地跑进地下室，拿上了最后一瓶忍冬花酒。她不想把它留下来让豪厄尔砸碎。

从传教士召唤信众上台到现在已经过了一段时间。至少一个小时。但也许汤姆还在学校里。她把酒瓶抱在胸前奔跑，耳朵里能听到自己不均匀的喘气声。她拐进校园，那里空无一人。汤姆和威利都已经走了。

她呆立在黑暗中。

现在她只能沿着老陵园路往回跑，要去汤姆家得先经过那条通往她家小木屋的小路。可是那时豪厄尔一定已经收拾好了她去普理查德的行李，在那个路口等她了。

她还能做什么呢？

她绕着学校的边上往前走，眼前的一幕差点把她吓晕。一个身穿白衣的女人慵懒地靠在台阶的金属栏杆上，正在抽烟。

"老天爷！"金恩气喘吁吁地说。

"嗨，"那个女人说。"这么晚了，你在这儿做什么？"

金恩往前走了一步，整个人就沐浴在月光里了。那个女人是多芙·贾洛德，传道者的妻子。现在离得近了，金恩看出她只是个十几岁的女孩。最多十七八岁。

"我……只是出来散散步。"金恩说。

"我也是。"多芙笑了笑，深吸了一口烟。"你丈夫感觉如何？"

"哦，挺好的，我猜。"

"圣灵会给人定各种罪，让人筋疲力尽。"她从红唇间吐出一团烟雾。"他的大秘密是什么？他在查塔努加找了个妓女？他是个基佬？你知道吗，在芝加哥的'喧嚣'俱乐部，男人们会穿着法国丝绸浴衣共舞。"

金恩不知该对关于基佬或妓女或浴袍的话题说些什么，她根本不太清楚它们的含义。她得走了。这儿离汤姆家还很远，豪厄尔可能已经起床在找她了。

"你拿的是什么？"多芙问，朝那瓶酒点点头。

金恩低头看了一眼。她已经忘记了自己拿着它。

"给我看看。"

金恩把酒瓶递给她。

多芙仔细看了看商标。"忍冬花，唔，我猜你叫金恩？"

金恩点了点头。"金恩·伍滕。"

多芙对她笑了笑。"我是多芙·贾洛德。让我尝尝这酒。"她拧开瓶盖，把瓶口伸进嘴里。"喔，真好喝，伍滕太太。你很有天赋，这酒真的是用忍冬花做的吗？”

　　“是的。”她清了清嗓子。“好了，很抱歉，但我必须走了。”

　　“你去哪儿？”

　　金恩用脚尖踩着泥土。

　　“我明白了。”多芙笑了笑。“你不想说。不过这倒让我好奇极了。好奇极了。你丈夫知道你在哪儿吗？”

　　金恩没有回答。

　　“唔。要我说……不，他不知道。”

　　金恩意识到自己的手在颤抖。她把它们在身后握住。

　　多芙笑了笑。“你们俩之间有问题，对吧？”她又喝了一小口，眯起眼睛看着金恩，仿佛在研究什么。“别不好意思，我早就看出来了，在布道的时候。只要看一眼你们俩就知道了。我就是随便猜猜，不过要我说……你已经受够了他到处拈花惹草，终于决定在今晚逃走。和另一个男人一起，对吧？你来这儿是为了和那个男人见面？”

　　金恩目瞪口呆。“你怎么知道的？”

　　多芙睁大了眼睛。“我一直有这个本事。”

　　“怎么回事？”

　　“圣灵的见证。”多芙弹了一下烟灰。“虽然不关我的事，不过如果我是你，我不会去找那个男人，今晚不会。”她又吸了一口香烟，吐出一团烟雾。“他

不在这儿，说明他可能改了主意，也有可能是出了什么问题。不管哪种情况都不好。"

金恩感到她的脸在变热。圣灵看来并不介意透露人们的秘密。她不知道圣灵有没有告诉她普理查德的事。想到这里，她的脸上火辣辣的。

"如果我是你，"多芙继续说。"我是在严格的假设意义上说这话的，因为我没干过这样的事——我会先等着事态稍微平息一些，然后再试一次。"

"我不能回家。"金恩说。

"噢，夜里一个人跑掉可不是好办法。拿着一瓶酒站在校园里，让你看起来像犯下了该罚入地狱的罪。"

地狱这个词让金恩呆住了。

多芙离开栏杆边。"巧的很，我自己正好要出去干一件差事。如果你愿意一起来，我完全不介意。"

金恩看看路，又看看多芙。她说得对。汤姆会等她的，她知道。他爱她。她要先等豪厄尔那边平息下来，再和汤姆制定一个新计划。

"怎么样？"多芙说。"如果有人说你想逃跑，我就为你做保，说你和我一起去为主效劳了。"

"我们去哪儿？"

"问得好。"她闭上眼睛。吸一口气。"我想想……上山吧。走这条路。"她指了指学校的后面。

金恩意识到自己的心跳慢了下来，颤抖也消失了。

"你要去做什么差事？"她问。她发现自己是真的想知道。

可多芙只是耸了耸肩。"这就是有趣之处了。每次我只有到了那儿才能知道。"

她们走着穿过校园，沿着山间小路往上走，进入茂密的树林，经过汤姆给她看那头死去的小牛犊的地方。最后她们走出树林，来到山腰处一片开阔的山坡。泥泞湿滑的地面上布满了参差不齐的树桩，木材公司到过这里，伐倒树木，把原木滑到下面的河边。

"谁住在那栋房子里？"多芙指着下一个山头，月光照在那边一栋小木屋上，屋旁围着一圈木桩。

"蒂皮特一家。"金恩说。

"他们家有个女儿。"多芙的真丝裙子在山坡的映衬下闪闪发光。她就像是这片山脊上的一个鬼魂，出没于树木之间。

"最小的是女孩，"金恩说。"弗妮。"

蒂皮特家的房子看起来很寒酸，一个用碎木板拼起来的简陋小木屋，木板都快烂穿了，而且永远显得潮乎乎的。多芙一下子跳过门前塌陷的台阶，敲了敲门。门开了，是蒂皮特先生，一个骨瘦如柴的男人，因为多年喝私酿酒，也因为勉强住在潮湿的山里，他的脸色蜡黄。

"晚上好，先生。"多芙清脆的声音在夜色中响起。"我来看您的女儿。"

站在台阶下面的金恩有些畏缩。所有人都知道蒂

皮特家参与了一些坏事，也知道这家的几个脸色苍白的儿子中，有一个曾拿着小斧头威胁过护林员。她很确定多芙会惹恼蒂皮特先生，可他只是面无表情地盯着她。

"我是查尔斯·贾洛德的妻子，"她说。"今晚您没去参加集会。"

金恩的心在肋骨间狂跳着。蒂皮特先生是否已经听说了豪厄尔要送她去普理查德的事？他知道她的丈夫正在到处找她吗？

"哦……"蒂皮特先生身子稍微动了一下，低头看着多芙，打量着她的裙子、口红和头发。

"你知道查尔斯·贾洛德吧？那个福音传教士。"

"我听说过他。"

"我知道，如果不是因为你女儿，你今晚也会和其他人一起去的。她很难管教，对吧？又倔又懒？"

金恩觉得她在多芙的声音中听出了一丝鼻音。或许这是她讨好人的一种方式——用对方的腔调说话。

"有人说了什么闲话吗？"蒂皮特先生的目光落在了金恩身上。她又往下缩了一点，希望地上的阴影能把她吞进去。

"噢，没有，"多芙说。"我自己知道的。"她指了指上面，蒂皮特先生顺着她的手指，看到向外伸出的潮湿的屋顶。"如果您让我进去，我可以告诉她上主的话，让她立刻改过自新。"

"她不会听你的，"蒂皮特先生说。"她很倔。"

　　金恩感到一丝恐惧在她体内蔓延。她在想能不能转身逃跑，让自己被漆黑的大山吞没。可她还没来得及继续往下想，多芙就示意她跟过去。

　　多芙建议蒂皮特先生留在门廊里，他像羔羊般温顺地遵从了。那个女孩不会超过十四岁，在这栋房子深处的卧室里，她的身子弯成新月形，躺在一张狭窄的铁床上，手里拿着一条打结的被汗水浸湿的手帕。两个女人进屋的时候，她抬起头看了看多芙。她的脸紧紧皱着，金恩立刻认出了这个表情。

　　"金恩？"她紧咬着牙齿说。

　　"嗨，弗妮。"

　　"我是金恩的朋友，"多芙说完坐在床上弗妮的身边，但留神不会挤到她。"掉下来了吗？"

　　"没有。你怎么会——？"

　　"多长时间了？"

　　"已经流了七天血了。"女孩迅速看了一眼金恩，又不解地看看多芙。"我告诉爸爸，是女人常来的那种麻烦事，他喊你们来的吗？"

　　"不是。他不知道孩子的事，以后也不会知道，我向你保证，"多芙说。"我能把手放在你身上吗？"多芙问，女孩点了点头。"金恩，过来。"多芙说。金恩跪在床边，正对着女孩的头。"手放在她身上。"金恩把手指尖搭在女孩的细胳膊上。"不对，"金恩说。"放在她的胃那儿。"金恩的手指向下滑，直到摸到弗妮平坦的胃部。女孩痛苦地皱了皱眉。

　　弗妮盯着多芙的眼睛。"我本来不想要这个孩子。"她飞快地瞥了一眼金恩。"可我改主意了。她是怎么来的并不重要，对吧？"

　　金恩摇了摇头。

　　"我觉得有个小女孩会很好。"

　　"噢，愿上帝保佑你如愿以偿，让你有一个自己的女儿，"多芙说。"我会尽力，不过此事也不是我说了算。"

　　她把手放在弗妮的胃部，紧挨着金恩的手。那里在微微颤抖，热得像个火炉。事实上，仿佛有一股股热浪从多芙坐的地方散发出来。多芙开始低声说话，金恩听不清她在说什么。她觉得自己的身体在摇晃，小木屋的墙消失了，光穿透了她的皮肤和骨头。她仿佛漂浮在空中，多芙的吟唱以及光和热在下面托着她。

　　然后，她感到一阵热流震动着通过她的身体，让她的胳膊和腿感到刺痛。她的头皮发麻，胳膊上起了鸡皮疙瘩。她睁开眼。弗妮的面部松弛了，身体也在床单上舒展开来。那条手帕放在她身边。金恩认出了上面精致的刺绣和用金色细线绣的首字母。VA。弗农·奥尔福德。

　　她咽了一下口水，转过身去找多芙。女人的眼睛已经变得无神。

　　"行了吗？"金恩轻声问。

　　多芙从床边滑下去，抚平了她的头发。"我觉得行了。"

金恩艰难地站起来。"可是，如果她——"

"我们已经做了我们能做的。"她朝弗妮俯下身，在她耳边轻声说了些什么，然后转过身对金恩说："该走了。"

"你对她说了什么？"

"我告诉她不要说出孩子爸爸的名字。绝对不要说。"

这天晚上第二次，多芙拉住了金恩的手，这次金恩也紧紧地回握住它。除了小科莉，还没有人这么长时间地握过她的手，这让她的幸福之情仿佛要满溢出来。让她想大声喊叫。

她们回到门廊时，蒂皮特先生站了起来，可多芙甚至没有对他说晚安。她们迈着轻盈的脚步经过他身边，手拉手走下门前的台阶，踏上下面那片泥泞的、布满树桩的山坡。

第三十三章

第二天早晨，一个身材高大、留着络腮胡子的勤杂工把脑袋探进我的房间。

"你有访客，在公共活动室。"他说。

看到杰伊的刹那，我在门口停了下来。他背对我站着，穿着卡其布裤子和挺括的蓝色双扣领衬衫。他的头发是湿的，双手插在口袋里。

几个病人在房间的另一边玩让人恼火的"饥饿的河马"游戏，像一群小孩似的使劲儿敲打操作杆，整个房间充斥着咔哒咔哒的声音，让我直头疼。杰伊正在注意一个小便失禁的人——坐在电视机下面那个叫梅尔瓦的老妇人，她已经尿完了，正趴在轮椅的扶手上，看着在椅子下面积起来的黄色的一摊。

我盯着他的后脑勺，着迷地看着他梳向脑后、用梳子齿做出纹理的蜂蜜色头发。一个奇迹般的完美雕塑。

孩子会不会遗传他的头发？

我们还会再做爱吗？

他还在和温勾结吗？

"探视时间到晚上八点。"我身后的护士说，杰伊转过了身。他的眼睛一下子亮了——棕色的，温暖的眼睛——我真想径直扑到他怀里，把脸埋在他的胸口，闻他身上的香味，告诉他我爱他，想永远和他在一起。我忍住了这种冲动。

"嗨！"我说。

他的神情坦率，眼睛一如既往地温柔。我能看到他的脖子上的青筋在悸动。我想把嘴唇贴在那个地方。想揍他，狠狠揍他一顿。

"嗨。"他说。

"嗨。"

省掉寒暄吧，我想。速战速决。

"你的车没了，"我说。"他们扣押了它。"

"你和我的车发生了什么了？"他对我闪过一个笑容，但我没有回应。"别担心。我可以开我妈的车。"

"好吧。嗯，不管怎样，我要再说一声抱歉。"

他用一只手紧张地捋了一下头发。

"我以为你不会见我，"他说。"但是那个女人——贝丝——她说你一定会。"

"她还说了什么吗？"

"只说我应该尽快过来。"

我试着将注意力放在呼吸上，身子保持挺直。我还有事情要做。

"我们坐下说吧。"他说。

"我站着就好。"

他看到了一直延伸到我下巴的青紫色淤痕。

"发生什么事了？"

"不如你来告诉我？"

他皱了皱眉。"我不明白这话是什么意思。"

"温干的。"

他睁大了眼睛。

"什么？他没告诉你吗？他不会把每一步行动都告诉他的走狗吗？"

他的脸红了。"告诉我发生了什么。"

"我当时正要去见特丽·伍滕和特蕾西·伍滕。显然，罗一直在跟踪我，他把我交到了温手上。温把我带到了普理查德老楼里的一间病房，逼我吃下了一瓶药。"

"我要杀了他，"他咬牙切齿地说。"我要杀了他们俩。"

"我感谢你的好意，不过如果不是因为你，他们也找不到我。所以，听着，去你妈的。"

他看着我，脸上显出一种愧疚得要命的表情，那天我在饭馆门口逃离他和温的时候，他的表情和现在一模一样。

"我没告诉他们你在哪儿，"他说。"没告诉温，也没告诉罗，我发誓。我自己都不知道你在哪儿。"

"用你的车子的远程访问功能也不行吗？"

"不行。"

"可是在伯明翰的那家餐厅，你给我设了个圈套。"

"是的……"

"你告诉温我会出现。"

"温说他想帮你，我相信了他。我是个白痴。我不知道他在计划什么，当我看到你的脸色时就意识到自己做错了。所以我放开了手，再也没有去打扰你。温和罗自己追查到了你的下落。"

我感到字词、语句和段落在飞快地繁殖，快得让我觉得它们就要顺着我的喉咙往上涌，在我来不及阻止时就从我嘴里喷出来。但我不能让那种事发生，我必须小心一点，聪明一点。

"告诉我一件事。"我说。

"什么都行。"

我清了清嗓子。"那天晚上在我父亲的聚会上……你为什么会去空地找我？"

　　他的脸又红了，我感到一阵恐惧刺痛我的胸膛。

　　"他说你需要朋友。"

　　"谁说？"

　　"温。"他的脸从粉色变成了深红色。"他让我去和你待在一起。让你不去想你爸爸的病……还有你在过去一年里经历的其他事。"

　　"交换条件是什么？"

　　他沉默着。

　　"是什么，杰伊？"

　　"一份工作。等他当选之后。"

　　"去你妈的。"

　　"我拒绝了他，阿西娅。"他低头看着自己握在一起的双手。"我告诉他，和你待在一起不需要任何条件。我自己想那么做。"

　　我好不容易忍住了没翻白眼。

　　他脸上的红色渐渐褪去，用一种强烈到让我不安的眼神注视着我。"你必须相信我，阿西娅。和你在一起的感觉很好，真的很好。让我想自己振作起来。但是从某种意义上说，这是自私的。我现在明白了，我很抱歉。"

　　"你知道他在计划一些事。你安排他和我在餐厅见面的时候，就知道他想把我关起来。"

　　"我知道，我知道。但是我们在一起的时候，他一直在给我打电话，阿西娅，他发誓说他想帮你，想照顾你。我没有完全相信，可我以为我能让他妥协。

我在餐厅时打算和他做笔交易。我打算为他的竞选活动出资，那样他或许就会同意让我带你远走高飞。我当时不知道自己对付的是怎样的人，我没有看出真相——他想伤害你，狠狠地伤害你。你是正常的，他才是疯子。"

"可你却不能把这个计划告诉我？"

"如果我告诉了你我的计划，告诉你，温让我和你待在一起，而我打算和他讨价还价，你会立刻离我而去。"

"也许我不会。"

杰伊看了我一眼，表示他知道我在撒谎。

"你为什么不能对我说实话？"我问。

他咽了一下口水。"他在派对上对我说，我是唯一能和你沟通的人。他说我和你相识已久，而且从未伤害过你。我不想破坏这种关系。我担心你。他说你病了。"

"我是病了。那些药和酒精，还有发生在我母亲身上的事……这一切让我发了疯。很多年来我一直有幻觉，你不知道吧？手上的金粉，红色的鸟……"我的声音越来越小。

他皱起了额头。

"这个玩意……"我说。"我摆脱不掉。我想相信它是药物造成的，可直到现在它还会时不时出现。我有疯狂的幻觉。"

"压力有时候会造成奇怪的后果。"

"让你在二十五年里反复产生一模一样的幻觉吗？"

他沉默了很久。

"我怀孕了，"我终于打破了沉默。他吃惊地张大了嘴。我用更大的声音说。"我要有孩子了。"

这是我第一次大声说出来。

我要当妈妈了。他孩子的妈妈。

我等待着，准备面对他退缩的那一刻带来的失望。让自己面无表情。如果杰伊被我刚才扔下的这颗炸弹吓到，立刻站起来走出这栋大楼，我也不会惊讶。

"对不起，我……"他用手抚摸着嘴唇。"你……"

"什么？"我用两只手捂住胃部，仿佛这样就能保护这个孩子不被杰伊接下来要说的话伤害到。

"真是让人惊讶，"他说。"没别的意思。我想……我想我要对你说声恭喜。"

"好吧，谢谢，"我慢慢地说。"也恭喜你。"

他睁大了眼睛，用拇指摸了几下鼻子，用力吸气，然后抬头看着天花板。

"杰伊？"

他没有回答。

"杰伊，说话。"

他垂下目光，注视着我的眼睛。他看起来很害怕，可以说完全吓坏了，我的心跳开始加速。

"你确定吗？"他问。

我点了点头。"绝对。毫无疑问。孩子是你的。"

他点了点头。又抽了几下鼻子。"好的，"他说。"好的。"

"所以呢？"我说。

"嗯！"他说。

我叹了一口气。闭上了眼。

"你觉得怎么样……各方面？"他说。

"我也不太清楚。温给我吃了药，"我说。"很多药。"

"别去想了，"他说。"不会有事的。"

我突然觉得他会是一个很好的父亲。沉稳。让人安心。如果我让他重回我的生活。原谅他和温勾结的事。

离我生日还有两天。两天。我愿意一个人面对自己的三十岁生日吗？没有杰伊在身边？我想象着自己醒来，笼罩在一片精神分裂症的乌云之下。变得疯狂，甚至到了想自杀的程度。我想象忍冬花女孩追到医院来，逼我面对一些可怕的现实，甚至还有大山里的邪恶咒语，以及她用来逼疯特里克茜和科莉的其他手段。

我不知道会发生什么，尽管游戏已经接近尾声。现在这一团乱麻中又多了个孩子。我不想独自面对，但我不知道能不能信任杰伊。不过至少有一件事我很清楚。

"如果我出了什么事，"我说，"你一定要照顾她。答应我好吗？"

"我答应你，阿西娅，"他说。"她不会有事的。你也不会。我也会照顾你的，如果你允许。"

我叹了口气。"我不知道，杰伊。我真的不知道。"

"好吧。我理解。"

他拿起我的手，放在他自己的手上。然后他的手反过来握住了我的。我感受到了他皮肤的温度，手指的压力，还有别的什么——一张折起来的纸被压在了我们的掌心之间。

"你不必相信我，"他说。"或者爱我。"

我弯曲手指握住那张纸。

他俯过身，在我耳边轻声说。"但你可以利用我的通行证。"

四十五分钟后，我们已经在伍滕家的门外，但是正如我担心的那样，那辆宝马车已经不见了。那支枪大概也是。接着我们又去了我曾经住过的那家旅馆。我和前台的女人谈了谈。幸运的是，他们把我的东西装箱，放到了里面的屋子。

"有人来过。想让我们把你的东西交给他。"她取来了东西。"我不喜欢他的样子。我说必须有你的许可才行。"

我对她表示感谢，把箱子拿到车里。取出雪茄盒，打开盖子，东西都在。我用手抚摸着发夹。那只牙雕小鸟振翅欲飞。

鸟。

罗说过，和我妈妈见面的那个女人的名字是一种鸟名。

我们迅速买了一些补给品——干净的衣服，还有一个新电话，用来替代温拿走的那个——然后我在地图上找到了西比尔山谷，我们就动身了。我们向北开，来到山脉中的第一座山，位于亚拉巴马州的阿巴拉契亚山脉脚下。布鲁德山草木繁茂，呈穹顶形，漫山覆盖着绿色，即使在夏天，这里也比本州其他地方凉快十度。将近中午，我们来到了一家位于山边的家庭式旅馆，一栋布局凌乱的屋顶盖木瓦板的房子。杰伊办理了入住手续，我立刻在一张盖着床罩的大床上睡着了。醒来时房间里只有我一个人，壁炉里有一小簇鲜明的火苗在假木柴之间劈啪作响。

接下来的半小时，我一直在卫生间里呕吐。当我终于缓过来，洗过澡、刷过牙之后，杰伊放下了一直在翻看的那本杂志。

"好些了吗？"我点了点头，重新陷进了床里。他指了指床头柜。"我给你拿来了茶。薄荷茶。这里的老板娘说它能缓解晨吐。"

我喝了一小口茶，然后打开雪茄盒，拿出那张酒标。我把它在面前的床上展平。"汤姆·斯托克，老陵园路。"我念出上面的字。"完全不知道这个人是谁。"

"不是忍冬花女孩，很显然，"杰伊说。"不过也许他知道她是谁。"

"他大概早就死了。如果这是金恩写的，应该是20世纪30年代的时候。"

"这里的老板娘说这座山谷里有许多姓斯托克的人。"

我坐起来。"她这么说？"

"也许我们在这里能找到认识他的人，比如他的家属？"

我没有说话。

"你打算去找吗？"他问。

"我只有两天了。只能这么干了。"

他叹了口气。"你不会有事的，阿西娅。"

我没有接话。我可没这么确定。

"如果你是担心温，我们现在依然可以离开。去你想去的任何地方，多远都行。但是不会有什么神秘的坏事发生，我发誓。"

我放下马克杯。"我很感激你说的这些话。真的。但我现在不能放弃。我必须弄清。如果我的精神不稳定，如果我在生日那天精神崩溃，我需要你在我身边帮助我。保护孩子的安全。如果我发现另有隐情——我的家族历史里有些非常糟糕的事，而温想要阻止我……把它公之于众……"

他盯着我，眼睛一眨不眨。

"那我们就更需要彼此了。"我终于说完了。

他使劲往后一靠。"天啊，我们究竟在追查什么？"

"我不知道。但是温随时会发现我逃出了医院——也许已经发现了——然后就会来追我。我现在不能停下。我必须查明金恩身上发生了什么，越快越好。"

他指了指我面前的床罩上的酒标。"那我们就从它开始吧。"

第三十四章

2012 年 9 月 28 日，星期五
亚拉巴马州，西比尔山谷

　　老陵园路果然名副其实，一条半铺过的路沿着山坡蜿蜒而上，途中经过一个长满苔藓的老陵园。我觉得自己从车里看到了一个表面剥落的墓碑，上面刻着伍滕的字样。这个景象让我全身一凛。

　　家庭旅馆的女主人告诉我们，姓斯托克的人住在山腰的四分之三的地方，那里有一栋古老却很干净的意大利式两层砖楼，俯瞰着本地区最好的几百亩牧草和农田。据她说，汤姆·斯托克的父亲是一个精明的商人和实业家，19 世纪末他在佐治亚州挖到了金矿，后来在亚拉巴马的这片土地定居，指导他的孩子们

活跃于风云诡谲的股票市场。他们显然都积累了很多
财富，其中也包括汤姆。他们大部分人发迹之后就搬
去了附近的城市——伯明翰或查塔努加——但是汤姆
留在了山里，还有他的儿子威廉，他已经将近八十
岁了。

女主人告诉我们，西比尔山谷的人都认识威
廉·斯托克。他在过去的几十年中多次当选镇长，把
镇子建成了一个旅游胜地。游客们来这里参加苹果采
摘节、书展或葡萄酒品酒会。他还建了一个古雅的乡
村餐厅，一个音乐演出场地，一家瑞士小木屋风格的
酒店。不过这几年他大部分时间都在照管自己的几头
牛，钓鱼。

我们把车停在斯托克家门前的砾石停车道上。
他正在门廊吃晚饭。他放下手中的报纸，摘下眼镜，
看着我们下车。威廉·斯托克虽然很有钱，却依然
是山里人的样子，我听说这些人对陌生人的态度比
一般小镇居民更加疑神疑鬼。我走到门廊的台阶处，
抬手对他打了个招呼。

"斯托克先生？"我感到自己在发抖，于是把两
只手握在了一起。"我是阿西娅·贝尔，从莫比尔市来。
这是我的朋友杰伊·谢拉米。"

"你们好，"他冷冷地看着我们俩。"有什么我
可以帮忙的吗？"

"我们到镇上来是想弄清一些关于我曾外祖母
的情况。她很久以前住在这儿，我想，你也许能告诉

我们一些关于她的事。"

"有可能。她姓什么？"

"伍滕。"

"这里有很多姓伍滕的。她叫什么名字？"

"金恩。我不太清楚她的娘家姓是什么。"

他放下了报纸。"奥尔福德，"他说。"她嫁给豪厄尔·伍滕以前的名字是金恩·奥尔福德。"他站起来，绕过桌子走下台阶。他把眼睛重新架在鼻子上，更仔细地看了看我。"你说，你是她的曾外孙女？"

我点了点头，心怦怦直跳。"你认识她吗？"

"我认识她的儿子沃尔特。"他还在看着我。"那时我还小，他比我大几岁。我父亲和金恩很熟。"

中大奖了。

"我想查明她身上发生了什么。"我说。

"什么意思？"

"查明她是怎么死的。"

他没有畏缩。"我对此一无所知。"

"我听说她挺出名的。关于这件事，你父亲或许对你提起过什么？"

"没有。至少对我没有。"

"你从其他人那里听说过什么吗？比如一些传言？"

"据我所知，伍滕一家是虔诚的基督徒，他们去浸礼会的教堂做礼拜，豪厄尔从没说过她妻子的坏话。"

"他为什么要说她的坏话？因为这个吗？"我举起了那张酒标，他挺直了身子。

"是的。金恩自己酿酒并出售。这有一点……不寻常。"

"你是说违法？"

"擦边球。当时本州刚刚宣布贩卖酒类合法——比全国的其他地方晚四年——但是必须有政府的严格监管。我很确定金恩的酒没有得到政府的正式许可。这里的人一向喜欢按自己的方式做事。她可能给家里人带来了一些麻烦。"他犹豫了一刹那。"还有一件事。人们说她和她丈夫因为卖酒的事闹翻了。还说她离开了他。"

"为了另一个男人？"

他的眼中一闪。"有人那么说。我一直觉得不是。"

我把酒标翻过来，举起来给他看。他调整眼镜，读出上面写的字。

"好，我会去。"他轻声念道。

"金恩是不是和你父亲私奔了，斯托克先生？"我说。

我觉得我看到他的脸红了，他低下了头，挠着下巴。"不是的，他是个鳏夫——我母亲在我出生后不久就去世了——他一直没有再婚。我们离开过镇子，去佐治亚待了一段时间……但只有我们两个，没有别人。而且是在金恩离开以后。几年后我们又搬回来了，我父亲就死在这里，1991 年。"

我决定对威廉·斯托克挑明一切。"金恩的女儿科莉多年来一直留着这张写着你父亲名字的酒标。我猜是因为金恩希望她去找他。我听说金恩在三十岁的时候出了事——精神崩溃，或是出了某种心理问题——然后就消失了。我一直在想她会不会是被送走了，送到普理查德医院。"

他没有点头，也没有显出惊讶，脸上毫无表情。

我继续说。"科莉身上也发生了同样的事。"

他的眼中又是一闪。"我认识科莉。"

"哦，她在三十岁时也精神崩溃了，最后死在了普理查德医院。科莉的女儿，就是我母亲，也是如此。说来奇怪，也是三十岁。虽然我不能证明，可我很确定我父亲把她关进了精神病院。她也像另外两个人一样，死得不明不白。"

他盯着我看了很久，我开始想，他是不是觉得我疯了，正在盘算如何从谈话中脱身。

"所以你是说，"他终于开口说道，"你认为同样的事会发生在你身上？"

"是的，可以说我很担心。"

"我猜你快到三十岁了……"

"还有两天。"

他又点了点头，然后移开了目光，双臂抱在胸前，抱得那么紧，简直像一种自我保护。他的目光投向田地，那里有几头母牛在低头吃着什么——然后他开口说了话。

"我知道一些关于金恩·伍滕和我父亲的事情。"他嘴角的皱纹加深了，眼神也变得黯然。"但我一直认为不该把它们告诉别人。我父亲是个非常注重隐私的人。"

"求求你，"我说。"我无意破坏任何人的名誉，只想知道关于我曾外祖母的真相。"

他挠了挠脸颊，望着远处属于他的田地。"这里的人最后一次见到金恩·伍滕，是在教堂复兴活动的那一晚，那时来了一位巡回传教士，整个镇子都在谈论这件事。那天晚上所有人都去参加了礼拜。只有我们没去。我父亲……唔，他那天晚上看起来心神不宁。"

他闭上了嘴，但我觉得也许还有更多。

"你不记得别的了吗？"

"嗯。有人说她和牧师私奔了。"

"你觉得是这样吗？"

他在犹豫。

"你不能把一切都告诉我，对吧。"

他对我苦笑了一下，然后摇了摇头。"她没有和牧师私奔。"

我拿出酒标递给他。"据我所知，科莉从未联系过你父亲。你知道金恩为什么想让她去找他吗？"

"天啊！"他猛地摘下眼镜，揉了揉眼镜。"真不敢相信，我……我差点忘了。"他看着我。"我有一样东西要给你。稍等一下可以吗？"

他进了屋。那扇闪着白光装饰着华丽纹章的大门在他身后关上了。杰伊和我对看了一眼，默默等待着。过了几分钟，他回来时拿着一个蓝色丝绸做的小零钱包，银质的卡扣已经变得黯淡。

他把它递给我。我打开，拿出厚厚的一沓古董钞票。

威廉·斯托克清了清嗓子。"父亲去世前对我说了一些金恩的事。关于他们的友谊。我很确定这些事他从没告诉过其他人。他是个值得尊敬的人，贝尔小姐，一个好人。金恩请他保管这五十美元。为了科莉。但她一直没有来拿。"

微风吹得那沓钞票在我手中翻飞。为了小女儿藏起五十美元。这里面有些东西让人很感伤。

"我想它现在归你了。"他调整了一下眼镜。"那时候，这可是一大笔钱，现在这种古董钞票也挺值钱。"

"我不知该说什么。"我对他笑了笑。"我是说，谢谢。"

他点了点头。"金恩·伍滕没有离家出走，也没有和牧师私奔。"他的声音在颤抖。"我不知道那天晚上她究竟出了什么事，但我可以告诉你，她不会离开这个镇子。她爱我父亲，他也爱她。"

"斯托克先生——"

但是谈话显然已经结束，他对我们点了点头，就转过身踏上了门廊的台阶，留下吃了一半的晚饭。

第三十五章

2012 年 9 月 28 日，星期五
亚拉巴马州，西比尔山谷

威廉·斯托克说金恩和她的丈夫去浸礼会的教堂做礼拜。这并不算什么大线索，我也不知道自己能从中发现什么，但我决定就从那儿入手。

山谷里有三座浸礼会教堂（还有两座卫理公会教堂、一座社区圣经教堂，一个破旧不堪的路边棚屋，上面的标牌手写着"耶和华圣堂"的字样），我们选了看起来最古老的一座，就在从镇子出来的路边，一座传统的白色护墙板建筑，有绿色的屋顶和尖顶。

我们爬上磨损的台阶，走进荫凉昏暗的圣堂里。空气中有股霉味，还有柠檬香型碧丽珠的味道。两排光滑的木质长椅中间是一条铺着紫红色地毯的中央通道，前方有一个简洁的白色讲坛，上面画着一个金色的十字架。

从讲坛旁边局促的几扇门里，走出一个面色苍白、患有唐氏综合征的男人，笨拙地朝我们走过来。他留着一头厚重油腻的短发，穿一件绿色棒球夹克，上面绣着"鲍勃弟兄"几个字。

"你好，"杰伊招呼道。"我们到处看看可以吗？"

他停下来审视着我们。挠了挠脑袋。"你们有函件吗？"

"我们不是教友，是路过镇上的游客，"我说。"我们只想看看，如果可以的话。"

鲍勃弟兄点了点头。"拉里弟兄一会儿就来。"

"好的，"我说。"我们现在随便看看，如果可以的话。"

杰伊的手机发出蜂鸣声，在空荡荡的教堂里回响。

"教堂里不能打电话，"鲍勃弟兄说。"也不能听音乐或喝啤酒。"

杰伊把手机递给我，我快步跑向门厅，两扇厚重的木门在身后关上，在静悄悄的教堂里发出响亮的哐当声。

"喂？"

"阿西娅，我是普理查德的贝丝·巴恩斯。"我的呼吸哽住了。

"一切还好吗？你没有遇到麻烦吧？"

"没有，目前还没有。他们认为你会在熄灯前回来。只是……有人来医院找过你，一个女人，我想我应该给你打个电话。"

"谁？"

"她不肯说出名字，只说是你的家人。"

会不会又是莫莉·罗布？妈的。不对。莫莉·罗布第一次想把我劫走的时候，贝丝见过她。那是谁？

"她长什么样？"

"她来的时候我不在。一个实习生接待的她。"

"听着，贝丝，"我说。"你一定要告诉她或任何来找我的人，说你不知道我在哪儿——"

"阿西娅，"她说。"我确实不知道你在哪儿。"

"好的，"我说。"听我说，如果再有人来找我，你就说我……"我从两扇门之间的缝隙看了看杰伊，他正聚精会神地盯着墙上的照片。鲍勃弟兄在他身后转着圈。"说你认为我去了巴黎。和我的男朋友一起。"

"阿西娅。你应该回来。报警，把你哥哥做的事告诉警方。我会和你一起去，支持你。"

"我知道。我知道。我会的。只是……"我咬了咬嘴唇。"我必须先做一些事情。"

"好吧，祝你好运！"贝丝说完挂断了电话。我推开门回到圣堂里。

整面墙上挂满了一排排装在相框里的照片。很多，有黑白的也有彩色的，从楼座一直延伸到护墙板，都装在一模一样的廉价商店买的那种相框里。有一些模糊不清的照片,拍下了几十年间野餐、清仓义卖会、复兴活动和唱诗的情景,最古老的拍摄于三十年代。

"天啊,"我说,声音在一片寂静中回响。鲍勃弟兄瞪了我一眼,我把一根手指放在嘴唇上表示道歉。"对不起。"

我挥手示意杰伊来我这边。我面前的照片已经因多年日晒而褪色。我指着挂在坡屋顶下方的一组三张照片:第一张上,一群穿着汗衫的男人在一个巨大的白色帐篷前摆好姿势,第二张是晚上拍的,还是那个帐篷,挤满了人。

我指了指第三张照片,一张近距离特写。杰伊的眼睛睁大了。

三个人——两男一女,站在那个帐篷前面。女人是个骨骼纤细、面色苍白的美人,她的五官很精致,留着烫成波浪形的波波头,头侧向一边,我看到她的头发用一个形状别致的发夹固定在脑后一侧。照片虽然模糊,但那个发夹的形状看起来像是一只伸着翅膀的鸟。

可能真的是。

"是那个发夹?"我说。

杰伊揽住我的肩膀。"我不知道。也许。"

我看了看照片的底部,那里题了几个小字:戴利弟兄,查尔斯·贾洛德弟兄及夫人。

"查尔斯·贾洛德夫人。"我对杰伊念出了最后

一个名字。

杰伊已经在用手机搜索了。

"贾洛德弟兄 1937 年曾在这里布道，"一个声音在我们身后说。杰伊和我转过身。鲍勃弟兄正指着那张照片。"他来自弗吉尼亚州。和他在一起的这位是戴利弟兄，当时的本堂牧师。还有他的妻子，她叫多芙。多芙·戴维森·贾洛德。"

多芙。一种鸟名。①我的心脏跳得飞快。

"她是逃犯戴尔·戴维森的异母妹妹。不过有人说这是她瞎编的，谁知道呢。他们于 1937 年 10 月来到西比尔山谷，举行了一次疗愈复兴活动。"

杰伊和我惊讶地对视了一眼。

"你知道所有这些人是谁？"我问鲍勃弟兄。

他冲着那面墙挥了挥手。"我在这里干了十年了。我已经把他们都记住了。"他骄傲地说。

"听听这个，"杰伊念着手机上的内容。"1956年，查尔斯·贾洛德因癌症在圣地亚哥的家中去世，此后……"他停顿了一下，然后一字一句地念出下面的内容。"多芙·贾洛德回到亚拉巴马州定居至今。"

"骗人的吧。"我拿过他的手机。"真的这么写了？"

他俯过身子，和我一起看。"她住在这里吗？"他说。我看着那个穿绿夹克的男人。"多芙·贾洛德住在西比尔山谷吗？"

---

①多芙（dove）有"鸽子"之意。

"不是。不过她之前来看望过琼。我在镇上见过她一两次。她已经很老了，也许现在已经死了。"

我的心一沉，然后又开始跳起来。"你刚才说的琼，她姓什么？"

"琼·蒂皮特。她住在下面的溪边。"

"终于，"我说。我坐在一排长凳上，头向后一靠，觉得头晕眼花，还有点恶心。此时此地，终于出现了发夹可能的主人。多芙·贾洛德。或许她就是我的忍冬花女孩。或许。

正如鲍勃弟兄所说，琼·蒂皮特的家是一栋屋顶覆木瓦板的小木屋，坐落在一直延伸到溪边的页岩边坡上。下车时，我们听到溪水在屋后的某个地方流淌。我真希望自己能绕过小木屋前往水边。躲进树林里。或许我只是在害怕面对即将在小屋里找到的真相。

杰伊拉着我的手——我注意到他最近越来越经常这样做——我们一起沿着土路，朝那栋房子走去。院子里种满了多年生植物，用一座低矮的石头墙拦住。门和百叶窗都漆成了某种深紫色，窗台的花盆箱里摆满了大片盛开的鲜花。一个童话般的小木屋。

我敲了敲门。没人应答，屋里甚至没有传出任何响动。耳边只有蜜蜂在黄金菊周围飞舞时发出的嗡嗡声。我又敲了敲门，这次声音更大，以防琼有听力障碍。没有反应。我朝杰伊转过身，说道：

"她在家！"他点了点头，让我看窗台花盆箱下

方的前门廊地面上的一小摊水。"刚才还浇过花。"他朝院子里扫了一眼。一辆破旧的奥兹莫比尔[1]停在房子的另一侧。

"究竟怎么了?"我懊恼地低声叫道。"她为什么不开门?"我盯着杰伊的眼睛,感到自己一个月来一直在竭力阻止的恐惧感正向我蔓延过来。

我的信心在下滑。我将要面对自己的三十岁生日,就像特里克茜、科莉和金恩当初面对她们生日时那样——没有保护,处于弱势。我还没有找到路线图。事实上,前方的路看起来和"旅途"刚开始时一样危险,一样令人迷茫。

我把那个黄铜象牙发夹从雪茄盒里拿出来,放在琼·蒂皮特家门口的绿色塑料门垫上。最后的供奉。我们走回车旁,杰伊上车,头靠在座椅背上。我看了看身后,犹豫了一下,突然开始往回走。

"你要干什么?"他在我身后喊道。

我没有回答,而是跨上门前的台阶,开始用手掌使劲拍门,直到我觉得门铰链就要被我震掉了。杰伊下车朝我跑来,我双手握拳,继续砰砰砸下去。他碰了碰我的肩膀,但我扭身摆脱了他。

"开门,"我喊道。"让我们进去,该死,否则我就把你家的大门踢倒。"

"阿西娅,别这样。"

---

①奥兹莫比尔:美国第一个大量生产销售汽车的企业,以产中档车为主。

我继续砸门。

"住手！"他说。"住手！"他碰了碰我的胳膊，但我猛地躲开了。

"她就在里面，"我气喘吁吁地说。"我已经受够了这些臭狗屎了。她知道我们要来。这里是个小镇。我敢说斯托克给她打了电话。"我把手指伸进头发里，双手紧紧抓住头皮。"我不知道，杰伊。我不知道自己在这儿干吗。这太疯狂了……整件事。或许我该干脆忘掉一切。"

"好，就让我们——"

"我不能再这样继续下去了。我已经……我现在有其他要操心的事。"

"我们要去做必须做的事。我知道我以前是怎么说的，阿西娅，可现在我不知道了。我现在认为你需要继续前进，找出真相。"

"我觉得我不行了。我做不到。"

"我会帮你……"

但我已经离开了琼的门廊，跟跄着走下台阶，绕到了房子侧面。我钻进琼家后院旁边的树林里，在树木间曲折前行，无法抑制地抽噎着，喉咙仿佛被撕开了。我踏上一片草地，一股浓烈的甜香包围了我——忍冬花，苔藓，冰凉的水。我呆了半晌，整个身体都在发抖，泪水还在不停滑落。我匆匆拭去泪水，朝另一个方向走去。

我能听到自己越来越急促的呼吸声，还有脚下

蹚过草地的声音。最后我来到了溪边。溪水宽而浅，波光粼粼，从石头上流过，跃动着一路向山下奔去。我倒在覆满苔藓的岸边，双眼紧闭，握紧拳头。

几分钟后，一阵灌木丛被挤压的声音让我回到了现实。

杰伊站在我身后的草丛里，背后的阳光衬得他的轮廓在闪光。他双脚分开，头发凌乱，样子好看极了。我转身背对着他。

"我继续不下去了，"我说。"已经……不行了。"

"我知道这只是你现在的感受。"他在我身边坐下。"但我不相信。你不是一个会放弃的人。"

我叹了口气。"不，我是，我根本就是这样的人。"我眯着眼睛看着波光粼粼的溪水。"我偷过药，杰伊。从你妈妈卫生间的抽屉里，从瓦尔家的护士那里。我一直留着它们……以备不时之需。知道它们就在身边会让我觉得好过一些。"

他没有说话。

"而现在……有了孩子……我不能再那么做了。再也没有什么能让我感到安全。"

他用胳膊搂住我。我回想起几个星期前他在我家附近的空地碰我肩膀的情形，还有自己被那个动作弄得神魂颠倒的感觉。那是整整十三天前的事。十三天，可是感觉已经过了一个世纪。我已经变了那么多。一切都变了。

他朝着溪水和瀑布点了点头。"很美，不觉得吗？

简直不可思议。"

我没说话。

"这里发生过一个故事，你知道。"

我用指尖缠住一片青草，拽断了它。"我讨厌故事。有生之年，我再也不想听任何故事。"

"你真的要放弃？"

我甩开手里的草。"你不明白。这些故事——它们撕裂了我，把我变成了许多碎片。我的母亲，我的外祖母，她们被每一个人摆布。无法自救，无法为自己做任何事。我不想那样。我想好好的。坚强起来，照顾好自己。"

"我们认识多久了？阿西娅。"

我耸了耸肩。"我不知道。"

"从我们八岁开始，"他说。"八岁时你走到我家门口，问我想不想一起开船出航。你那时是个小野孩，脚脏兮兮的，衣服也搭配得一塌糊涂。你天不怕地不怕，把我推上了那艘'太阳鱼号'，开着船一路到了河湾，就像个该死的海盗。"

我摇了摇头，没有开口说话的信心。

"你会好的，阿西娅。你比那几个女人拥有的多得多。"

"什么？"我看着他。"我拥有什么，让我和她们这么不同？"

"她们的故事，她们放进盒子里的东西。特里克茜、科莉和金恩在你的身体里。你以前说得不对，你

说你运气差。我觉得你的运气很好,阿西娅。真的很好。"

　　不管他说的是不是真的,我都需要去相信。我无法独自面对未来。我正在失去控制。我让自己靠近他怀里,任由他用胳膊环抱住我,就那样静静待在那里。

第 三 十 六 章

2012 年 9 月 29 日，星期六

亚拉巴马州，西比尔山谷

第二天早晨，喝着咖啡吃着英式松饼的时候，我告诉杰伊自己想再去一次琼·蒂皮特的家。他向后靠在了椅背上。

"不许说，"我说。"不许你提一句孕期荷尔蒙，行吗？我知道自己有点反复无常。可你还记得你在溪边说的话吧？你说得对。我们必须和她谈谈。"

但是，当我们在十二小时之内第二次把车停在琼的门前时，我的胃里一阵翻腾。她正在门廊上等我们。她看上去七十多岁，身材圆滚滚的，饱受日光摧残的脸上有一双深棕色的眼睛。看到我们下车，她似乎一点都不惊讶，只是双手交叉，表情平静地等着我们。我在想不知谁给她打过电话——鲍勃弟兄、威廉·斯托克，还是家庭旅馆的老板娘。在西比尔山谷，闲话传得就像闪电一样快。

"我是琼，"我们走到门前的时候她说。"你们一定是阿西娅和杰伊吧。"

"是的，夫人！"我惊讶地发现自己居然说得出话。

她示意我们跟着她进屋。

经过狭小的起居室时，杰伊把手搭在我的后背上，温度从那里传遍我的全身。我很高兴他在这里。很高兴他能和我一起听琼的故事。在厨房里，我们看到一个铺着方格花桌布、摆着马克杯的小桌子。

琼示意我们坐下，并开始为我们倒咖啡。

"我很高兴你们回来了，"她说。"我希望你们回来。威廉给我打了个电话，因为我没有给你们开门，把我臭骂了一顿。"

我点点头，尽管我不清楚斯托克是怎么知道我们到过这里以及琼没有开门的事。

"首先，我要向你们道歉。我……"她把糖和奶油向我们推过来。"我想我是希望如果我不理你们，这件事就会消失。"

"这件事？"

"嗯，多芙的事，你知道的。还有金恩。所有一切。"

　　我感到杰伊的手在稳住我。

　　"我们知道的不多，"他说。我很感激他，因为我的喉咙好像已经缩小成了一个针孔。"关于阿西娅家族里的女人们身上发生了什么，我们只找到了一些零碎的信息。一切似乎都指向了多芙·贾洛德。"

　　她点了点头，然后颤抖着长叹一声。"是的，你们说得对。多芙需要对很多事负责。"

　　我的身体向前倾。"你知道她们的故事吗？多芙和金恩？"

　　"知道。"

　　"可以告诉我吗？"

　　她盯着我的眼睛。"可以。但我要先把这个还给你。"

　　她把那个发夹，多芙的发夹，从桌子那边推到我面前。

　　"你们知道吗？这是一件来自罗斯福总统的礼物，"她说。"查尔斯弟兄和多芙去过白宫，我记得是 1935 年或 1936 年。总统是一位很周到的人，我猜他不知道多芙不是她的真名。"她的双手在桌上握在一起。"谢谢你留下它，但它属于你。它经历了许多波折才来到你的手上，你要收好。"

　　我的心跳得厉害，不知是因为恐惧还是期待，或二者皆有，但我已经不在乎了，我经历了太多，已经无力去在乎。

　　"求求你，"我说。"告诉我吧。一切。"

她把头发拢到脑后，起身走出了房间。回来的时候，她拿着一个装订好的剪贴簿，放在我的面前。我打开它，很多棕褐色的照片映入眼帘，还有从黄色纸页上剪下来的简报。

"这是多芙给我的，"她用平静的声音说。"她说她再也受不了了，不能再看到它，甚至不能把它放在家里。"

我打开剪贴簿，看到一张照片，上面是一个胸膛宽阔的英俊男子，穿一件白色的西装，系着蝴蝶领结。

琼对着照片点了点头。"查尔斯·贾洛德在当时很有名。他是最早的五旬节派成员之一。他们在全国旅行，召集很多有'罪'之人来聆听布道。在我看来，这些布道不过是小题大做的瞎闹腾而已。但是当时的人很吃这一套，他们喜欢别人对他们大惊小怪，让他们对自己犯下的罪少一些愧疚。他把这些人称为'泡在威士忌里的不守安息日的人'，说他要把他们赶回上帝的怀抱里。"

我翻动纸页，穿白西服的男子站在一个又一个讲台上，面前总有很多人。一些照片上，人们跪在他面前或四肢伸开趴在地上，他的手放在他们的头上。坐轮椅的孩子。拄拐的女人。穿着工装或西服的男人，他们的脸上都挂着泪水。

"一个信仰治疗师！"我说。

"人们称他们为福音传道者、帐篷复兴运动者。不过你说得没错，对于他和多芙来说，治疗是神职的

一部分。"

我感到腋下流出一股汗水。"你认识多芙？"

琼笑了，这个一闪而过的灿烂的笑，让她看起来像个年轻女孩。"我三十岁的时候，她来找过我，她也这样找过你的外祖母和母亲。她找到我，给我讲了她的故事。还有我的故事。"

"我也快到三十岁了。她为什么还没来找我？"

她的眼睛又黯淡下去。"其他几个人都遭遇了不幸。我想多芙认为如果她联系你，会让你陷入危险。"她停顿了一会儿。"金恩、科莉和你妈妈出了什么事？多芙是始作俑者。她不是故意的，而且她非常后悔——天啊，我没法告诉你她有多后悔——但是她确实是引发一切的原因。"

我咽了一下口水。我的喉咙里仿佛涂了一层砂纸。

"多芙年轻的时候，"她继续说。"认为自己能纠正错误，让事情朝正确的方向发展。可后来她明白了，她并不是总能修复过去。"

我合上剪贴簿，把它推到一边。

"三十年代是一个困难时期，"琼说。"战后人心惶惶，人们因禁酒令发生分歧，又在大萧条中饱受折磨。人人都想解决自己的问题，还有谁比上帝更适合提供答案？于是正如我刚才说的，查尔斯·贾洛德给了人们上帝。人们对他的表演照单全收。他的表演也真的很精彩——口说灵言，治病救人，行各种各样的奇迹。山里人以前只接触过旧式牧师，告诉他们用水施洗。查尔斯·贾洛德鼓吹的是用圣灵施洗，你知道。用火施洗。"

"有人传言说在贾洛德的仪式中发生了奇迹。人们声称看到羽毛从天而降，据说它们来自天使的翅膀。还有人说从人的皮肤里滴出了油。有人说在自己的手上看到了金粉。他们说那是上帝的恩膏。"

一股寒意顺着我的脊柱而下。

"如果你问我，"她说。"我会说西比尔山谷里至少发生过一个奇迹——一个真正的奇迹。"

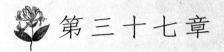

第三十七章

1937 年 10 月

亚拉巴马州，西比尔山谷

离开蒂皮特家之后，金恩带着多芙去了那片忍冬花生长的草地。豪厄尔大概已经来这里找过她了。又或者他不愿费事，直接去了汤姆·斯托克家。现在未知变得不再可怕。事实上，和多芙一起在草地上，金恩觉得自己的心情变得轻快起来。

在月光的沐浴下，山谷看起来是一片荒凉纠缠的银色。金恩听到一排白杨树后面传来河水的急流声，听起来像是一群人在帐篷下低语。

"直觉告诉我，你有秘密。"多芙说。

"我没有，"金恩说，然后想到了汤姆·斯托克和学校后面树林里的那头小牛犊。普理查德。"好吧，不能说完全没有。这里的人都知道这个地方。我在这儿摘了太多忍冬花，人们说我的手闻起来都是那个味。"她伸出手掌，多芙闻了闻。

"嗯，这样吧，"多芙狡黠地露齿而笑。"你知道吗，我也有个秘密。"她轻抚着自己的头发。"这颜色叫'伊卡璐橙红'。盖住的是老鼠屎色。"

金恩大笑。"这就是你的秘密？"

"哦，这只是个开始。"她扬起了一只眉毛。"我还有更多呢。有像兴登堡号那么大的秘密。但我不会说。不管愿意与否，女孩都不能随便说出她的秘密。"

这个女孩让金恩惊叹不已。她似乎无所畏惧，在黑夜里游荡，闯进人们的家里，对她喜欢的人随心所欲地说话，语不惊人死不休。她是夸张一百倍的玛娜·洛伊。

"我们去游泳吧！"多芙说完，步履轻快地跑到水边。夜色裹住了她，有那么一瞬间，金恩看不到那条白裙子了。她跑着追上去。就在上游，河水倾泻成一座瀑布。多芙看到这个景象，发出一声欢快的叫喊，脱下裙子，穿着衬裙坐下，让水流溅上她的肩头。金恩在岸边看着她。

"下来啊！"多芙喊道。金恩从几块石头上跳过，来到多芙身边。年轻女孩从水里站起来，拉住她的手，把她领到溪水中央的一块裸露的船坞石阶上。她们坐在那里，金恩拧着裙子的下摆，多芙懒洋洋地用胳膊

肘支撑着向后仰。

"真希望我有这样一个藏身之处。没人能逼我出去，谁也不行。"她瞥了一眼金恩半湿的裙子。"看看我们，真是两个疯丫头。你觉得福音传道者会怎么说？"

金恩耸了耸肩。

多芙一跃而起，衬裙的带子从苍白的肩头褪下，在她脚边积起一小摊水。"贾洛德夫人，"她用低沉的声音拖着长腔慢吞吞地说。"我要宣布，你的内裤露出来了。"

胸罩也脱了下来。

"贾洛德夫人！你的胸罩怎么了！它从你的胸部掉下来了！"

多芙扭着身子让内裤从髋部滑下去，金恩在旁边咯咯笑着。"女士！你难道不知道我主耶稣可以看到一切吗？他现在会怎么想？"

她把衣服扔到对面的河岸上，朝金恩眨了眨眼。"我不明白，贾洛德弟兄……他为什么把这儿造得这么漂亮？"她边说边抖动着珍珠般莹白的臀部。

金恩这辈子从未见过女人的裸体，更不用说是像多芙·贾洛德这么美的女人。她的身体里涌起一种反叛，这让她感觉强大，让她想在黑夜中号叫，撒野，脱得一丝不挂。

一阵水花溅起，金恩转过身。多芙浮出水面，发出一声尖叫。"见鬼！这水比一月的水牛城还冷！"

金恩不知道自己为什么要这么做，但她站了起来，脱掉了裙子。接着脱掉了衬裙和内裤。夜晚的空气轻抚着她的肌肤，她肩膀的曲线，还有她的胸和小腹，髋部和双腿之间。如天鹅绒般轻柔。她喜欢这里——黑暗里的水边。她喜欢和多芙在一起的这种自由的感觉。

金恩深吸一口气，跳进了水里。像风车般挥舞着手臂，被冷水激得尖叫起来。

她们游着，夜色渐深，包裹住她们，星星似乎在慢慢坠落，一直落到树梢之间。金恩发现自己几乎把一切都告诉了多芙：来自查塔努加的女人，酒。豪厄尔和那笔钱，她的父亲和母亲。她甚至把汤姆·斯托克和那头惨死的小牛犊的事也告诉了她。唯一没说普理查德的事。当她终于说得口干舌燥，她们爬出水面，并肩躺在瀑布旁边平整的岩石上。

"你去过好莱坞吗？"她问多芙。

"去过，又回来了。"

"你试镜了吗？"

多芙舒展着身体。"我本来可以。有个男人，一个真正的大制片人，说他想在他的办公室给我试镜。但我没去。他不正派。"

"什么意思？"

"他根本没打算拍电影。"

"你怎么知道的？"

"噢，你就是知道，"多夫说。"我是说，我就

是知道。"

"因为你的天赋？"

多芙放声大笑。"天啊，姑娘，你真的太逗了。你想去一趟好莱坞？"

"也许。"

"和你的汤姆一起？"

就在这一瞬间，金恩明白了自己为什么和多芙·贾洛德一起待在这片草地上。圣灵引导她来到了此处。他让豪厄尔在帐篷里忏悔，又让他告诉金恩他打算把她送进普理查德。他甚至让金恩去得太迟，汤姆已经回了家，但这一切的发生都自有原因。

都是为了多芙。

圣灵引导她来见多芙，一个有天赋的女人。一个无所畏惧的女人。

"他们要把我送进普理查德，"金恩突然说。"塔斯卡卢萨县的一家疯人院。打算明天送我去。"

多芙眯起来眼睛，用一只手肘支撑着坐起来。"他们为什么要送你去那儿？"她的声音很平静。

"因为酒的事……还有汤姆。"

多芙垂下眼睛，专心盯着自己的手指，一次次交叉，再松开。"普理查德！"她几乎是在自言自语。

"你去过那儿吗？"金恩问。

"噢，天啊，没有。"但是金恩觉得她一定隐瞒了什么，因为她的身子忽然畏缩了一下，她那充满生气的声音和色彩仿佛消融在黑暗之中。

　　她抓住多芙的一只手，紧紧握住，多芙迅速看了她一眼。天太黑了，金恩看不清女孩眼中的神色。"你能不能把他们要做的事告诉查尔斯弟兄，问他能不能替我向豪厄尔求情？"

　　多芙抽回了手。"查尔斯不会乐意我插手一个男人和他妻子的事。这种事不该我管。我相信你一定会没事的。那种地方都有医生，地方也很大，你可以四处——"

　　"你怎么能这么说？"金恩打断她。"那是疯人院。"她向后靠了靠。"我以为即使别人不明白，你总会明白。"

　　"我也无能为力。"

　　"你能！"金恩的声调升高，几乎在尖叫。"你说过你会为我做保的。"

　　"金恩，嘘。"多芙环顾四周。"你必须安静些。"

　　"我不能去那儿。"

　　"如果他们想让你去，你就得去。但是别害怕，因为你有主。在他的帮助下你什么都能做到。"

　　金恩盯着她。"你说什么？"

　　"有了主的恩膏，"多芙说。"你什么都能做到。它就是一切。可以拯救国家，可以看到过去，预言未来。"

　　这话听起来像是贾洛德弟兄广告宣传单上的台词。失望像一团令人憋闷的雾气般在金恩的胸口升起，像是要阻住她呼吸，让她窒息而死。

"你的意思是像在弗妮·蒂皮特身上发生的事？"她说。

多芙挪到岩石的边上，开始玩水，手指在飞溅的瀑布水流中进进出出，看着那光滑的水帘在她的手下分开。"是的。那是恩膏的作用。它很有意思，让我对人们有一些感觉。我在脑子里能看到东西。或是看到需要祷告的人。然后，嗯，你也看到了，我就会找到他们……做一些事。"她回头看着金恩。"这是一种天赋。对女孩来说很好的天赋，无论她置身何种境地都能用得到。"

"我不需要天赋，"金恩说。现在她心跳加快。她咽了一下口水，试图让它慢下来。"我需要有人和我丈夫谈谈。"

多芙又开始玩水了。

金恩靠近过去，绞着自己的双手。"经过今晚在集会时发生的事，他一定会听查尔斯弟兄的话。你可以问他能不能去见见豪厄尔。跟他谈谈。查尔斯弟兄会听你的话。我知道他会。我见过。"

多芙摇了摇头。

"多芙。"

多芙的脸色变得像她们身下的岩石一样冷硬。"对不起，金恩。我办不到。我真的办不到。我没有资格告诉你丈夫该怎么处理家事。事情就是这样——如果他下定决心要把你送进普理查德，就没有人能阻止他。除了上帝本人，谁也办不到。"

泪水沿着金恩的面颊流进她的嘴里。她咽了下去，尝到了它的咸味。对于泪水你只能这样做。咽下去。

所以这就是结局了。多芙不愿帮她，金恩将被送进普理查德，远离她所熟知和热爱的一切。

金恩低下头，哭了起来。

"噢！金恩。"多芙说。

金恩想到了科莉和沃尔特，豪厄尔和她的母亲。她的小木屋。白色的教堂。她爱的这座大山和山谷。她脑中浮现出汤姆的样子。*汤姆*。他宽阔的肩膀和温柔的眼睛。他永远不会以她渴望的方式抱住她了。他们永远不会躺在一张床上了。永远……她会去普理查德。她会失去熟悉的一切。

她用双手捂住脸，却止不住泪水。她想停下，可是办不到。如果多芙不帮她，她等于已经失去了一切。

她感到多芙挪到了她身边，握住了她的手。"我真的很抱歉，金恩。你不知道我有多抱歉。你必须变得非常坚强，只能这样。比过去任何时候更加坚强。"

金恩的手指掐进多芙的胳膊，把她拉得离自己更近。

"把它给我，"金恩发狠地说。"求你了。"

多芙身子往回退缩。"什么——"

"恩膏。天赋。"

"哦，我不能——"

金恩抓得更紧了。"你必须给我。求你。"她的

声音又升高了，接近危险的尖叫。"给我。求你！"

发生了一件事。在被多芙触碰到的地方，她的皮肤感到一阵刺痛，发出了电流的噼啪声。这就是证据，不是吗？天赋的事是真的？她感觉到了查尔斯弟兄所说的火？

"我希望我能帮你，"多芙说。"可是，我不认为它——"

"今天是我的生日，"金恩说。"我三十岁了。"她勉强挤出一个笑。"你不明白吗？你现在可以给我一个礼物——就是现在——一个生日礼物，它能让一切从此变得不同。你能改变一切。"

多芙垂着眼皮，看起来很忧伤。过了很长时间，她从头发上摘下发夹，把它夹在了金恩的头发上。"收下吧。送你了。"

"我不会告诉任何人。"金恩再次紧紧攥住多芙的双手。当她碰到自己的身体时，她觉得自己的皮肤又刺痛了一下——一个讯号，说明一些事正在发生。她紧盯着多芙的眼睛。

多芙低着头，看着她交叉在一起的手指。

"求你了。"

多芙叹了口气，然后终于举起一只手，轻轻地盖住金恩的眼睛。吸一口气。"你感受到火了吗，金恩·伍藤？"她说道，声音听起来闷闷不乐。

金恩想到了豪厄尔和圣歌，弗妮和溪水。她想到了那头悬在两棵松树之间的小牛犊，想到了汤姆·斯托克吻她的时候手掌托在她脑后的感觉。其实，虽然她几次三番地恳求，她却不知道这火是不是真的。她希望它是，至少她知道这一点。她需要它是。

"金恩？"

"嗯，"金恩说。"我感受到了。"

金恩感到什么东西"唰"地一下，像一道闪电般涌遍她的全身。并不是像她想象的那样从天而降，而是从她身体的某个部分冒上来，仿佛它一直在那里——等待着，静候时机到来，然后突然爆发，从她的身体里喷薄而出。

这就是火吗？也许它是忍冬花的粗藤，终于缠住她，扼住她，让她发了疯？她想到了她的母亲，躺在床上。她想到了卢瑞家的女孩，爬到了防火塔的顶上，在整个镇子面前脱得一丝不挂，威胁说要跳下去。不管这种从身体里摇撼着并点亮她的东西是什么，它不是精神崩溃的感觉。它让她感到自己不可战胜。

"金恩？"多芙还在她身边。

金恩伸手去触摸她。"别离开我。"她依然在哭，而且突然觉得身子很沉，仿佛有两只巨大的手按着她的肩膀，摇得她的骨头和牙齿咯咯作响。但她再也不害怕了。她已经准备好面对将要发生的一切。

她举起双手，把指尖按在嘴上。她的嘴唇张着，很冷，她感到自己在断断续续地喘气。

就在这时，她听到有人在大喊，就在上游的树林里。

豪厄尔。

她看了看多芙。洗尽铅华，她的面容就像天使。她看上去仿佛不属于这座大山，甚至不属于这个尘世。

"他们现在没法伤害我了，对吧？"金恩说。

多芙咬着嘴唇，没有说话。

金恩等着男人们到来。她感到火在身体里飞快地穿过，抚慰着她，让她觉得仿佛喝了一整瓶忍冬花酒。最先出现的是查尔斯·贾洛德。他已经脱下西装外套，解下领结，涂了发油的头发也松散开来。白色的翼尖皮鞋在草丛中闪着光。

"你见到我妻子了吗？"他站在河对面喊道。

金恩朝身后看去，多芙已经消失了。她转回身面对贾洛德，想回答他，却说不出话来。然后豪厄尔也来了。还有沃尔特，身侧挎着那支点 22 步枪。

"金恩。"豪厄尔喊道，她朝他走过去，扑进水里，逆水而行，挣扎着爬上岸，站在豪厄尔面前。

"狗娘养的！"他说。

"我……不见了。"她气喘吁吁地说。

"什么？"他靠近了一点。

"我的裙子不见了。"

他挺直身子，上下打量着她。"我看你是发疯了。"金恩不能看他的眼睛，想站直身子却做不到。"哎，金恩，我警告过你。"

然后金恩看到一个人从树林里走出来。她盯着那个人影，呼吸急促，心脏狂跳，仿佛那是一个鬼故事里走出来的鬼魂。她感到泪水从脸上滚落，鼻子开始流涕。一股温暖的水从两腿之间流下来。

弗农·奥尔福德是一个不高不矮的男人，胳膊和腿上都是疙瘩块肌肉，软塌塌的肚子耷拉到工装裤的外面。一头白发从鬓角处向后飘，正好落到肩膀上。他的声音很低沉——人人都说他应该去布道——多年以来，他总是穿成圣诞老人的样子去邮局，孩子们会蜂拥到他的身边，说出他们想要的圣诞礼物是什么。金恩却从未坐在他的膝头，她知道他不是圣诞老人。

弗农走到浑身发抖的女儿面前，提了提裤子。"这是怎么回事？"他问豪厄尔。他看了看金恩，她摇摇头，一言不发。他开始解开他的裤子背带。"你最好跟我说说是怎么回事。豪厄尔已经大半夜把我从床上弄起来了，你必须说清楚。"

第三十八章

2012 年 9 月 29 日, 星期六

亚拉巴马州, 西比尔山谷

琼的声音越来越小, 目光越过我们飘向远方。咖啡已经冷了, 我的胃里在翻腾。但我对这些都毫不在意。我不能思考, 用双手按住脸, 只是为了提醒自己是真的坐在这个房间里。

那天晚上在空地上, 母亲是认真的, 极认真的。忍冬花女孩是一个真实存在的人, 她叫多芙·贾洛德。金恩认识她。科莉和我母亲都见过她。而妈妈想让我也去找她。查明发生在金恩身上的真相, 以及这个秘密为什么被隐瞒了这么多年。

"请把故事讲完,"我恳求道。"你不能就停在

这里。"

"我已经把知道的都说出来了。"琼叹息着说，看上去疲惫而烦乱，老态毕现。"我猜弗农打了金恩。那个年代男人们总是能做这种事还不受惩罚，只是人们不愿承认。但是那之后发生的事，他们对她做了什么，我就不知道了。多芙一直不肯告诉我。"

我的眼中涌上了热泪。"所以，经过这一切……我知道了忍冬花女孩真的存在，而且真的认识我的曾外祖母……就完了？就这样结束了吗？"

听了我的话，她站起身，拿起我们的马克杯，缓缓走到水槽前。

"你是弗妮·蒂皮特的女儿，对吧？"我问。"多芙和金恩那时就是为你祈祷吧？"

她依然背对着我们。"是的。"

"多芙怎么知道你母亲怀孕了？她是不是真的有天赋？这就是你说的那个奇迹吗？"

她转过身面对我。"如果我说我相信这种事，听起来会像个疯子，对吗？他们会把我关进普理查德。"

"那你相信吗？"

琼耸了耸肩，开始在水流下面清洗马克杯。"而且贾洛德弟兄有一身很好的职业本领。他要维护自己作为预言家和治愈者的声誉，我认为他不会对这种事情听之任之。"

杰伊插话说道："听着，琼。贾洛德弟兄说的是谎言还是真话并不重要，重要的是你说的是不是

真话。"

面对他的试探，她表现得泰然自若。"我已经把我知道的都告诉你们了。"

"这是个小地方，"我说。"关于金恩的事肯定会有一些传言。"

"哦，是有些传言，没错。"她把马克杯摆在碗碟架上，望着窗外。"让我想想。金恩的爸爸和丈夫逮住她和汤姆·斯托克幽会。他们逮住她和查尔斯·贾洛德幽会——逮住她和多芙·贾洛德幽会——然后追着她出了山谷，一路追到了伯明翰或莫比尔。有人说豪厄尔把她送进了普理查德。有人说弗农和豪厄尔逮住她时，她羞愧难当，跑到山上，跳下悬崖。"

她转过身。"所以你们只能去和多芙谈，因为我真的不知道。"

"你觉得我要怎么去找她谈呢？"我回敬道。"鉴于她已经死了。"

"我可没说过。"

"你——"我眨了眨眼，惊讶地倒吸一口气。房间仿佛在我周围旋转起来。阳光、方格花布和陈咖啡的味道搅在一起，变成了热乎乎、脏兮兮的模糊一团。她在说什么？

"多芙没死，"琼说完大笑起来。"她已经九十多岁了不假，但身体还很健康。"

"你在开玩笑。"

"不，我没有。多芙·贾洛德还好好活着。"

我站起身，椅子刮擦着木地板。"如果我不赶紧找到她，她就好不了太久了。我哥哥正在追查她的下落，想得到她的故事，和我一样。我怕他找到她以后会伤害她。你必须告诉我她在哪儿。求你了。她有危险。"

"她不会想见你的。那对你们俩都不安全。"

"我知道。你还不明白吗？我就是在说这件事。她以前也许很安全，但现在一切都变了。如果我哥哥发现她还活着——我敢说他已经发现了——他就会去找她。"

她在擦碗布上擦了擦手，把它整齐地挂在了洗碗机的把手上。她盯着我看了一两秒，然后似乎有了结论。

"她住在一栋小房子里。在塔斯卡卢萨。"

我的眼睛瞪大了。

"就在普理查德医院对面，隔着高速路，"她继续说。"但她不会和你谈的。"

杰伊和我交换了眼神。

"那你就和我们一起去。"我说。

回到塔斯卡卢萨，杰伊、琼和我快速驶过老普理查德医院摇摇欲坠的大门，我更深地陷入柔软的汽车真皮座椅里。但忍不住回头向身后看去。

尖塔矗立在蓝色的天空下面，医院的砖墙上盖着一层古老的藤蔓。忍冬花，我想，或者更恰当地说，

毒常春藤。没有被胶合板封上的窗户洞仿佛空空的眼窝，霉斑和蛛网就像是瘢痕组织。

我想到了琼的故事，金恩那天晚上在溪边告诉多芙的一切：忍冬花酒，钱，还有汤姆·斯托克。她自己的母亲，在楼上的卧室里无人照管，日益衰弱。那头被残害的牛。

当然，这一切都可能是纯粹的胡扯，是琼或多芙甚至金恩编造出的故事。多芙没有告诉过别人，这本身就给这件事蒙上了一层神秘莫测的色彩。

可能都是谎言。

但是如果它是真的，我要承认我的曾外祖母面对着一群可怕的恶魔。和金恩生活在一起的男人都是怪物——她的儿子、父亲和丈夫。而她能用来保护自己的只有一个狂欢节女骗子提供给她的脆弱的、近乎闹剧的精神保护——这个女人假装自己能赋予别人上帝的力量。

金恩一定很绝望。她被多芙的胡言乱语迷了心智，相信自己得到了一种奇迹般的天赋。溪边的几个男人——豪厄尔、沃尔特和弗农——看到了金恩的崩溃。毫无疑问，他们希望隐瞒这件事。

"是那里吗？"杰伊问琼，我的思绪被打断了。

我顺着他手指的方向，看到远处有一栋简单的白房子，位置就在普理查德足球场的路对面。房子坐落在雪松树丛中，院子整洁得一丝不苟，四面围着银灰色的木栅栏。除此之外，这个地方没有任何突出之处。

杰伊把车停在路旁一个地势稍高的地方，我们注视着那栋房子。

"就是那里吗？"我问。"多芙的房子？"

"你以为会是什么样？"琼说。

"我不知道——在树洞里一个小小的、施了魔法的藏身之处？"我呼了一口气。"真不敢相信。一直以来，她就在医院的正对面。我曾经离她只有一百码的距离，却毫不知晓。"

我观察着这个地方的视野。旁边的车库里没有车，这说得通。多芙已经快一百岁了，很可能已经不能开车了。不知道有谁照顾她，帮她买杂货、拿药。有没有人来给她做饭、打扫卫生？陪她玩牌、看电影？

"我猜她不喜欢被人打扰，只是……"我的目光扫过这个地方，突然之间，脉搏变快了。"门看起来开着。"

门铃在房子里回响——风铃的声音——但是没人应门。

跨过门槛的那一刻，我立刻意识到不对劲。所有灯都开着，立体声音箱放着爵士乐。在扫得干干净净的壁炉两侧各有一扇后窗，都开了一条缝，让九月底的微风吹进来。

一切看上去并没有什么异样。装在相框里的照片排列在壁炉架上方，照片上是多芙和她的丈夫查尔

斯，有的是多芙自己，黑白的或彩色的，时间跨越了很多年。随着岁月的流逝，她变得越来越美，一头红发变成了银色，然后是白色。我能看到琼形容的那个脱俗的美女。吸引了金恩的女孩。

"有什么不太对劲。"琼说。

我拿起一张看上去像不久前拍的快照——多芙在她的花园里，松软的草帽挂在背后，正仰起头大笑着。她涂了红色口红，头发平整地梳到脑后，形成一个完美得不可思议的发髻。

"这张是我拍的，"琼说。"在她生日的时候。"她不安地四下环顾着。

杰伊招呼我们过去。在厨房的桌子上有一盘没吃完的食物——生菜沙拉，糙米饭，还有一块已经变硬的楔形奶酪。一个打翻的玻璃杯躺在油毡地板上，碎了，周围有一小摊水。我感到喉咙里升起一阵恐慌。

"他把她抓走了。"我紧盯着杰伊说。"温。"

"去哪儿了？"

"我不知道。他可能把她带去任何地方。比如老普理查德医院的某个房间，就像对我那样，或是那块地方更远处墓地附近的树林里。"我用手擦了擦脸。"他也可能把她带去莫比尔市。"

"他为什么要那么做？"琼问。

"那里比较隐蔽，河边。他可以不紧不慢地逼她把故事讲出来。然后，等他得到了想要的东西……"我抓住杰伊的手。"如果他回家了，我必须去找他。

你和琼去医院和空地找。”

惊恐之下，琼颤巍巍的身子摇摆起来，她伸手扶住了橱柜。

“我和你一起去。”杰伊说。

“不行，”我说。“你必须和琼待在一起。如果温看到她，她也会有危险的。”

“我不想让你一个人去，”他说。“你现在的情况，不行。”

“别傻了，我不会有事的。”

他绷紧了嘴唇。

“我会小心的，我发誓。如果我看到温抓住了多芙，就立刻报警。听着，”我指了指厨房餐桌上的那盘食物。“温——或者他的某个手下——在她吃午饭的时候偷袭了她。他们没有离开很久。”

他只是站在那里，摇着头，目光坚定。

我转向了琼。“如果我现在离开，五点就能到莫比尔，比他们慢不了多少。如果你们到五点半还没有我的消息，报警。打电话给州长，或者任何会听你们说话的人。可是如果他真的把她带去了那里，我现在就必须出发了。”

“我去，”杰伊说。“你和琼留在这里。”

“不行。我绝不会再踏上普理查德医院的土地。”

“他可能会杀了你，阿西娅。”

“我不会让他得逞的。”我把手放在他的胳膊上。“杰伊，听我说。你必须让我做这件事，亲自面对他。

就像你以前说的，你不明白吗？这是为了她们所有人。我必须为了特里克茜、科莉和金恩做这件事。"

"听她的，杰伊。"琼说。

"谢谢你！"我说。

杰伊深吸一口气，然后呼出来。从衣服口袋里拿出车钥匙，递给我。

"五点半。"他说。

我接过钥匙。"五点半。报警，确保琼的安全，然后来找我。"

第三十九章

2012 年 9 月 29 日，星期六
亚拉巴马州，莫比尔市

开车前往莫比尔的路上，我一遍遍地吟唱着 *veni，Creator Spiritus*。一开始，眼泪止不住地顺着脸颊流下来，但是过了一会儿，泪干了，我不知不觉地平静下来，感到一种前所未有的力量。我觉得母亲就在我身边。母亲、科莉和金恩。

最后，我飞快地开上我父母家门前的车道，停在一辆看起来很熟悉的黑色 SUV 后面。我跳下车，跑到门前的台阶处，突然停了下来。从前窗看不到有人活动的迹象，夕阳西下，房子里却没有亮灯。我能闻到空气中的咸味，看到房子后面波光粼粼的河面。

但是这里只有寂静。古怪的寂静笼罩着这个地方。

我绕到房子侧面，朝上游和下游的方向看了看。

温的船不见了。说明他可能带多芙去了别处。比如河湾甚至更远处的海湾。又或许那艘船这时只是在码头做年度检修。我观察着凌乱的草地寻找迹象——脚印，掉落的手帕，或其他什么线索——然后感到哭笑不得。就好像我真的有跟踪的本事。就好像多芙知道我会来并给我留下线索。

我站直身子，闭上眼睛，聆听河水的声音。远方船舶引擎的哒哒声，松树间的风声，邻居家落叶清扫机的声音。一只白鹭在我的头顶发出粗粝的叫声，这巨大低沉的声音我仿佛已经有一百年没有听到过了，我猛地睁开了眼。我是不是该进到房子里找找？还是该躲起来，等着温先采取行动？

远处什么地方，一扇门砰地关上了。

我朝树林的方向转过头。

声音来自这片土地的另一端，树林尽头一个破败的码头附近。那个旧码头已经废弃，而且被树林里的荆棘遮住了，旁边还有一个旧棚屋，母亲过去常把捕蟹笼放在里面。

我开始跑起来，冲进树丛里，穿过空地进入密林深处，脚下的松针发出咯吱咯吱的响声。我跌跌撞撞地跑到了树林的另一头，脚下一打滑停了下来。温就站在岸边的码头上，等待着。他双手插兜，穿一件泡泡纱西服，颈间系粉色领结，看上去就像刚参加了一

场爱德华时代的冰淇淋联欢会。

我用手遮在眼睛上方，挡住落日的光芒。"你对她做什么了？"我说。"多芙在哪儿？"

他怒视着我。"你不能就这样大摇大摆地离开普理查德这样的地方。你违反了法庭命令。"

"我还有两天就要发疯了，"我轻声说。"我只是想来这里看看，能不能做些什么阻止一下。"

他叹了口气，挥了挥手。"你男朋友去哪儿了？"

"我让他回家了。我告诉他这是家事。"

他歪了歪头。"真的？"

"真的。你和我能自己解决。没必要把别人扯进来。比如杰伊。比如多芙。"

"你知道这不是真的。"他伸出下巴，冷冷地看着我。"多芙很关键，她是知道秘密的人。"

"你把她怎么样了？"我问。

他笑了。

我朝他冲过去，双手埋进他顺滑的黑发里，使劲抓住。然后用尽全身力气拉扯。他大叫起来，用指甲挠我，但我没有停下。我就这样一直推拉，拽着他的头前后摇晃，手指抓牢他的头发。

"住手！"他大喊道，我终于停了下来。他在泥浆和芦苇丛里跟跄着往后退，我看到了自己的成果。他的头发——他完美的头发——变成了许多小洞，在他的头皮上整齐地排成许多小小的行列，就像有个有条不紊的微型农夫把那些头发种了上去，现在我把它们连根拔了出来。很多头发已经散落在他西服的肩膀上。他的头上渗出白色和红色的液体。

他瞪着我，吐了一口唾沫。"你这个小婊子！"他小心翼翼地摸了摸头皮，然后厌恶地查看自己的指尖。他把它们擦在裤子上。"你知道吗，我真的已经烦透了对付你。我一直非常耐心。无止境地耐心。我们都是，阿西娅，你却只会玷污这个家族的名声。"

我什么都做不了，只能盯着他和那些令人恶心的、流血的小洞。

"我已经厌倦了为你找借口，"他继续说。"厌倦了不停给你收拾烂摊子，我不得不做这些事，就是因为你不能管好你自己！"

他在发抖，在一片血迹下面，可以看到他的额头有一根青筋在跳动。"我要干一番事业，你明白什么意思吗？我有重要的——有意义的——工作要做。我要继承爸爸的遗志。这个词对你有任何意义吗？"他擦了擦脸，望着河面。"如果你沿着之前的道路一直走下去——我，爸爸，莫莉·罗布——都会好好的。我想说，别误会，看着你爱的人自我毁灭并不好受。但是对你来说，难免有那么一天。"

他转过来对着我。"一切本该如此。我是我。你是你。莫莉·罗布是莫莉·罗布。你明白吗？我们都要扮演好自己的角色。你不能突然决定扮演其他角色。一个英雄。一个检举人。"——他咬牙切齿地说出这个词。——"为了其他所有人，把一切搅得天翻

地覆。你需要继续回去做你做擅长的事。那就是杀死你自己。"

我浑身发抖，看着他缓步走到码头上。我感到空虚，仿佛身体里的一切都被挖空了。我哭不出来。发不出声音。

他已经走到了码头尽头，在那个破烂棚子的门上摸索了一番，然后走了进去。我正要走过去找他，门砰地一下打开，他又出现了，拉扯着他身后的女人。他推着她走向码头的尽头，一直走到水边，然后转过她的身子面对我。

我感到喘不过气，心脏在胸膛里怦怦跳。

多芙。

她很娇小，像只小鸟，白发整齐地在脑后梳成一个发髻，就和她家里那些照片上一模一样。她穿一件白色宽松长袍，瀑布似的挂在她纤细的骨架上。她没有化妆，只涂了红色口红。落日在她身后发出光芒，让我觉得她是一个从电影里走出来的角色。一个天使。或是我想象力扭曲的产物。

我把手伸进口袋，摸到我的电话，用颤抖的手指按下了 9-1-1，拨了出去。

"放下电话，阿西娅。"温对我喊道。

我呆住了，放下了它。我能听到微弱的嗡嗡声。

"来这边，"他喊道。"来和多芙谈谈。"

我朝他们走过去，顺着码头，走到离他们只有几码远的地方。温的手像老虎钳一样紧抓着多芙的胳膊，喘着粗气，血流到了太阳穴。

　　"我的天，"我轻声说。"你真的存在。"

　　她微微一笑，两颊各绽开了一个酒窝，我能看到她透明的皮肤下面网状的血管。就在我盯着她看的时候，她也在端详我的脸，我们两个人都在分析对方的相貌。她伸出一只手，好像要用指尖轻抚我的面颊，但我们离得太远，于是她又放下了。

　　我感到本该被她触碰到的地方传来一阵刺痛。

　　"挂掉电话，阿西娅。"温说。他朝我的电话点了点头，我才意识到那里面传来一个遥远细小的声音。"马上挂了，把它扔进水里。"他拧了一下多芙的胳膊，她的笑容变成了痛苦的表情。我按下了挂断键。

　　"如果你想听她的故事，"他厉声说。"如果你想让她活，就立刻把它扔进水里。"

　　我照做了。

　　"你要干什么？温。"

　　在我们身后，太阳挂在远处河口的上方，正在渐渐沉入河湾。河水涨得很高，最近的风暴造成的岩屑打着旋，流过裹着泥浆的下陷的墩柱。河水从木板腐烂造成的缝隙里溅上来，让整个码头表面变成一个湿滑危险的方形区域。

　　天色每一分钟都在变暗，我们所在的地方人迹罕至，更远处是植物蔓生的曲折的河岸。这里很快就会笼罩在一片漆黑之中。没有人能看到这里发生了

什么。

"我喜欢溺水这种方式，"温说。"很有效率。而且这种意外常常发生——需要按时服药的老太太淹死在浴缸里。还有那些有自杀倾向的瘾君子。"他冷冷地看着我。"我或许该先对付你。她又跑不了。"

"温，"我尽可能平静地说。"我们回家吧。让多芙给我们讲她的故事。"

他发出一阵狂笑。"不。不。我可不这么想。我现在根本不在乎她的故事了，阿西娅。我只想在这儿解决掉你们，然后找个地方，好好喝杯烈酒。或者三杯。"

多芙望着河面。她看起来并不害怕，甚至一点也不担心。我试探着朝她走近一步。

"你不能为了保守家族的秘密犯下谋杀罪，"我说着又走近一步。"政客的种种丑事最后都不了了之。婚外情，药物成瘾，逃税。召开一场新闻发布会，向他们坦白一切，用不了一个月就会烟消云散。"

"别天真了，阿西娅，"他低吼道。"我们的舅舅是三K党。这件事对我来说已经是个很大的污点。我或许能当上州长，可是你能想象吗，如果你跟一个白人至上主义的杀人犯有着相同的血统，要怎样才能入主白宫？"

"杀死多芙并不能改变这一点。"

他轻蔑地瞥了我一眼。"你做了那么多调查，还是什么都不明白？不仅是沃尔特在搞事，还有别的——我们这个家族还卷进了其他一些可疑事件——而我在竞选总统的时候要为过去的每一件负责。这不对。这不公平。因为，天知道，我什么都没干。但是当今世界就是这样。媒体不会放过任何事。只需要一则新闻报道，一篇网上的文章，你就完了。"

"温——"

"所以我要现在就处理。我要现在就把一切埋藏起来。"

"有人死了，温。"

他叹了口气。"哦，谁又知道真的发生了什么？已经是那么久远的事了。无论如何，这是我们自家的事，阿西娅。沃尔特明白这一点。爸爸也是。"

他摇摇头，转向了多芙。

我的胃里一阵扭曲。看来我们的父亲也做了一些可怕的事。

我朝他们走过去，但他立刻伸出那只空着的胳膊，警告我不要再继续靠近。就在我这么做的时候，他脚下的两块腐烂的木板裂开了。他猛地一晃，胡乱摆着手臂，掉进了那个裂缝，整个下半身消失在下面的河水里。

我大叫出声，温抓向旁边的木板，手指戳进了缝隙里，低头看着身下黑色的涡流。

"老天，"他气喘吁吁地说。"我的腿。我觉得它断了。"

我盯着他看了一会儿。他是我的哥哥。他需要我。

"把手给我。"我说。

可他没有照做，而是仰起头看着此时已经洒满星斗的天空，开始大笑，一种尖声狂笑在黑暗中升起。我冷眼旁观了一会儿。

"真是太糟糕了，"他平静下来后说。"糟透了。"

我看向身后。"多芙？你还好吗？"

她点点头，于是我转身继续面对温。他的脸上乱七八糟地沾着血和水，在月光下闪着惨白发青的光。他看起来很糟糕。虚弱。我在想他的腿不知伤得多重。

"把你的手给我，"我说。"我拉你出来。"

"你拉不动。我太重了。我自己游过去。"温说。

我注视着他。"你的腿怎么办？

"我会没事的。我钻到码头下面，游回岸边。"他看了我一眼，在黑暗中我读不懂他的眼神。"对不起，阿西娅，"他说。"真的很对不起，所有的一切。"

我不知道该如何回答。

"阿西娅。我说对不起。"

然后，他的身体似乎稍稍从水面上浮起了一些，细微得难以察觉。他不解地低头看着起伏的水面。然后又是一下——突然浮起来又落了下去，仿佛身下有什么东西在载着他浮沉。

"什么——"他说，然后停住了。

在他身后，我看到了一只短尾鳄棕色的疙疙瘩瘩的背部，它推着水流，形成一个致命的长箭头形状。我想大声喊，想警告他，但我无法让每个声音彼此联系起来，我无法把它们从喉咙里推出去。

　　但是温可以。在断掉的木板间，他喊出了我这辈子听过的最刺耳尖利的声音。然后他开始动，身子激烈地前后扭，手臂在空中乱挥，试图抓住什么东西，任何东西。他终于抓住了码头上的一块板子，手指深深抠进柔软的木头里。

　　他呻吟着，想把自己撑起来。可他太虚弱了，只能让身子从水里抬起一两英寸。他的脑袋落在码头上，拼命地抓它，喘得像刚刚跑完马拉松似的。

　　我还没来得及伸手去拉他，他就又尖叫起来，在翻涌的水里踢着腿，身子猛烈晃动。我把胳膊伸过去，他抓住，我们紧紧抱在一起。我用一只手托住他的腋窝，把他一点点往上拽，另一只手支撑住我自己。他的眼中闪过了一丝疯狂的金属光，一种我未曾见过的原始的恐惧。

　　"我抓住你了。"我说。

　　他把脸贴在我的脸上，在我耳边发出了一种奇怪的声音。一种低沉的哼哼唧唧的哀鸣。我用胳膊紧抱住他的躯干，努力想把鞋尖卡进木板间的缝隙里。

　　"抓牢了，"我说。我感到他的一只胳膊箍紧了我的后背。"我把你弄出来。"

　　"老天，阿西娅，"他气喘吁吁地说。"我的腿……它咬了我的腿……"

　　"我知道。没关系。我抓住你了。"我咬紧牙关低吼，用尽全身力气往上拉，想把他湿漉漉的身子拽

到木板上。我一次又一次地使劲向后仰，直到后背的肌肉开始抽筋。

我看着温身后的一片漆黑，什么也没有，只有河水在轻轻荡漾。然后，两个波峰忽然涌起，在墨黑色的水中飞快地朝我们推过来。半秒之后，温大叫起来。一种可怕、尖锐、惨绝人寰的叫声响彻我的耳际。我也许也在叫，我不知道。他突然剧烈地颤抖了一下。我抓着他，可他的身子歪向了一边，脱离了我的掌控。我惊恐地看着他的脸痛苦地扭曲。他的身子又颤抖了一下，被吞进河水之中。然后我意识到自己在尖叫。

我往后退着离开那个狭窄的缺口，河水依然在舔舐着它的边缘。

"阿西娅，"我身后的多芙说道。我转过身。"快去。回家。报警。"

我点点头，跑过码头，冲进树林。泪水模糊了双眼，我的双耳只听到自己的哭声。那是一种低沉的哀泣，和我哥哥最后发出的声音一模一样。

第四十章

2012 年 9 月 30 日，星期日
亚拉巴马州，莫比尔市

清晨的某个时间，护士叫了我的名字。我正蜷缩在父亲床边的一把医院的人造革椅子上，被河水湿透的衣服已经几乎干了。她的声音把我从疲惫的、噩梦连连的睡眠中唤醒，重新恢复意识，闻到医院房间的消毒水味道。我睁开眼睛，感到一阵沙沙的灼痛。

"很抱歉叫醒你，"她说。"警察来了。他们想和你谈话。"她的脸上小心地不带任何感情。

我伸长脖子，看向她身后昏暗的走廊。我能看到杰伊肩膀的轮廓，听到他低沉的说话声。他拦住了他们，大概正在告诉他们晚些再来找我谈。我瞥了一眼父亲。他看起来和昨天晚上一样。苍白。死气沉沉。还在靠自己呼吸，但非常艰难。

"我马上出去。我需要去一下洗手间。"

"好的。哦，生日快乐。"她朝杰伊的方向点点头。"他说今天是你的生日。"

"是的，"我说。"谢谢。"

她露出一个灿烂的笑。"这是个重大的生日。"

门关上了。我从椅子上站起来。肌肉和关节发出抗议的尖叫，舌头不舒服，舌苔很厚。说什么三十岁，我觉得自己像六十岁。

回到房间，警察和杰伊来过之后，父亲难得地清醒了一会儿。他断断续续、颠三倒四地给我讲了他的故事。

氟哌啶醇让妈妈饱受摧残，她的身体和精神都越来越衰弱。她每天不停吟唱那首拉丁语祈祷文。他开始担心她和我们的安全。后来妈妈见了那个山里来的女人，就彻底失控了。

那天晚上，她威胁说要把自己刚刚得知的家族秘密公之于众。她说她会毁掉她的舅舅沃尔特和她的丈夫——甚至还有她的小儿子未来的事业——如果他们不肯坦白说出真相。惊惶之下，埃尔德把她送进了普里查德。他说服一名年轻的医护人员伍德罗·斯马特签署了一份伪造的死亡证明，然后告诉所有人母亲死于动脉瘤。不久后斯马特意外坠崖而死，此事与父亲毫无关系。

接下来的几天，关于什么是最佳行动方案，爸爸和沃尔特争执不下。父亲想把母亲一直关在普理查德，他觉得她在那里很安全。沃尔特不同意。一天晚上，他决定自己动手解决问题。他开车去了塔斯卡卢萨，走进我母亲的病房，给他的外甥女吃下了一整瓶氟哌啶醇。

在卫生间吐完后，我回到爸爸的床边。在医院的荧光灯下，他的脸发出一种怪异的白光。我尽量不去关注他消瘦的身形，而是把注意力放在他的脸和五官上。它们让我觉得熟悉。鼻子的线条。额头的皱纹。

"就是今天，"我说。"我的三十岁生日。"

我抬起手，悬在他的头上，然后放下，手指贴落在他的额头。他摸上去是温暖的，我的手指尖感到一阵极轻微的刺痛——在我和他的皮肤之间有一股震颤的电流。我抚摸着他的太阳穴，脆弱的皮肤，一直到他的下巴。我更近地靠过去，用两只手捧住了他的脸。

他的眼睑扑动了几下，然后睁开了。

他的嘴角扯了扯，露出一个好像微笑的表情。"西娅。"

西娅。我太久没听到过这个名字了。上次听到的时候我还很小，母亲还没死。

"我在。"

"我的姑娘怎么样了？"他碰了碰我的一缕头发。

"我很好。"

"我想说……"他咽了一下口水。"沃尔特没告诉我……他要对你母亲做什么。"

"爸爸，没关系。你不必——"

"不。"他摸索着找我的手。"不。我知道。我了解沃尔特。我知道，可我没有阻止他。"他咳嗽着发出抽噎声。"我没有阻止他。"

我张开双臂抱住父亲，发出嘘声让他平静下来，轻抚他的脸。过了一忽儿，他安静了，我把身子往回退了退。

"西娅。"他又叫了一声。

"我在。听我说，我有件事要告诉你。"我把手向下移到胃部。"你要当外祖父了。"

第四十一章

2012 年 10 月

亚拉巴马州，莫比尔市

生日后的第六天，我埋葬了我的父亲。六天里，我坐在他身边，看着他一点点衰弱下去，直到油尽灯枯。也许这是出于一种女儿的责任感——他除了我已经没有任何人了——但事实是，我爱他。虽然我很想否认，却做不到。

也许我只是感激他用最后的清醒时刻把真相告诉了我。也许我的这种感觉不是爱，而是整件事情即将结束带来的解脱感。我想父亲以为他是在保护温和我——用他自己糟糕的方式。我想他爱我们。但是我不知道。我真的不知道。这种方式怎么会有人称之为爱。

父亲的葬礼之后，杰伊提出让我和他待在一起。他是在担心我的心理健康，我想，还有孩子——但是不论原因是什么，我都很感激。我收拾了几件东西就出发了，很高兴能远离这栋充满回忆和悲伤的房子。

他还说多芙给他打过电话。我决定暂时先放一放。我要再过一段时间才能听下一个故事，即使它是最后一个。

几个渔夫在下游发现了温，他的粉色领结依然好好系着，两条腿被从膝盖上面咬掉了。警方认定这是一次事故，莫莉·罗布也没有提出反对。毕竟，我这个权欲熏心的嫂子终于站到了聚光灯下——虽然不是以她一直渴望的方式，而是作为一位陨落的政坛人物的遗孀。不久，我听说她开始和一个州参议员约会。

一个清爽的周日早晨，杰伊和我开车回塔斯卡卢萨去见多芙。她在前门看到我们的时候，绽放出一个大大的笑容。

"你准备好了吗？"她问我。

我看了看身后的普理查德——高速公路另一侧的空场、树林和老楼的尖塔——然后转身面对她。

"是的。"

多芙给我们端上汤，但我吃不下。我觉得在多芙的这间舒适的小起居室里。自己唯一能做的事就是握着杰伊的手，等她讲完我一生都在等待的那个故事。

金恩的故事。

"我从哪里讲起?"多芙终于问道。

"金恩的父亲来到了溪边,"我说。"在那里找到了赤身裸体的她。"

"哦。"多芙抚平她膝头的餐巾。"是的。"

于是她就从那里开始讲起。

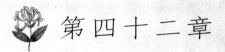

第四十二章

1937 年 10 月

亚拉巴马州，西比尔山谷

弗农·奥尔福德打量着他的女儿，她正跪在月光下的泥泞之中。查尔斯·贾洛德、豪厄尔和年轻的沃尔特站在白发男人的两边。男孩拿着他的步枪，用迟钝的眼睛看着自己赤身裸体的母亲。

"我们正在做主的工。"

弗农轻笑了一声。"是吗，现在？"

"她为我祈祷，"金恩气喘吁吁地说。"传道者的妻子。"

"喔，那好吧。"

"她为人们祈祷。为女人。"

"什么样的祈祷呢？"弗农·奥尔福德交叉起双臂。他转过身，对查尔斯·贾洛德挑起了一只眉毛。"大半夜的，在河里？一丝不挂？"

金恩没有说话。

"是那个女人脱了你的衣服吗？"

"不是的，老爷。是我脱的。我们想……我们去游泳了。"

弗农又走上前一步，低头看着金恩。"你是不是有病？"说完回头看了看豪厄尔。弗农用两只手抻着裤子背带。金恩紧张起来。"你为什么抖成这样？"他说。

她没有回答。他扬起背带，抽了一下她的肩膀。她咬住嘴唇，让自己不要喊出声。

他用拇指猛地指向豪厄尔。"你回家。"

金恩四肢着地跪下，留神听着豪厄尔的脚步声，等他穿过草地和树林回到家里。豪厄尔会带着沃尔特回去，和科莉在一起。如果父亲送她去普理查德，至少孩子们是安全的。他现在很可能把她送去那里——既然她已经被触碰过了。

这就是现在的她，她想，被触碰过。被疯病触碰。被上帝之火触碰。有趣的是，这两者的感觉完全相同。也许它们本就是一回事。

再抬起头时，她看到豪厄尔和沃尔特依然站在她父亲身后。她看不清他们的脸，但他们的身体似乎在充满忍冬花香气的风中随着树枝摇摆。查尔斯·贾

洛德消失了。一定是去找多芙了。她注意到弗农现在拿着沃尔特的那支步枪。

他清了清肺里的痰。"明天你就去普理查德，听到了吗？很多年前，我就该把你妈送去了，可我不够男人。但是豪厄尔……豪厄尔不一样。他是个很好很强的男人。"

她坐在地上，朝她父亲伸出手，但摸到的只有那支步枪的枪管。她用双手抓住它来稳住身子，好让自己坐直。那支枪在她的手里开始抖动，震颤顺着枪管传到枪托，再传到弗农的胳膊。他用惊恐不解的眼神低头查看。震颤从他的胳膊传到胸口，又传到躯干。他像被蛇咬到一样往后一跳，把枪从金恩手里拽开。

她的身子再次朝前倒下，脑中嗡嗡作响，充满了字词，完整的句子，甚至段落，白纸上清晰的黑字。她能够读出它们，就像把一张电报举在面前。这就是多芙身上发生的事吗？像电报一样的字句？或许这只是她的大脑在捉弄她？她现在清楚地看到了一样东西——绣在一条手帕角上的字母 V 和 A。

她抬起头，头发摇荡着。"我今晚见到蒂皮特家的女孩了，"她听到自己说："弗妮·蒂皮特。"

她听到父亲的嘴里发出呼呼的喘息声，就像他肚子上被打了一拳。那支枪滑到了他的身侧。

"那跟我有什么关系？"他说。

"我想她大概再过三四个月就会生了。"

"所以呢？"

"她留下了。她留下了你的孩子。"金恩从地上抬头看着弗农。她在等待，但他没有回答。"妈妈知道吗？"

当他举起枪对准她时，她感到周围的空气凝滞了。她看着手指间的青草和泥土。有一朵小花被压进了土里——一朵被压碎的金黄色的忍冬花。她用一只手覆盖上去，在手掌间揉搓着它，来来回回，战栗着，颤抖着。花香飘到了她的鼻端。一种安慰。

"我不知道你在说什么疯话。"

她闭上了眼睛。她能感到光明，那在她体内嗡嗡作响的电流，一瞬间，她明白只要自己愿意，就能从身体里上升出去。她可以在脑中飘到天际，一直向上，成为天空之外那个世界——天堂或银河——的一部分。这就是被触碰过的美好之处。

可是。

可是她只能抛下汤姆了。亲爱的善良的汤姆，还有他温柔的眼睛和灿烂的笑容。抛下他们一直没有说完的话。但那又有什么关系？反正她就要离开他了，对吧？她将被送进普理查德。

"金妮！"弗农·奥尔福德的声音听起来很尖，不像个男人，更像是一头受伤的鹿或一头小牛犊。他的声音完全就是动物的叫声。

"金妮，"他又说道。"你最好闭上你的臭嘴，别再说疯话。"

她不想去普理查德，即使多芙说过天赋会保护她

的安全。如果去了那儿,她就再也不能酿酒,不能和汤姆去加利福尼亚,也不能看着她的孩子们长大了。她不该在此时对父亲说弗妮的事,大错特错。她应该勇敢一点,去普理查德,等着汤姆来找她,等着天赋帮她度过难关。

现在已经太晚了。

弗农走到女儿身旁。他碰了一下多芙送给她的发夹,它一下子从她的湿发上滑下来,掉进他的手上。他把它翻过来,眯起眼睛看了看上面的图案。然后转过身,把它丢给了小沃尔特。"扔掉。"

之后,他转过身重新面对她。"嗯?你没什么要说的吗?"

她没有。她只能想到科莉和汤姆,还有他们本可以一起组成的家——现在不行了,都是因为她太害怕了。她还想到站在汤姆家的楼梯下面,吻他的嘴,触摸并感受他的身体。她还想到了大山。想到了山那边的天空和星星。

但她父亲在等着呢,她应该说些什么。他不喜欢别人违抗他。

"胆小可干不成大事,"这就是她说的话。因为此时似乎只有这些字句才有意义。因为它似乎恰好描述了她的一生。

之后,随着沃尔特的那支点 22 步枪发出一声爆响,她嘴里充满了火药和血的味道,那一瞬间,她知道自己终于说出了心里话。

第四十三章

2012 年 10 月

亚拉巴马州，莫比尔市

"他们都知道，"我说。"豪厄尔，沃尔特，还有你丈夫。他们都看到弗农·奥尔福德开枪打死了他的女儿。"

她点点头。

"你也看见了。"我说。

"是的。"

"天哪，多芙！"我努力让自己的声音保持平稳。"你为什么没告诉别人？"

她看着炉火，它已慢慢燃成余烬，从炉床里溅出来，让房间里充斥着一层薄薄的灰白色烟雾。"查尔斯说，山里人不喜欢外人插手他们的事。他说我们如果不置身事外，可能也会被杀。我们收拾行李，当天晚上就离开了西比尔山谷，再也没有谈起过金恩和那天发生的事。"

"好吧。如果你不想和这件事扯上任何关系，又为什么要回亚拉巴马？为什么要搬到普理查德的路对面？科莉和特里克茜又怎么会卷进来？"

她的双手手指交叉又松开。"我不期望你能理解。但这个地方一直有某种东西。它不肯放我走。"她的目光迅速从我身上移向那扇对着医院的窗户。"很难解释。"

"听不懂你在说什么。"

"你想让我先回答哪个问题？"她说。

我在沙发上换了个姿势。"按照琼的说法，你是个野孩子——很叛逆，背着你丈夫偷偷做一些事，闯进别人的家里，插手陌生人的事。那你为什么不敢去找警察？你可以告诉他们真相，多芙，为金恩伸张正义。可你却逃走了。"

"我想说出真相，"多芙说，她低头盯着自己的手。"之后的二十五年里，我每天都想。最后我终于说出来了。不是对警察。而是对科莉。我找到了科莉。"

"在她三十岁的时候。"我说。

"金恩消失后，豪厄尔带着沃尔特和科莉搬去了伯明翰。她上了大学，学艺术，自己付学费。但是她再也没回去和豪厄尔一起生活。她一直觉得他或许和

她母亲的消失有关。"多芙把一只手放在胸口。"当我说出真相，告诉她那些男人对她的母亲做了什么，她一直哭个不停。"

"你为什么不早点告诉她？为什么非要等到三十岁？"

多芙摇了摇头。"我只能说，我一直认为三十岁是女人的一个很特殊的年龄。她们开始独立自主，人生也渐渐安稳。"

"可是她没有安稳。她已经在参与一些让家人不爽的活动了。沃尔特是三K党，不会让他的妹妹败坏伍滕家的名声。和你见面后，她把一切告诉了他——一个可怕的家族大秘密：弗农·奥尔福德杀死了自己的女儿，把尸体藏了起来。我不知道她是否威胁说要把这件事捅出去，还是因为她威胁到了他的生命安全。无论如何，对他来说，那是压垮骆驼的最后一根稻草。他必须让她闭嘴。他把科莉送进了普理查德，过了一段时间，他又去了一次，杀死了她。谋杀了她。"

"我知道，"多芙说。"我觉得我看见他埋她了。"

一阵震惊的感觉传遍我的全身。我跳了起来。"你说什么？你怎么会看见的？"

多芙站了起来。她也在发抖，双手在身前握在一起。"他们之中有很多人被埋在那儿。就在路对面的普理查德。那些人过去常这么干，在夜里……埋掉的都是那些不想被人知道的尸体。那些他们杀掉的人。"

"天啊。"杰伊说。

"我和科莉见面后，又回到了伯明翰，"多芙说。"只是为了确定她安然无事。但是她不见了。我听说她被送进了普理查德，就回到这儿等着。有一天病人们外出的时候，我觉得自己看到她走在那片空地上。她看起来很不好。苍白，憔悴。我很担心她，觉得自己不该告诉她真相。她不够坚强。"

我想起我看到的病历。他们对我外祖母做的那些可怕的事。

"有一天晚上我睡不着，沏了杯茶，来到门廊上。只是为了看星星，呼吸一些新鲜空气。至少我是这么告诉自己的。也许我知道会发生什么事。"她的眼中闪着光，在回忆中变得朦胧。"我看到两个男人在挖一个墓穴。埋下一具尸体。几天后我去了普理查德。我用了化名，要求见科莉·克莱恩。他们告诉我她死了。我提出要看看她的墓，可他们在记录里没找到，说是因为信息还没更新。"

我觉得头晕。因为恐惧和混乱而失去了方向感。"那两个男人是谁？"

"一个是警察，我想。他看上去穿着制服。而且我看到他的巡逻车停在附近。另一个……"她犹豫了一下。

"多芙。"

她看着我的眼睛。"另一个是沃尔特·伍滕。"

"你看见他了？"

她没有回答。

"如果你没看见他，怎么知道那就是他？"

"我知道。就像我一直知道各种事情。在这里。"她抓住自己的胸口。"我很害怕，但我一直待在空地旁边的树林里。在他们填土的时候，我走近了一些。等他干完，另一个男人拿起了一支步枪，枪托板上刻了花纹。我以前见过那支步枪。"

我摇了摇头。我不知道她说的是不是真话。她像变魔术似的知道了那个埋尸的人就是沃尔特？然后还能靠得那么近，近到看清一支步枪的枪身侧面雕花的程度——还是在夜里？

不过……

当特里克茜出现在沃尔特的家里，拿起那支枪，威胁说要揭露他的所作所为时，沃尔特杀死了她。如果不是因为她知道了一些真相，他会那么做吗？

我把注意力重新转向多芙。"如果你知道那个人是沃尔特，为什么不告发他？"

她摇了摇头。"我说过了，阿西娅。另一个人是个警察。而且那不是我第一次在普理查德见到警察。他们在其他夜里也来过。帮忙埋尸体。"

"警察？"

"是的。警察。"她悲伤地看了我一眼。"阿西娅，这里是亚拉巴马州。不管你希望相信什么，在这个州，历史并没有完全过去。"

"如果这是真的，你为什么要这么做？"我问。"你究竟为什么又要把特里克茜卷进来？"

"我忘不了自己看到的事。我睡不着。它们一直压在我心里。"

"所以你为了让自己的良心解脱，就让我母亲也被送进了科莉待过的那个地狱？"

"是的，"她说。"愿上帝宽恕我，是的。"她摇了摇头。她在发抖，眼中充满泪水，但我不后悔自己说的话。她几乎毁掉了我的家庭，害得我失去了母亲和外祖母。我不会同情她。

"我看见了那时发生的事，"她轻声说。"可怕，可怕极了。"

我难以置信地眨着眼。她的话是什么意思？她看见了？她在说什么？

她的目光从杰伊身上移向我，仿佛读出了我的想法。"我知道你母亲在哪儿。"

在渐深的暮色中，我们穿过多芙家门前的公路，来到了普理查德的足球场。

以前的足球场现在是一片建筑工地。球门已经拆除，地面被挖开，用木桩、粉色塑料标识物和标准长宽的面料做了标记。低矮的行政楼在空地后面发出暗淡的光，再后面是 U 型的住宿楼。远处矗立着老普理查德大楼，像这片地方的一个忠实的哨兵。

一台混凝土搅拌机在空地另一头隆隆作响，把灰色的软泥倒进桩子圈起来的地面。有三个男人在不远处看着——一个医院保安，一个穿着红色抓绒衣的粗

壮男人，还有一个是吉恩·诺斯科特。我感到嘴里发干。

"你真觉得你母亲埋在这里吗？"他怀疑地说。"还有科莉和金恩？"

"我不知道，"我说。"多芙？"

多芙抬起手，用一根瘦骨嶙峋的手指，指向搅拌机左边的一个地方。

"那儿。"她的声音很镇定。

她向左转了九十度。转向挖掘现场的另一边，那里有几棵黑松树伸向染成粉色的天空，她指了指树下。"那儿。"

然后她又冲我们的脚下点了点头。"还有这儿。"

我不假思索地跪在地上，开始像发狂的狗似的刨起来。

"阿西娅！"我听到有人在叫我，然后杰伊把我从地上拽了起来。

"他们在看着呢。"他拂开我落在脸上的头发，然后转头看向身后。我顺着他的目光看去。搅拌机旁边的三个男人正肩并肩站着，盯着这边。

"我不管。他们不能这么干。"我挣脱开杰伊的手，跌跌撞撞地穿过空地，像个疯子似的对他们挥舞双臂。"停下！"我大喊。"停下！"操作机器的男人从窗户探出头等着我。"别再倒了！"我的叫声压过了设备的轰鸣声。我飞快地看了一眼诺斯科特先生的鹿角手杖，手柄看上去像碎冰锥一样尖。然后我看到了他的脸。他的脸色变得很难看。

"你们不能在这里浇水泥，"我对着那群人喊。"你们必须停下。"

三个人商量了一下，红抓绒衣男走到卡车前，对司机说了几句话。水泥流止住了，卡车停了下来。我们四个走到了男人们面前，我用眼角的余光看到那个保安的手放在了枪套上。

我死死盯着诺斯科特。我看得出他正在努力认出我，在大脑中点击浏览文件。"你们必须马上停止在这里施工。"我说。

"哦，是你，"他说。"我认识你。"他看了看红抓绒衣男。"我认识她。"

"是吗？"红抓绒衣男双臂交叉在胸前，摆出一副厌倦的样子。

诺斯科特笑了笑。一个令人不快的笑容。油腻腻的。"你是温·贝尔的妹妹。"

"是的。"我把黏着泥块的手藏到了身后。"阿西娅。"

"阿西娅。没错。这是我的侄子贝内特。"

我没有理会他的介绍。

"你刚才说什么？"诺斯科特问。

"这片地方不能被打扰。这里——"我看了一眼多芙。"这块空地是一个墓地。"

"不，它不是。"红抓绒衣男说完大笑起来。

"它是。"我说。

"你弄错了，"他说。"它绝对不是。"

"我有证据，不止一个人埋在这块空地下面。"我说。那个保安解开对讲机的带子，走到离我们几码外的地方。我看到更远处的行政楼大门打开了。贝丝探出头看了看我们这群人，然后快步走向了那名保安。

"证据呢？"红抓绒衣男转身看着诺斯科特。"你在开什么玩笑？"

"贝尔小姐——"诺斯科特说。

"人人都知道普理查德的墓地在哪儿，"红抓绒衣男抢过话头。"就在老院区的边上，还有树林里。"

诺斯科特的笑容更夸张了，露出了一排白得过分的牙齿。"贝内特，不介意的话请你稍等一下。"他对我说。"普理查德这片地方已经定给亚拉巴马州历史协会了，贝尔小姐。这里要盖一座医院的纪念碑。你的哥哥安排了这一切。"——他的鼻孔张开了——"上帝保佑他的灵魂安息。这是他在这个世界上最后的作为之一。"

红抓绒衣男双手一拍，爽利地对我们说道："所以你们应该赶紧回家。"

我没有动。我能感到多芙和杰伊在我身后，他们的存在给我力量。

"跟我说说，"我对诺斯科特说。"你们为什么在天快黑了的时候过来，往这片空地上浇水泥？为什么不等到明天早晨再开工？"

红抓绒衣男和诺斯科特等着我。谁也没说话。

"你们为什么这么着急？"我问。"要掩藏什么？"

沉默。

"如果不盖上一层水泥，你们担心人们会在这地方发现什么？"我已经有些喘不过气来，声音又高又响。我指着那个老男人。"我知道，"我说。"我知道是怎么回事儿。"

保安打断了我们。"我已经叫了治安官，还有医院院长。"

"好，"我说。"很好。我等他们来。"

"你们得离开这片空地。"他说。

"我们就待在这儿，直到他们把这片地方全都挖开。"

他们摇了摇头，发出咯咯的笑声。

搅拌机操作员从座位上跳下来，慢吞吞地朝我们走来。"你们说哪儿埋着人？"他问我。

我看向多芙。她指了指他身后很近的一个地方。

她清楚地大声说。"有好几个人埋在那儿。"

空地上的人都沉默了。我听到什么地方传来砰的开门声——多半是行政楼。

"好几个？"搅拌机操作员向上推了推帽子的边缘，眯起眼睛看着多芙。

"我看到有人干的。埋人，在夜里。我就住在那边，所以都看见了。"

红抓绒衣男、保安和搅拌机操作员目瞪口呆地看

着她。只有诺斯科特没有。他偷偷瞥向身后的砖楼。
还有停车场。

"什么人？"保安问。"什么时候？"

她耸了耸肩。"不同的人。不同的年代。"

"你说什么？"

多芙的脸上浮现出一种茫然的表情，我能看出她
已经离开了我们。离开了这片空地，紫色的夜空，离
开了建筑工地。她已经去了一个很远的地方。

"上个世纪 20 年代的时候，这里有一条通道。"
她的声音变得柔和起来。"从大楼东翼通过来。"

我打了个寒战。来了——门锁将被打开，一扇门
即将开启。

"一条地下通道连接着主楼和它后面的简易房。
他们把危险的病人关在简易房，一些护士和勤杂工利
用地下通道在两幢建筑间往返。他们不喜欢用通道，
除非遇上暴风雨天气。他们觉得里面闹鬼。通道里某
个地方有一条滑道，一扇活动门到外面。很久以前人
们用它输送煤炭，供主楼和简易房烧炉子用。如果你
掌握了方法，就能顺着这条滑道匍匐前进，然后从活
动门出去。"

她朝一棵玉兰树走去。那棵树的叶子在初升月亮
的照耀下闪闪发光。我看了看杰伊，红抓绒衣男和
诺斯科特也对视了一眼。我们跟着她朝那棵树走去。
她终于停下，抬头看着它。

"他们锁住了活动门，但只是用一块烂木头而

已。那时他们不给我们足够的食物，我还很小。我能向上推开活动门，轻松从缝隙之间钻出去。没人发现过。"

她转向我。她的脸上有一种诚挚的表情，眼睛像在燃烧，双手捂在心口上。

"我生在这个地方，"她说。"普理查德。我的本名是露丝·卢瑞。我母亲叫安娜。他们说她从布鲁德山的一座防火塔顶上跳了下去，因为她怀了她哥哥的孩子。她的家人把她关进了普理查德，医生用铁链把她拴在床上。因为她总想逃跑。"

我感到泪水涌进了眼眶。

"我六七岁的时候，经常在夜里悄悄出去。我会下到那条通道里，从运煤门溜出去，在月光下散步。我就是在那时看到他们的——那些埋病人尸体的人。都是被他们强奸或殴打过的病人，重度残障病人，有暴力倾向的病人，药物实验失败的对象，以及一些冻死的病人——被他们用水管冲洗身体后留在寒冷天气里太长时间而死。"

"他们也从外面带回尸体。有白人也有黑人。我见过警察从车上卸下尸体，不止一次。裹在床单和毯子里。"

"母亲三十岁那天，我很早就醒了，外面天还黑着。夜里，在我睡觉的时候，她挂在门的横梁上方把玻璃窗敲碎了。她用那些人留下的束缚带上吊了。他们把她埋在了这片空地下面。"她的声音变得沙哑。

"我丢下她在那个地方，偷偷钻进地道，穿过树林，跑了整整一夜。那年我十二岁。"

十二岁。一个孩子。孤身一人在一个充满恐惧和困惑的世界上生存。

我想让多芙不要再说了，想告诉他，她不必在这些人面前透露更多。这是她的故事，属于她一个人，别人无权知道。可我的喉咙像在灼烧，言语无法成形。

多芙凝视着黑夜。"我一直跑，跑到了加利福尼亚。我知道如果他们找到了我，就会把我再关进去。我不想回那个地方了，因为母亲就是在那儿……"

她的声音颤抖了，杰伊靠近了我们一些。我能感到他温暖的身体就在身边。

"几年后，查尔斯想来这边。我很害怕，不想来，可我又觉得有什么东西在亚拉巴马等着我。"

多芙对我笑了笑，捏了捏我的手。

"你的曾外祖母，金恩。我是在复兴活动上与她相遇的。她说他们要把她送进普理查德。我没法替她担下这件事。我办不到……"

她停了下来。

"你看见她父亲对她做了什么，"我说。"你知道他们把她埋在了哪儿，对吗？你知道那些人会把她那样的女人埋在什么地方。"

她的目光没有动摇。"我确实有个想法。是的。"

"她在这里，"我低声说。"金恩就埋在这里。"

多芙看了看她的身后，她刚才指过的地方。"还有特里克茜，我非常肯定。"她转身对着我们，她的脸看起来苍老了许多，满脸皱褶投下阴影。"丈夫去世后，我搬了过来。我知道金恩一定就在这儿。我还知道我必须告诉科莉。那是我的责任。我害怕待在这儿，却又觉得必须监视这个地方，看还有谁会消失。"

她的手更紧地握住了我的。

"我以为，如果我告诉了她们，"多芙说。"告诉了科莉和特里克茜，她们就会纠正过去的错误，我就可以永远离开这个地方——彻底地摆脱它。可是我错了，而她们为我的怯懦付出了代价。我不会眼看着同样的事发生在你身上。我不会像当初背叛你的母亲和外祖母那样背叛你。"

我点了点头，说不出话来。

"原谅我，阿西娅。请原谅我。"

我走到她面前，把她揽入怀中。我搂住她，我们两个人都哭了。然后杰伊也加入进来。我们三个人站在那里，紧紧抱在一起。

"你们几个听到警卫说了吧，"诺斯科特厉声说道。"快把这个地方腾出来。"

多芙、杰伊和我分开了。

我转过身，朝诺斯科特说道："你认识我母亲的舅舅沃尔特·伍滕，对吧？"

他没有说话。

"告诉我，诺斯科特先生，你是否见过沃尔特·伍滕开枪实施犯罪，一支点 22 口径的步枪？"我朝他

走近了一些。他在发抖。因为恐惧或愤怒，或二者皆有。"比如一次谋杀？你帮沃尔特·伍滕杀过人吗，诺斯科特先生？夜里把尸体埋在这个地方？"

他的眼神变得冷酷起来。"我没干过。都是你家的人干的。他们跟你一样——都是垃圾。纯粹的垃圾。"

"确实有几个垃圾，"我说。"但并非所有人都是。不是。"

他的眼中射出厌恶的光，准备反击，正在此时，我们听到远处传来了刺耳的警笛声。他闭上了嘴，用颤抖的手拄着拐杖头，转身去找他的外甥了。这时候我才意识到我们做到了。多芙和我阻止了他们。

事情结束了。

杰伊握住了我的手，我的手指和他的交叉在一起，另一只胳膊环在多芙的腰上，三个人一起朝闪烁着红蓝光芒的方向走去。

尾声

我是我母亲的女儿。

忍冬花女孩真的存在。

金粉和红渡鸦提醒着我。

说她有一件礼物要送给我。

州政府得到许可，开始对这个地方进行挖掘时，我们都来了——杰伊、贝丝、多芙和我。我们在十一月底的寒风中抱在一起，看着他们挖出了第一块头骨。

"天啊，"工人说，我们都弯腰去查看刚挖出来的坑。用反铲挖土机进行了初步挖掘后，工作人员开始用铁锹和铁铲小心地翻起地面。此时这个工人正站在坑的最深处，至少有六英尺深，手里拿着铁铲，抬头看着我们。

"这里有许多人骨。"他摇了摇头。"我简直就像挖开了一整片墓地。"

确实如此。人们鉴定了许多遗骨，金恩和科莉的也在其中。两人都是头部中弹，射杀她们的是一把点22口径的步枪。他们还发现了我母亲，在空地另一侧，离公路更近的地方。在她的遗骨里没有找到子弹，但我知道沃尔特一定对她做了同样的事。

他们还找到了其他人的遗骨——伯明翰的失踪人口，其中包括琳迪的哥哥丹特。失踪的男人、女人和孩子——因为他们让自己的家人和社会感到棘手。普理查德，一个本该为这些痛苦的人提供庇护的地方，竟成了他们的坟墓。

我在爸爸家里找到了沃尔特的步枪，藏在一个橱柜后面。想必温在杰伊的车里找到了它。我不知道他为什么没把它拿到码头，扔进河里，永远埋藏在淤泥之中。一定是因为他想留下它，作为我们扭曲的家族历史的一件可怕的纪念物。但我不想要它。我不想再见到它。我开车去了塔斯卡卢萨，把它交给了负责普理查德一案的警官。

挖掘工作结束后，多芙卖掉了房子，打算搬回她在很久前和丈夫一起生活的加利福尼亚州。一想到她孤身一人在那边生活，我就觉得难过，我请求她搬来与我和杰伊同住。她拒绝了。

她去了那边一个月后，我接到电话，她在睡梦中平静地逝去了。

露丝·特里克茜·谢拉米在六月中旬出生。她很完美，很漂亮，一头火红色的头发，还有我见过的最可爱的眼角上挑的眼睛。

晚上，只要能说服杰伊放开她一会儿，我就会抱着她。我给她唱歌，讲她的外祖母和所有在她出生前死去的女人的故事。我讲了金粉和红渡鸦，还有拥有特殊天赋的女人。触摸和知晓的天赋。治疗的天赋。我讲述着，就像我相信它们。我不知道，也许我真的相信。

有一天，等我的女儿长大一些，我会给她表演一个小把戏，那是我还是个小女孩时，在一片玉兰树围起来的神奇的空地上学会的。我会给她表演怎样从忍冬花的花瓣中间拔出花蕊，品尝从里面流出来的一小滴花蜜。

致谢

我要向许多人致以诚挚的感谢。

我要感谢我出色的经纪人艾米·克拉雷，她极富耐心、性格开朗，编辑技巧高超，从头至尾陪伴着这本书的诞生。

我要感谢我优秀的编辑凯莉·马丁以及整个湖泊联盟出版社：丹妮尔·马歇尔、香农·奥尼尔、梅瑞狄斯·雅各布森、加布里埃拉·邓皮特、克里斯蒂·考德威尔、泰勒·斯托普等。感谢你们所有人为这本书增添了光彩。

我要感谢本书的第一个试读者，投入最多而不知疲倦的克里斯·内格罗，感谢你不辞辛苦地读完了这本书的无数个不同版本，一次次温柔而有策略地敦促我把它修改得更好。我要感谢亚特兰大读者俱乐部，精彩的亚特兰大作家会议和罗斯维尔审读小组——后二者是乔治·韦恩斯坦以他富有感染力的聪明才智组织并运作的。我要感谢伊拉迪卡小组的各位成员：的克里斯·内格罗、贝基·阿尔伯塔利、曼达·普伦。在户外露台上和你们一起吃墨西哥玉米片蘸辣酱的时光，让好消息变得更加特别，坏消息变得更容易承受。

我要感谢我最初的几位读者：瑞克·卡朋特、凯蒂·谢尔顿、凯文·怀特海、阿什莉·泰勒、格洛丽亚·舒尔茨、阿曼达·席尔瓦、凯伦·哈代、谢尔比·詹姆斯、劳拉·沃森、兰迪·沃森、香农·霍尔顿。感谢你们的投入、建议和修改。

我要感谢我初中的英语老师桑迪·弗劳尔斯，她第一个夸奖了我写的文章……还在全班同学面前朗读了它。你让我相信自己能成为一个作家。

我要感谢安妮和亨利·德雷克，他们热烈的爱情故事成为我创作的灵感；感谢凯瑟琳·德雷克、凯蒂·谢尔顿、约翰·谢尔顿、丹纳·德雷克和詹尼弗·德雷克，他们每一位都给了我很多鼓励和灵感，他们是天赋异禀的历史学家、人道主义者、商务人士、作家和手艺人。我要感谢南希和理查德·卡朋特、卡伦和吉姆·布里姆、李、阿什利、布兰顿、艾米、丹尼尔·泰勒。感谢你们一直为我加油。

瑞克——我无法用语言表达每天对你深怀的感激之情。诺亚、亚历克斯和艾弗雷特，做你们的妈妈是唯一比写作更有趣的事。

图书在版编目（CIP）数据

埋葬忍冬花的女孩/(美)艾米莉·卡朋特著;孙伊译.
-- 上海:上海文艺出版社,2017 (2019.1重印)
(黑莓文学)
ISBN 978-7-5321-6498-1

Ⅰ.①埋… Ⅱ.①艾… ②孙… Ⅲ.①长篇小说－美国－现代
Ⅳ.①I712.45
中国版本图书馆CIP数据核字(2017)第288210号

BURYING THE HONEYSUCKLE GIRLS by Emily Carpenter

Copyright:© This edition made possible under a license arrangement originating

with Amazon Publishing, www.apub.com.

Simplified Chinese edition copyright:

2017 SHANGHAI LITERATURE AND ART PUBLISHING HOUSE

All rights reserved.

著作权合同登记图字：09-2017-043 号

发 行 人：陈　征
责任编辑：朱艳华
封面设计：朱晓彦

书　　名：埋葬忍冬花的女孩
作　　者：(美)艾米莉·卡朋特
译　　者：孙 伊
出　　版：上海世纪出版集团　　上海文艺出版社
地　　址：上海绍兴路7号　200020
发　　行：上海文艺出版社发行中心发行
　　　　　上海市绍兴路50号　200020　www.ewen.co
印　　刷：苏州市越洋印刷有限公司
开　　本：850×1168　1/32
印　　张：13
插　　页：5
字　　数：165,000
印　　次：2018年1月第1版　2019年1月第2次印刷
I　S　B　N：　978-7-5321-6498-1/I·5188
定　　价：65.00元
告 读 者：如发现本书有质量问题请与印刷厂质量科联系　T:0512-68180628